Qianxun-Culture
—图书·影视—

相公
请接招

FU BAO
福宝 | 著

中国·广州

图书在版编目（CIP）数据

相公请接招 / 福宝著. — 广州：广东旅游出版社，2019.11
ISBN 978-7-5570-1957-0

Ⅰ.①相… Ⅱ.①福… Ⅲ.①长篇小说—中国—当代 Ⅳ.①I247.5

中国版本图书馆CIP数据核字(2019)第152448号

出　　品：千寻文化
总 策 划：调　调
出版监制：唐　昕　杨芝波
责任编辑：陈楚璇　李　丹
特约编辑：小　鱼
封面设计：阿　和
封面绘制：可可狸

相公请接招
Xiang Gong Qing Jie Zhao

广东旅游出版社出版发行
（广州市环市东路338号银政大厦西楼12楼　邮编：510180）
邮购地址：广州市环市东路338号银政大厦西楼12楼
联系电话：020-87347732　邮编：510180
长沙鸿发印务实业有限公司
（地址：湖南省长沙市长沙县黄花工业园3号）
880毫米×1230毫米　32开　9.5印张　213千字
2019年11月第1版第1次印刷
定价：39.80元

本书如有错页、倒装等质量问题，请直接与印刷厂联系换书。

目　录

第一章
她居然摸到他了！ ………………………… 001

第二章
我可是你的救命恩人呢。 ………………… 028

第三章
你回来吧，咱们还做朋友，好吗？ ……… 055

第四章
我现在只有你了…… ……………………… 076

第五章
我帮你把那半边填满了，你就不会难受了。 …… 103

第六章
我说了再不喜欢你了，可我没有说到做到。 …… 131

目 录

第七章
你就是我娘子。 ———————————— 157

第八章
你为他冒这么大的风险,值得吗? ———————————— 178

第九章
你去成全他们,谁来成全咱们! ———————————— 205

第十章
人家是赴任来的,不是娶媳妇儿来的。 ———————————— 229

第十一章
你是不是……认错人了? ———————————— 251

第十二章
只要我媳妇儿喜欢我就行。 ———————————— 274

第一章 她居然摸到他了！

如玉是只小妖，没什么法力，又不知何时失了肉身，只剩化作人形的元神四处游荡。她不记得自己是吸了什么天地精华才化作人形，也不记得自己是何时何地，又是如何失了原身的。因无甚修仙飞升的大志向，有没有真身于她倒也没什么妨碍，是以，她从未为此忧愁苦闷，反因徒具元神而免被人类撞破，乐得自在。

　　她最大的乐趣便是在夜幕降临之后，伸个懒腰，随便挑一条巷子，挨家挨户地串门子。自然是不经人家允许地长驱直入，看看这家老子教训儿子，看看那家两口子打架，或许还能撞见个金屋藏娇或是背夫偷汉的。到了后半夜，人类都入睡了，她便去城南大槐树底下，跟一众妖精树怪聊大天，分享各自见到的八卦。众人说得口沫横飞，好不逍遥快活，到天色快亮，就嬉笑着散了，各自寻个阴暗的角落睡大头觉。

　　如玉已经好久没遇到什么可以拿去与姐妹们分享炫耀的新鲜事儿了，这让她很是苦恼。这日她若往常一般，待太阳全部落到山那头，便起来活动。她在东柳巷从头转到尾，也没见到什么稀罕的，失望之余便转到了西柳巷。

　　这西柳巷她没怎么来过，因这巷子里只住了三户人家，其余的就是些老旧的空房子，除了偶尔能碰着个同类之外，很难碰到什么新鲜事儿。她挨着门儿去那三户人家"做客"，果真没什么收获。她叹了口气，准备再换下一条巷子，忽见巷子尽头的旧宅里竟亮着微弱的灯光。

　　如玉很惊讶，她不记得那地方有人住，仔细一想，这快到科举的日子了，或是进京赶考的书生没钱住客栈会馆，便租了这破旧宅子。

如玉忽然感到欢喜起来。这些日子尽听姐妹们说这些举子的趣闻，她总是插不上嘴。没奈何，举子们大多住在客栈会馆，偏生她生性害羞，饶是人家看不到她，她还是对人类太多的地方有些犯怵，若这回让她在这深巷里撞见个漏网之鱼，可真是她的运气。

如玉"嘻嘻"笑出声来，哼着小曲儿奔向那座院子里去，心念：这书生若是个俊俏的，那就最好了。

院门口，如玉轻咳了两声，装模作样地高喊道："有人吗？来客喽。"及后又变换了声音，扮个老实模样应道，"来了，是哪个？""是妖怪啊！"如玉尖着嗓子假作恐怖地大喊，之后便捧着肚子"咯咯"笑了起来。这是她最喜欢的游戏，虽然被姐妹们嘲笑、不屑，她自己却乐此不疲，每次新登某户人家，总要如此自娱一番。

如玉乐了一会儿，擦了擦眼角笑出的泪水，慢悠悠进了院子。才进屋中，又自以为幽默地抚了一抚，只做妩媚轻浮状，捏着嗓子道："俊书生，小女子有礼啦。"说完抿着嘴儿傻傻地笑了笑，方抬头细看屋中之人。

然这一看，却让她惊得不成。屋里确是有个俊书生，还是个赤条条、光溜溜的俊书生。

如玉大喊一声，捂了眼退了出去。

她看到了没穿衣服的男人，好像是正在洗澡。

如玉背身站在院子里，摸着自己的心口，瞪着眼呆滞住了。她虽时常仗着自己只是一缕精魂而擅闯人家家里闲逛，却从来没这么直面地见过光着身子的男人。即便偶尔见了人家夫妻房事，她也是知趣识礼地退了出来。而且，人家男女扭在一起，也不容她看清。

这次却不一样，就男子一个人，赤条条地站在地上，全……全……全被她看去了。

"没看到，没看到，我什么都没看到……"如玉捂着脸喃喃自语，捂着脸扭捏起来，只想着赶紧溜走。可走到门口，她却又站住，愣了半天，贼兮兮地扭头看了看，暗道：反正我如今只剩了元神，不论与人，还是与妖都是婚配不得的，这会儿不看看，或许到死都见不到男人到底是个什么东西。这里只有我一个，我偷偷地去看看，也算是开开眼，天知地知，我知，他不知。

是了，是了！如玉又自我安慰：我只是看看，又看不掉他一块肉，算不得作恶。

她在门口下了决心，只怕那书生动作太快洗完了澡，也不容多想，她深呼了一口气，转身轻轻地飘了回去。

这一次，她没有敲门问安，而是直接闯了进去，但见那书生已经背对着她坐进了木盆里。如玉做贼似的一步步往前挪，待到近了浴桶，又深吸了一口气，咽了口唾沫，然后绕到了木桶前，正对着那书生。

竟然真是个俊俏的书生！如玉心中暗道，这人比她从前见过的书生都好看。思及此，她便蹲下身子，凑到浴桶跟前，平视着那个书生。

来时她还想着，若果真在这儿见到个俊书生，明日就拉朋友们一起来看，也算是她寻得的新鲜事儿，她也好显摆显摆。可这会儿见了这俊书生，她却又有些不想拉朋友们来看了，不知怎的,她只想自己偷偷地看,好像是捡了个宝贝,怕被人抢了去似的。

如玉想到这儿,忽而脸上一红,生了扭捏羞涩,下意识地错开了盯着书生面庞的目光。这一闪躲,目光便随之落在了这书生的肩膀上,如玉见他肩膀宽厚、结实,不似她想象中的书生那般弱不禁风。

如玉没怎么与人类接触过,所谓的书生模样,大多是听姐妹们闲谈时臆想出来的。这会儿见了一个活生生的真人,她也不知是自己想错了,还是这书生果真和别人不一样。

如玉生了好奇之心,便又开始认真打量书生的胳膊、胸膛,待看得入神了,便又凑近些,探着小脑袋往浴桶里望去。这一看恰恰看到了男子的私密之处,如玉如遭了电击一般,腾地缩了回来,一屁股坐在了地上,心里扑腾腾跳得厉害,好半晌才缓过来。

那个……那个就……就是男人和女人不一样的地方啊……

缓过神来的如玉一点一点地蹭过去,饶是知道人家看不见他,依旧偷偷瞄了那书生的神情一眼,羞答答、贼兮兮地一笑,复又探头往浴桶里望去。嗯……果真大不一样呢……

如玉正看着,余光却忽似看到那书生歪头看她似的,她心下一慌,猛地抬头去看,却见对方虽是歪了一下头,目光却是直直地穿过她的身子,望向她身后的桌子。

如玉松了一口气,他怎么可能会看到她呢?她这样想着,便脑袋一垂,摇了摇头,只笑自己果真是做贼心虚。

忽地,那书生一起身,向如玉脸上倾了过来。如玉吓得又摔了一个大屁股堆儿,也不管屁股疼不疼,连连向后蹭了好几下,待定睛一看,那书生只是去拿搭在桶边椅子上的巾子。

这连着两吓，如玉吓出了一身的冷汗，有些猜疑地凑了上去，伸手在那书生的双目前晃了晃，又假装去插他的眼睛，见那书生全无反应，她才彻底放了心。

如玉长出了一口气，冲那书生道："你这家伙，真要把我吓死了！"说完，似跟朋友们开玩笑时一般去捶书生的肩膀，她原是随手一个动作，心知定是碰不到的，没想却"咚"地一下打在了书生的肩头。

她居然摸到他了！

如玉惊得倒吸一口凉气。那书生似是也被这一下惊住了，倒吸了一口气。

如玉哪还来得及管那书生，记忆中这是她第一个碰到的人，又惊又怕，只怕露了真容被人看去似的，飞速起身，穿过屏风，穿过屋门，直冲出了这座旧宅院。

如玉一路狂飙，直到冲出喧闹的街巷，扎进城南密林，气喘吁吁再无力气，方才身上一软，瘫在地上。

怎么回事？怎么回事！她……她居然碰到了那书生。

如玉瞪大了眼睛望着自己的手，心下惊道：难道她是无意间施展了什么法术，或者……她修出肉身了？

如玉知道自己并非无意间习得了什么法术，也知道自己不是莫名修炼出了真身时，已经是几日之后的事了。

那晚，自离开之后，她心中羞臊之余便是惊喜，只道自己能碰到人类便肯定是有了真身，又或是施展了自己都不知道的法术。她心中也着实心虚，知道自己终日睡觉、玩乐、闲话家常，从未修行过，若如此都能有所得，那修仙什么的岂不是易如反掌？

她心里藏了疑问，琢磨了许久也没想明白，便去问了好友凤儿。她自然不敢把事情据实相告，只是随意地探问道："凤儿姐姐，咱们只剩了元神有可能碰到人吗？"

凤儿随口道："一般是不能，不过也有特殊情况。"

"什么情况？"如玉急忙问道。

"有些道行的除外，只若你我一般的，若是能集中念力，偶尔也可赶了巧劲儿碰着人。不光是人，猫儿狗儿、桌椅板凳，这些咱们平日里碰不到的实物，都有可能碰到。"

"哦……"如玉解了疑惑，暗道：集中念力……集中念力……难道我当日集中念力了？这么一想，她又感到羞愧，只道自己心里莫不是藏了个小色鬼？怎的偏生那个时候能集中念力……

凤儿睨着如玉："怎么突然想起这个？是想去摸人了？"

说者无意，听者有心。如玉大窘，恼羞驳道："谁要摸人了！我好端端的，摸人做什么！"说完就丢下一脸诧异的凤儿，扭捏着飘走了。

如玉知道自己并非遇了灾祸，终是放了心，可总放不下那个书生。那晚不论自己是否"集中念力"，终归是碰到他了。那书生必也能感觉到，他未必比自己吓得轻些。

如玉自责、不忍，看那书生必是赶考的举子。如今恩科未开，他被如此一吓，只怕心中惊恐不安。十几年寒窗苦读，若被自己一摸而前功尽弃，甚或吓出什么毛病来，再落下个病根，就更是她的罪过了。

是以，数日之后的晚上，如玉又悄悄地来了书生的小院，在外面踌躇了许久方进屋。可她转了一圈却不见人，想着天色已晚，那书生也快回来了，便在屋中等他。

这房子有些年头了,原来必是满布灰尘,可这会儿虽是陈旧,却干净得很。那书生的东西不多,笔墨纸砚、衣物用具全都摆得整整齐齐,比她见的寻常光棍儿的屋子好百倍。这让她不禁暗叹:读书人果真是不一样。

如玉正想着,忽闻屋外有说笑声渐近,想着必是那书生带了朋友回家。虽说不会被看到,但因有了那晚之事,她心中甚是扭捏、羞涩,"哧溜"一下躲到屏风后面。

未几,有青年男子说笑着走进屋中。

一男子笑言:"寂言,你这住处外面看来有些古旧,进到屋中却是别有洞天,甚是清雅啊。"

寂言……名字倒是怪好听的。如玉暗道。

"冯兄取笑了。小弟身无长物,只图这小院房租便宜,清雅不敢说,清净倒是有的。"

嗯……声音也好听。如玉忍不住从屏风后面探出头来向外张望,只见桌边坐了两个书生模样的男子,衣着光鲜,形容举止颇有几分公子气度。而一旁案边给他二人沏茶的,便是那个"寂言"了。

想起那晚,如玉一羞,往屏风后面缩了缩,只露出一双水汪汪的大眼睛,做贼似的偷瞄过去。

这寂言的衣着可比那二位公子朴素多了,可明明一身普通的青色布衫,穿在他身上却比绸缎衣裳还有风度似的。

"邵兄不必客气,我们也坐不了多久。"另一个男子开口道。

邵……兄?邵……寂……言……如玉微微点了点头,记下了这个名字。

"弟没什么可招待二位的,只清茶一杯,陈兄莫要推辞。"

邵寂言微笑着给冯陈二人端了茶来，自己复又端了一杯，陪二人坐在桌边。

冯子清品了口茶，环顾这屋子，道："寂言，虽说你这屋子清雅别致，然依我之见，到底不如住在客栈会馆。别的且不说，只说那里人来人往，能结交到不少知己良朋，朝中达官显贵微服造访识些举子贡生，也是常有的。咱们十年寒窗苦，可不就是为了他日入朝为官吗？我知你才高心也高，可在恩科之前识得些官宦子弟，虽不说攀附，只人际交往也是要得的。"

邵寂言道："冯兄说得是，寂言也没什么大才，更不敢自命清高。其实住在这里也未尝不得交友，如今我不也交得二位知己了吗？"

陈明启接口道："话虽如此，这地方到底简陋，若是有什么困难，你不必多虑。我看你只搬去与我们同住，房租我来付。"

"不，不，那使不得。"邵寂言推辞道。

冯子清道："寂言莫要推辞，我们全是出于朋友之意，绝非轻辱你的意思。"

邵寂言道："我知道，二位的美意我心领了。我租这院子，一是图房租便宜，二来也是图个清净。客栈会馆虽好，到底人多，平日难得静下心来读书温习。"

冯子清笑道："寂言也需读书温习吗？凭你的才思学识，金榜题名实是十拿九稳。你不住客栈不知，如今恩科未开，可各地举子的情况却早都传遍京师了。'邵寂言'的大名那可是经常被人提起，只说你这一路考到举人，可是尽领风骚了。"

邵寂言摆手叹道："哪里哪里，我也是勉强过关，哪有如此才能，大都是以讹传讹了。"

如玉听得入神,早已从屏风后面飘了出来。这会儿,她更是伴坐在桌边空着的那把椅子上,双手托腮,左看看他,右看看他,似加入了三人的谈话一般,聚精会神地听着。

只闻得陈明启道:"邵兄,其实我们今日邀你搬去客栈,还有别的缘故。只因头日,我们从客栈小二那儿听了些故事奇闻,说你住的这座院子有妖精出没。"

如玉闻言扑哧笑了,一边围着桌子转圈,一边笑道:"胡说,哪里有妖精,哪里有妖精啊?"她嬉笑着飘了几圈儿,忽又回过味来,愣愣地站在原地,脑袋一歪,憨憨地用手指着自己的鼻子,喃喃道,"莫不是……在说我?"

冯子清道:"是了。倒也不是吓唬你,我们听那小二说,这院子里住着个狐妖,终年作恶,尤其爱害书生才子。以往就有赶考的书生被那女狐妖害得丢魂落魄,虽保住了性命,却疯疯癫癫落了病根儿。"

"呸呸呸!"如玉瞪着眼冲冯子清气道,"你才是狐狸精,你才爱害人性命!你这坏书生!含血喷人!呸!"

邵寂言不甚在意地笑道:"既是故事奇闻,大抵是有人编来说笑的。咱们是赶考的书生,那些人便说什么狐妖缠书生的话,若是做生意的商客,怕是要说精怪盗匪谋财害命了。子不语怪力乱神,咱们姑妄听之便罢,不必为此左右。"

冯子清无话,陈明启抢道:"这种事可是宁可信其有,不可信其无啊!纵是捏造的也得有个影儿不是?你在这院里住了这些日子,就没觉得有何蹊跷?"

如玉闻言一惊,心虚地望着邵寂言,但见邵寂言面色轻松地回道:"能有什么蹊跷,我是没见有什么奇怪的,若是遇了什么狐妖，这会儿我哪儿还能与二位谈笑风生？"

冯陈二人面面相觑，再无话了。

如玉却是奇怪，心道：那晚我明明碰到他了，他怎的说什么也没遇到？或是他不好意思说被摸了才要扯谎掩饰？可见他神态自然，也不似惶恐心虚的模样。难道是我自己记错了？是我一时紧张，生了错觉不成？

如玉好奇，抬手试探着去拽邵寂言的衣角，穿身而过。

如玉不放弃，一边喃喃自语："集中念力……集中念力……"一边聚精会神地伸出手指去戳邵寂言的胳膊，仍是未果，后背、肩膀、脸颊、头发，全都摸不到。如玉疑惑，想了想，又一缩脖子滑到了桌子底下，摸邵寂言的脚和腿，依旧什么也没有摸到。再多试了两次，仍是一样，如玉眉头一皱，自语道，"怪了……难道必要他光着身子我才能摸到？"

如玉趴在桌子底下努力研究，却见不到桌子之上，邵寂言的脸上露了异色。

"邵兄，你脸色不好，怎么了？"

"没，没什么。"

"可别真让我们说中是撞邪了，倘真如此，你可别瞒着我们。"

"不是，是昨晚看书睡得晚了，这会儿精神不大好。"

"啊，如此，我们就不久扰了，你早些歇着吧。"

三人说着便起身离开，如玉正摸邵寂言的裤腿，下意识地跟着他爬了出去："哎，别走啊……"

等如玉从桌子底下钻出来，邵寂言已然将冯陈二人送出屋去，却并未远送，只站在门口望着那二人出院便随手将门关上。

待转回身来，他脸上云淡风轻的微笑顿时消失不见，眯着眼望着才从地上爬起来的如玉，似笑非笑、似嗔非嗔地道："那晚还没摸够，今日又来找补了？"

邵寂言望着紧紧贴在墙上、吓得直抖的胖嘟嘟的如玉，不知是该怒还是该笑。

他从小就能一眼看出化作人形的精怪，甚至能看见旁人看不见的东西。小时候吓得不敢睡觉，日子长了也就习惯了；年少时还有些好奇之心，待到成年，连好奇之心都没了，平日里看见了那些东西也只当看不见。反正人妖殊途，你不招惹他，他也不会来招惹你。

适逢科举，他因囊中羞涩租了这间偏僻破旧的院子，租之前还留心看了一下，未见什么小妖，这才安心住了下来。没想到，前几日洗澡之时却有个小女妖隐了真身嘻嘻哈哈地闯了进来，随即又跑走了。他只若寻常一般装作不知罢了，未料那跑出去的家伙竟堂而皇之地又跑来偷窥。他吃了一惊，没承想这家伙竟然还色心大起对他上下其手起来。他不想惹麻烦，只盼这小妖精赶紧走开，但他到底是个寻常男子，光着身子被一个满面娇羞的女子摸来摸去也着实受不了，是以只做大惊之状。那小妖也是个胆小的，只被他吓了出去。

刚刚他同冯陈二人一回屋，便察觉有人匿于屏风之后，未几，但见此人飘飘而出，竟是那晚的那个色女妖，心道：这小妖竟然缠上他了不成？只冯陈二人也在，他也只做无事。未料这色女妖真是个色中饿鬼，又如那晚那般对他上下其手。虽然她什么也摸不到，但一个大姑娘跪在自己身上摸来摸去，他纵是柳下惠转世怕也受不住，慌忙中他才赶紧将冯陈二人支走。

邵寂言本是恼羞成怒，想要将这不知羞臊的小妖骂走，可这会儿见她受了惊吓，浑身颤抖，凄凄欲哭状却又骂不出了。也不知她是羞是怕，一张圆嘟嘟的小脸竟变成了粉红色，好似一个半透明的大苹果。他还从未见过妖怪也会脸红的，只觉有趣得很，不禁生了调侃戏弄之心。他嘴角一弯，戏谑道："那晚还没摸够？那便……"说完便假作宽衣解带起来。

如玉果然上当，一张小脸蛋霎时由粉红色变成了胭脂色，又羞又气地捂了脸骂道："你这个色书生下流、采花大盗、老流氓！合该你一辈子讨不到媳妇儿变个老乌龟！呸呸呸！"说完随手拿了手边的砚台砸了出去。

邵寂言眼明手快，连忙闪开，砚台啪地打在门板之上，摔得粉碎。

如玉也顾不得自己是不是又无意间集中了"念力"，满脸通红地冲了出去。

邵寂言怔了半晌，只落得一脸苦笑，自认倒霉。

如玉自邵寂言家中冲了出来，又羞又愧又恼又气，魂不守舍地在大街上飘荡了半宿。后半夜，她习惯性地飘去了大槐树底下和朋友们聚会。她独个儿缩在角落里，大家说什么她全没听见。待到众人快要散了，她才被身旁的凤儿捅了一下，疑问道："小玉，你怎么了？怎么一句话不说？"

"啊？"如玉脸上一臊，扭捏着低语道，"没……没什么……"抬头见大家都好奇地望着她，不说点儿什么似是难以过关，便扭了扭身子，双臂抱膝，把下巴抵在膝盖上，努力摆出随意的模样，小声道，"你们说……像咱们这样只剩元神的，人类有可能看见咱们吗……"

众人面面相觑，一资格老的前辈道："一般人自是不能，不过一些开了天眼的法师，或是修炼的道人就另说了……再有些普通人也有可能，这种人或是本身极阴极阳，又或是生在阴年阴月阴日阴时，又或是生在阳年阳月阳日阳时……无论如何，这种人少之又少，一万个人里不见得能出一个，咱们基本遇不到的。"他说完转问如玉，道："怎么想起这个，可是你遇到了？"

众人立时满脸好奇地望向如玉，如玉连忙否认，脑袋摇得跟个拨浪鼓似的。

前辈道："遇不到最好，遇到了就不是好事，多半是些捉妖的道士，有你苦受的。"

一些新手听了不免生了恐惧，就说头些天才听说京城来了个道士，抓妖很在行，搅得他们不敢进城，一连几日都窝在城郊荒林树洞里，好不可怜。

如玉听了也连连点头。这事儿她也知道，她也是一样怕被道士法师当作妖怪捉了去，好几日没敢出去遛弯儿。

那前辈叹了一声，道："其实也不必那么惊慌，这世上哪有那么多得道高人？纵有些道士练得了些法术，也未必有什么作为。许多不过是打着幌子招摇撞骗罢了，实则没什么能耐。你们说的那个道士我也听说了，是个外强中干的货，没什么可怕。前些日子，他去西柳巷捉妖，妖没捉到反被那狐狸缠上了，狼狈地逃出了京城，如今不定是个怎样的下场呢。"

闻得"西柳巷"，如玉一惊，急忙故作轻松地问道："西柳巷有狐妖吗？"

她这一问，其余几个资历浅的也是一脸的好奇，那前辈见此，便道:"那西柳巷没什么人家,连咱们也少去走动,难怪你们不知道。那巷子最深处的那处院子里住着一位有些修为的狐狸,早些年有赶考的举子着了她的道,变得痴傻疯癫,后来这事儿传开了,那院子便没人敢住了。"

如玉一下变了脸色,西柳巷最里面的那间屋子不正是那"下流坯"住的地方吗?

前辈又道:"前些日子,那房主或是寻得了租客,怕出事才请了那道士捉妖。道士法术一般,反而激怒了那狐狸,只听闻被那狐狸追出城去了,如今也已有些日子,想也快该回来了。正好,我也提醒你们几个,没事少往那巷子里去。那狐狸虽从不伤害同类,但她心存戾气,脾气阴晴不定的,咱们还是躲着她好。"

"快回来了?"如玉吓得叫出声来,众人惊诧侧目,不知她为何有这么大的反应。

如玉尴尬地缩了脖子,弱弱地掩饰道:"我是说……不大能确定她会回来吧……这么多日子了,或许那道士有什么同伙,合力把她收了……"

前辈摊手,不甚关心地道:"倒也有可能……"

众人你一言我一语地岔开了话题,而如玉却是再不得踏实,原来那两个书生说的竟是真的。

倘真是专门谋害书生的狐妖,那他可不就危险了?

如玉在院外磨蹭了许久才壮着胆子飘到了屋门口,只怕再撞见什么不该撞见的,便轻咳了两声才飘了进去。

时邵寂言只穿了件单裤在屋中擦身,听了如玉的轻咳之声还不及反应,便见她一脸扭捏地闯了进来。

邵寂言深叹了一口气，苦着脸无可奈何地道："大姐，你纵真是个急色鬼，也别只缠着小生一人好不好？如今赶考的举子多，比我俊俏的有的是。"

如玉乍见又撞了邵寂言洗澡，已觉羞臊，尴尬得很。听了邵寂言这话，她一时又恼羞成怒，脱口道："呸！你才是急色鬼，只有你这种淫乱书生下流坯才会对人宽衣解带。"

邵寂言一笑，回道："明明是你先来摸我，被你说得怎反似我故意勾引你了？"

如玉又羞又气又急，一张胖嘟嘟的小脸蛋儿又憋成了粉红色。如玉只觉被人抓了不堪提及的小辫子，羞臊难堪得很，羞恼得大哭起来："我才没摸……呜呜……你这个坏书生、下流坯……呜呜……"

邵寂言见势不妙，只得自认倒霉，作揖哄道："大姐莫哭了，是小生说错了话，辱了大姐，全是小生恬不知耻，宽衣解带污了大姐的眼，脏了大姐的手。小生罪该万死，求大姐宽恕则个。"

如玉憨直得很，竟全没听出邵寂言语中暗讽，真就揉了揉眼睛，吸吸鼻子不哭了。

邵寂言心道：原是个憨傻的。如此更不愿与她纠缠，只道："大姐是规矩女子，小生不敢唐突怠慢。小生这会儿要脱裤子了，大姐能不能回避一下？"

邵寂言本欲以此打发走这个脸皮儿薄的女色鬼，未料如玉只是脸上一红，然后转过身去，却毫无离开之意。

邵寂言无奈地翻了个白眼，索性不管不顾地脱了裤子。

如玉闻得身后动静，扭捏低喃："说你是下流坯一点儿不假，竟当着女人的面脱裤子……"

邵寂言无语,叹道:"大姐可要讲个理,这屋子原是我的,是大姐你三番两次不请自来,怎么反成了我下流、无礼了?"

如玉理亏,垂头,扯了衣角不言语了。

邵寂言随便擦了两把,一边穿衣裳一边没好气地嘲讽道:"这位大姐若真是规矩人,怕早就羞臊得冲出去了,还说不是女色鬼?"

如玉气得跺脚,背着身嚷道:"呸呸呸!你才是色鬼!谁稀罕与你在这儿耗着!我是好心告诉你有危险,你倒来消遣欺负我!若早知道我就不来了,让你被狐妖缠死才干净!"

邵寂言念了声"阿弥陀佛",又道:"狐妖小生没遇见,色鬼却见了一个。只要大姐不要再来纠缠小生就阿弥陀佛了。"

如玉羞恼怒道:"坏书生!下流坯!合该你被狐妖缠死!"说完,她满面涨红地冲了出去。

邵寂言摇摇头,叹了口气,只盼这小妖此去再不要回来。他收拾了一下,才要端了脸盆出去倒水,只听门口又起了轻咳声,却是那小妖又折返回来。

邵寂言不禁头大,可对方却并未进屋,只带着气在屋外道:"我才没骗你。这房子原住着只狐狸,最是狠厉,专缠你这样的读书人。这几日出门去了,很快就会回来。我话说到了,要不要搬走,你自己拿主意。将来若被那狐狸害了,可别怪我没早告诉你。"

邵寂言没回声,静立了一会儿,推门出去,门外早已没了影。他心中生了顾虑,心道:她方才这话认真得很,想必无假。可这一时半刻,他也难寻新的住处。况且,他已与冯、陈二人放了话,若这会儿因避狐妖搬走了,那才真是失了脸面。

邵寂言在门口蹙眉站了半刻，只安慰自己：她虽不似骗他，却未必如此夸张。这世上哪儿来那么些精怪缠人？自小到大，他也见了不少，也没见有作恶的，可见精怪害人多半是夸张。

再者……既有狐妖，为何他没见到？难不成真似她说的，出门去了？这妖怪也有出门走亲戚的？

邵寂言摇头，笑了笑，转身回屋了。

邵寂言虽未理如玉的警告，但多少提高了警惕。接下来的三五日安安稳稳，没见半个狐妖的影子，他也就渐渐放下心来，更不考虑搬走之事了。

这一晚，他如寻常一样伏案读书。窗外月明星稀，虫鸣簌簌，晚风透过微敞的窗子吹了进来，更显惬意。

忽从屋外传来一阵不寻常的寒意，还有微弱声响在屋门外徘徊。

邵寂言抬头，立时想到如玉的话，心道：莫不是真被她说中，那出去串门的狐妖回来了？这么一想便觉汗毛直竖。他搁下书，一只手紧张地按在砚台之上，屏气细听，门口隐隐传来女子轻叹浅吟之声。

邵寂言露了笑容，暗道：必是那女色鬼被我调侃打趣得恼了，怀恨在心故意来说些什么狐妖缠人的话，再寻了今晚跑来作弄我。他松了口气，不理屋外之声，继续读书。

然而好一会儿，屋外声响仍未消减。邵寂言无奈，心道：看来今日不与她消遣一会儿，她怕是不能安心离开了。他便撂了书起身，一边开门一边道："几天不见，大姐可是惦念小生了？既然来了又何必扭扭捏捏地躲在门口？"

话音才落,他却是愣住,眼前这个哪是那个憨憨胖胖的女色鬼,却是一位婷婷袅袅姿容绝代的佳人。

那佳人看了邵寂言一眼,款款地欠了下身,柔声道:"公子有礼。"身形、言语道不尽的清雅娇柔。

邵寂言心坎儿一颤,他今年二十有四,不论是大家闺秀的贤淑端庄、风尘烟花的妩媚多情,还是乡野村姑的豪放泼辣,多少都见识过,可姿容、气质能比得上眼前这一位的却是鲜有。

佳人只似被邵寂言看得羞涩一般垂了眸子,又不显造作,只轻声道:"冒昧打扰,公子可是等人呢?"

邵寂言回过神,忙道:"小生失礼了,才听小姐在外浅叹,误以为是位旧识,言语中有所冒犯,还望小姐见谅。"

佳人抬眸,道:"如此,公子等的那位旧识是女子了?"她不等邵寂言答话,又浅浅一笑道,"公子那朋友既是没来,那小女子自请陪公子坐坐,权且打发下时间,可好?"说完也不等邵寂言相让,自行入了屋中。

邵寂言虽是惊于佳人美色,却未被迷得失了心智,看得出眼前佳人并非人类,暗道:莫不是眼前这位美人便是那女色鬼口中的狐妖不成?他也看过些庞杂闲书,听过些香艳故事,有不少便是狐狸化作美女模样缠惑书生的。但他眼见佳人柔柔弱弱的模样姿态,终不愿相信她存了歹毒恶心。可不论佳人如何美艳不可方物,到底非人。邵寂言定了定心思,客客气气地回道:"小生粗俗之人,不敢有劳小姐。"

佳人闻言,竟然凄凄落泪,低声泣道:"公子这话可是送客之意?小女子如何得罪了公子,引得公子如此厌嫌我?可是,怕我害了公子?小女子虽然非人,却绝不敢存有恶意伤人之心,纵有那等歹毒心肠,我一介弱女子,又能将公子如何呢?"

邵寂言见佳人梨花带雨,不禁有些无措。他素惧女子落泪,早时如玉被他打趣得哭了,他便无法。这会儿眼前佳人可比如玉姿容娇俏、惹人怜爱得多,他着慌的同时更生怜香惜玉之心,忙道:"小姐莫哭,是小生言语不当,冒犯了小姐,实是罪该万死。小生绝非厌嫌小姐,更非心有恐惧。只是你我男女有别,这会儿深更半夜,孤男寡女不好同处一室,只恐轻辱了小姐,坏了小姐声誉。"

佳人抽泣着擦着眼角,软语道:"公子是好人,是君子,实令小女子愧悔。不瞒公子,小女子被一个恶妖胁迫,欲要加害公子。适才小女子在外徘徊就是心存犹豫,不愿做那害人的勾当。适才公子这番话,更令小女子羞愧难当,这会儿断不敢有加害之心了,还望公子莫要怪罪。"

邵寂言只觉了悟,暗道:这佳人口中的恶妖怕就是那女色鬼口中的狐妖了,看来那女色鬼并非诓我。再抬头,他见佳人楚楚可怜的模样,想是自己适才是误会她了,只觉过意不去,忙又安慰了几句。

佳人破涕为笑,给邵寂言讲了自己的身世,只说自己原是一只潜心修炼的狐狸,偶然识得一书生,两人倾心相恋,自愿弃了飞升成仙的机会,用千年的修为换了人身,只为与其结为夫妻,举案齐眉。适逢科举,相公进京赶考,一去之后杳无音讯。她寻至京城,才发现相公竟然在高中之后娶了大官之女。她悲愤之下与那书生折钗断情,死生不复相见。人类命短,那书生百年之后,她依然是旧时模样。她当日为求人身,耗尽了千年修为,以致自身人不人、狐不狐、妖不妖、仙不仙,拖着这皮囊苟活于人间。

邵寂言听了心生同情，不免暗叹，这种事古往今来想都不少。十年寒窗苦读，纵使金榜题名，又要多少年苦心钻营才得高官厚禄？倘若娶了高官之女，那却真是乘上了东风登堂入殿了。

佳人诉了往事，不免又落泪，邵寂言连忙好言相慰。

佳人抹着眼泪，道："公子可有成亲？"

邵寂言道："小生来去一人。"

佳人点了点头，只似放了心地喃喃道："这便好……"

邵寂言不解道："小姐何意？"

佳人怔了一下，略带了些歉意地解释道："不瞒公子，公子的容貌与我家相公有几分相似。适才我不忍心加害公子，也有这个缘故。由是公子亦是赶考的举子，公子仪表堂堂必能高中，小女子一时小人之心，只怕……"

邵寂言会意，道："只怕我同你相公一样为攀龙附凤而弃了原配？"

佳人道："公子莫要怪罪。其实小女子也知道是自己遇人不淑，并非天下男子都如那人一般自私薄情……"说完又凄凄落下泪来。

邵寂言忙安慰道："姑娘莫哭了。姑娘既然知道个中道理，还不如早些忘断旧情，这世上到底还是有值得姑娘托付的痴情男子，两情相悦，必不会计较姑娘的过往与身世，小生只盼姑娘早日觅得良人。"

佳人泣道："公子实是至情至性的真君子，只怨小女子命薄，不得遇见公子这般的好人……"说着，泪水便如断了线的珠子似的掉个不停。

邵寂言愈发怜惜无措，随手掏了巾子递了过去，佳人伸手去接，不小心碰了他的手。

邵寂言一愣，佳人也似吃了一惊似的缩了手，一脸惊奇无措地望着邵寂言。片刻之后，佳人好像试探似的、怯怯地伸手去摸邵寂言的手背。

如此绝色佳人的纤纤玉手搭在自己的手背之上，邵寂言心中难免荡漾，尤其佳人这会儿美目盈盈，温婉之中隐隐透出几分媚态，素手抚在他的手背之上温柔地婆娑，冰凉的指尖虽没甚温度，却是摸得他心口发热。

不容邵寂言做任何反应，佳人便柔柔地靠了上来，几分妩媚几分柔弱地道："公子，小女此前未遇良人，幸而如今遇见公子，这是上天对小女的怜悯恩赐，也是小女与公子的缘分。"

邵寂言眼望佳人忽生妩媚风情之态，心知此女绝非什么温婉闺秀，刚刚那些楚楚可怜之态或是有意做出，那些什么凄楚身世也未必不是编的。他脑子里虽是渐渐明白，却无法控制心中渐生的杂念。

"公子……"佳人尽显媚态，整个儿靠在邵寂言身上，一只手仍是握着邵寂言的手，另一只手却是摸上了他的腿。

停住，推开她，推开她！别被她迷惑了！

邵寂言心里不停地对自己说，可身体就跟被人定住似的动不了，也不是动不了，是他内心深处徐徐燃起的欲望将他定在了原处。

绝色佳人在怀，纵知红颜枯骨，然血气方刚，仍难挡诱惑。

邵寂言眼神发愣，直直地盯着佳人，只觉口干舌燥，呼吸困难。

只一次……或许……不碍的吧……只这一次……

心里一个小小的声音一点点地瓦解着他的理智。

他胸口起伏，颤颤巍巍地抬了手，反握住佳人的手。

佳人抿嘴一笑，吻了上来。

邵寂言闭了眼，情不自禁地拥了佳人的腰，欲火焚身之际只一个念头冲上大脑：完了完了，邵寂言，你完了！

"住手！"

邵寂言险要彻底沦陷之际，忽地一声大喝只若当头一棒将他敲醒。他周身一颤，立时将怀中佳人推了出去，及后只若大难不死般粗喘着，待定下神来转头一看，却见站在门口怒目瞪着二人的，可不正是那个女色鬼！

如玉站在门口，一副气呼呼的模样，睐着眼睛在二人之间来回睨着，最后只瞪着那佳人怒道："你这女人好不要脸，怎的勾引人家相公！"

屋内二人被这突然闯进来的不速之客惊得怔住，这会儿听了她这话，更是一副摸不着头脑的模样。

佳人不复刚刚的娇媚，冷冷地问道："你是哪个？谁是你相公？"

如玉一只手叉腰，一知手指着愣在一旁的邵寂言道："你管我是哪个！你才勾引的这个就是我相公！"

佳人转头看了看虽然惊恐无措却仍难掩风流俊雅的邵寂言，再打量胖嘟嘟、一脸憨相的如玉，不屑地嗤笑一声，嘲讽道："我可没听错吧？就你这模样？"

如玉气得倒吸一口气，高声道："呸！瞎了你的眼！我长得最是好看！顶顶好看！天下第一好看！"

佳人捂着嘴扑哧笑出声来,瞥着如玉的眼神只似看傻子一般。

如玉更是恼了，红着脸，鼓着腮帮子骂道："你这吊眉吊眼儿的狐媚子，少看不起人！我比你好看一万倍！你瘦兮兮、干巴巴的跟柴火似的，有什么好？拿给我烧火我都不稀罕！腮帮子连二两肉都没有，一阵风就吹跑了！你知道什么叫美丑！我今儿就告诉你，独我这样儿的才叫美人儿！是不是相公？"

邵寂言正一头雾水地发呆，乍听如玉转来问自己，不禁一怔，只被如玉的气势所慑，茫然地点了点头。

如玉见他点头，只觉心里喜滋滋的，转而得意地瞪着佳人，道："看到没？我相公最最喜欢我这样的美人儿！"

佳人也被眼前这状况弄蒙了，对如玉的怒喝不急不恼，只转头望向邵寂言道："你果真有妻子了？"

邵寂言已是回了神，虽是闹不懂如玉葫芦里卖的什么药，却觉她如此大概是在救自己，便道："是了，她就是我娘子。"

佳人疑道："那我适才问你，你怎说没有妻室？"

邵寂言愣了一下，忙道："我娘子同你一般并非人类，我说我来去一人也是没错！"

如玉原害怕他不应，这会儿见他承认，方松了口气，愈发拿出正房原配的气势冲佳人扬了扬下巴，只道："听到没？我相公都说是了！你还不赶紧走！小心我打你！"

佳人信了二人的话，对邵寂言一下子失去了兴趣，看也不看他，只对如玉道："你纵真是他娘子又如何？人妖殊途，不会有好结果。我看你连个真身都没有，大抵也是修为尚浅，护不得人身，以至元神出窍，你以为凭你这一缕精魂能和他好到几时？"

如玉道："那又怎样，不管是人是妖，也不管护得护不得人身，纵是元神俱灭，我也还是他娘子！我不许你害他！"

佳人闻言似被触了心事，妩媚厉色全然不见，眸色一软，叹道："唉……看来你也是个痴情种……"

如玉忙点头，也软了语气道："是了是了，我和我相公好着呢，你别拆散我们。我知道我相公不小心住了你的地方是他不对，你再宽容一晚，我让他明儿就搬走。"

佳人凝着如玉，忽而摇头叹道："亏得你做鬼了还放心不下地百般护着他，你是对他痴情了，他却哪里对你有心？刚还对我生了不轨之心。你若没来，他这会儿怕已是脱了裤子风流上了！"

如玉闻言，转头，睨眼睨着邵寂言，摇头撇嘴，一脸鄙夷不屑地低喃："你个下流坏……"

邵寂言脸上一臊，大感羞愧，真若偷了腥被娘子抓了似的，下意识地解释道："你别信她的话，我才是着了她的道，被她用妖法迷惑住了……我没想的……真的！"

"哈哈！"佳人忽地大笑，道，"男人就是心贱嘴滑！你不说你色欲当头，心生龌龊，反而推到我身上！我指天发誓，我方才若使了半分法术便叫我元神俱灭，化作烟尘！"

如玉转瞪着邵寂言，怒气冲冲地哼了一声。

邵寂言无言以对，只满面愧色地喃喃道："不是……你别信她……别信她……"

他越是这般做了错事的偷腥相公模样，越勾得如玉昏昏忘了状况，就跟自己果真受了天大的委屈一般，瞪着他更大声地哼了一声。

佳人这会儿早不复刚刚的勾人媚态，反似跟着捉奸的姐妹，甚替如玉气不过地恨道："妹妹，我看你年纪不大，修为尚浅，定是不知人心叵测。人类总编排什么妖怪害人之说，其实最最无情、心狠的便是他们，尤其是男人。我看你也是个实心眼儿的，必是被这男人骗了！这等道貌岸然的衣冠禽兽不值得你为他痴心！今日我救你出火海，收了这死男人，你也好赶紧断了念想潜心修炼，飞升成仙，莫落得我这般悲惨境地！"语毕立时现了可怖之色。

邵寂言急忙后退，如玉立时挡在他身前，紧道："姐姐的好意我心领了，我的男人我自己管教。只要你走了就好了，真的！他除了是个下流坯之外，其实没什么的！"

邵寂言无语，心道：你这算是给我说好话吗？

佳人道："傻妹妹，他现在清苦或还待见你，等他日金榜题名必要喜新厌旧。你看不见多少糟糠被弃的？到时候莫说他还看你一眼，只怕还要请法师来收你！他好抱他的新娇娘步步高升去！"

如玉连连摇头："不会，不会，我保证，我保证他不会的！纵是做了，我到时候亲手收拾他！你走吧，走吧！"

佳人规劝不成，愈发生气："你这傻子！果真被迷了心窍！好言相劝你不听，我也不再多费唇舌，横竖我今日了断了他，彻底断了你的念想，也省得将来负你伤你！"语毕，佳人一把将如玉推开，便向邵寂言扑来。

如玉不及考虑，飞身将佳人扑开，与她扭打起来。

如玉一心只想救人性命，虽没甚本事却是拼尽了全力，而佳人虽有道行却并无心伤害如玉。是以，一时之间，二妖也只是势均力敌。

二妖这边撕扭拉扯，邵寂言在一旁傻了眼。他看过女人打架，这头一次见女妖打架，却也是又扯头发又挠脸，和人打架没甚区别。一颗惊恐之心这会儿竟变得有些茫然，怔怔地站在一旁也帮不上手，只心里小声嘀咕：看二妖这身板儿，这女色鬼该是吃不了亏吧。

他才这么想着，忽见佳人眼神一变，突然现了原形。邵寂言心道不妙，忙喊"大姐小心！"随手拿了手边的东西照女狐头上砸去，却只被她闪过，摔在了墙上。

此时，那女狐突然扑到如玉身上，也未见她做了什么，便闻得如玉一声惨叫，直挺挺地躺在了地上。

邵寂言大惊，但闻那女狐龇着牙，从喉间传出狠厉之声："你们这些贱男人，是你害死你娘子的！你去给她赔命吧！"说完便面目狰狞地扑了上来。

邵寂言知无处可逃，心口一寒，只得闭了眼受死。

第二章

我可是你的救命恩人呢。

"休伤人命!"

一声高喝,邵寂言只觉金光一闪,待睁开眼,但见两团白雾在眼前掠过,嗖的一声飞到门口,直钻进一个小葫芦里。

一位颇有些仙骨的道士一只手托着葫芦,另一只手捏了一张符咒,嘴中喃喃念了什么,随即将符咒贴在葫芦口上。

邵寂言回过神来,往屋里一看,却不见了女狐和如玉的身影,料想到适才那两团白雾或是她二妖了。

道士道:"施主安心,女妖已收。"

邵寂言惊魂甫定,忙起身拜谢道:"多谢道长救命之恩,不知道长尊号,晚生必会铭记于心。"

道士道:"除妖降魔实我门人分内之事。此妖前些日子险些害了贫道一不长进的徒弟,今日贫道特为收服此妖而来,幸而救了施主,此乃施主命数,施主无须挂怀。"

邵寂言拱手道:"道长收服此妖,实为一方除恶,晚生并非替自己拜谢道长,更为日后或会受此妖迷缠迫害之人拜谢道长。"他说完又向道士拜了几拜,道,"只有一事有求于道长,方才一道入您宝物的并非什么恶妖,说来……也算是我的朋友吧……若非她及时相救,晚生怕已被那女妖所害,还望道长手下留情,放了她吧。"

道士道:"这世上精怪同人一般,原不分善恶,只有执念未消罢了。贫道收了她们绝非取她们性命,而是驱其戾气,消其业障,渡其潜心修炼,早日飞升。"

邵寂言想了想，道："如此……那不知可否请道长放我那朋友出来一刻，容我谢过她的救命之恩。"

道士道："何必有此一举，你有机缘可看到人类以外的世界，却也只得做个旁观者。人妖殊途，贫道劝你今后还是切莫与妖相交。"

邵寂言不愿得罪眼前这位高人，但念及如玉适才舍身相救终觉不忍。她若非来救他，也不会被这道长收了去，便仍不放弃地请求道士放其出来见上一面，给他个道谢的机会。

道士才要开口，却见手中葫芦微微颤动，贴在上面的符咒亦有松动之样。

道士皱眉，看看邵寂言，再看看手中的葫芦，喃喃道："原来如此……"

邵寂言不明其意，却见道士揭开符咒，打开葫芦嘴，手上轻轻一转，便有一团白雾飘了出来，渐成人形躺在地上。邵寂言定睛，是如玉，只是仍旧昏迷不醒。

邵寂言只当道士允了自己的请求，忙道："多谢道长成全。只是她才被女妖所伤，昏迷不醒，还请道长发发慈悲，救她一救，晚生也好与她说话。"

道士摇头，似笑非笑地叹道："你这书生，从来只有道士除妖降魔，你可见过给妖魔治伤的？再者……此女子非寻常妖魔精怪，自有真神护体，不多时自会无事。"说完不等邵寂言开口，兀自转身翩然而去了。

邵寂言追出两步，只见那道士脚下生风一般，才片刻时间已走出很远，很快消失在了夜色之中。他有些纳闷儿，不明这道士所言何意。什么不是寻常妖魔精怪？什么自有真神护体？屋里那女色鬼若不是妖魔精怪,难道……竟是神仙不成?

邵寂言嗤叹一声,心道哪有她那样的神仙。可那道士必也不是胡说,况且自己那番诚恳地请求,道士却连面都不让自己见一下,这会儿却爽快地将她放了,必也有个缘故。

邵寂言一边琢磨,一边转回屋中去看如玉。见她仍如刚刚一般昏死在地上,他不免又犯了愁,心道:那道士只说她自会没事,可也不知要等多少时辰?她只是一缕精魂,见不得阳光,万一她还没复原天就亮了,阳光一照,她可不就魂飞魄散了?

邵寂言心急,仔细看了看她身上,未见什么伤口,也不可能找个大夫来给她诊治,甚至想要把她抱到床上休息休息都碰不到。无法,他只好盘腿坐在地上,在如玉身边守着,只盼日出之前她能醒来。

坐了半个多时辰,如玉终于醒了。她躺在地上,先有些发蒙似的四下里望望,随即突然清醒了似的腾地起来,紧张地道:"她走了?走了?"

邵寂言见她这精神头十足的样子,松了口气,只道:"别找了,适才有位道长高人来此将她收了。"

如玉闻言非但未露轻松之色,反而一脸惊恐,哆哆嗦嗦地道:"道……道……道士……他可看见我了吗?"

邵寂言见她这副受惊的胆小模样只觉有趣,笑道:"自然了,你这么大的目标,人家怎能看不到?"

如玉全不理他的打趣,只怯生生地道:"那……他怎么放过我的?没把我一起收了?"她说着想了想,抚着心口,低喃自语道,"是了,他一定是知道我心地善良才网开一面的……嗯……"

邵寂言心中暗笑,故作严肃道:"哪有这般容易?那道长说了，世上精怪无善恶之分，只有执念深浅，不论是怎样的妖魔精怪他照收不误。"

"啊？"如玉变了脸色，似那道长随时会折回抓她一般。

邵寂言轻咳一声，道："你可谢谢我吧，我才与那道长求了情，他答应放你一马了。"

"真的？"如玉大喜。

邵寂言玩笑道："那还有假？我可是磨破了嘴皮子，什么好话都说了，只差没给他跪下，他这才勉强收了手。你可得谢谢我吧？我可是你的救命恩人呢。"

如玉只觉逃过一劫，欢喜得嘿嘿直乐，连声道："是，是，谢谢你，你是我的恩人了！"

邵寂言才要憋不住笑出声来，如玉便又纳过闷儿来，歪着脑袋"咦"了一声，喃喃道："是不是……弄反了？"

邵寂言终是忍不住笑了。如玉绕过弯儿，瞪眼道："怎么是我谢你！方才可是我及时赶到，从那狐妖手里救了你，该你谢我才是！若非为了救你，我又怎会跑来这儿撞见那什么道士，你替我求情可不是应该的吗！"

邵寂言笑道："我正要说你，你来救人我只当你本领高强，可没想你自己先趴下了。"

如玉道："呸呸！我为救你受伤，你还好意思说。我头几日就来奉劝你，你偏不听，这回信我了吧！若我晚来一步，哼，可不知你现在会怎样呢！"

邵寂言笑道："是，是，大姐救命之恩无以为报，小生以身相许如何？"

如玉脸上一红："呸！谁要你这下流坯！"

邵寂言笑了笑，收了玩笑之意，问道："对了，说起来，你今晚怎么突然出现了？如何知道那狐妖今晚要来的？"

如玉道："我听我的姐妹说见了她往这边来。我料你肯定不听我的话留在这儿等死，你虽说黑心、嘴贱又下流，到底是条性命不是？我就勉为其难过来救救你。我头先跟前辈打听过，这女子也是个可怜的。她相公当年进京赶考，高中之后娶了个大官的闺女，她听了悲愤之下去找她相公理论。那男人非但没有半分愧疚之心，反请了个道士作法，将她镇在了法器当中，数十载不得脱身，待这女狐好不容易得一偶然机会逃脱，才发现世事变化，当年的书生早已离世了，就是想报仇都没机会了，真的可怜得很。"

邵寂言蹙眉，心道那狐妖与他所言看来并非全是谎话，再想她的遭遇果真悲惨，她那相公也确实太过歹毒绝情，也难怪她如此痛恨男人了。那道士将她收走助她修炼飞升，倒也算是她的造化。

如玉接着道："她因这番经历，才对你们这样的书生举子存了怨恨。不过我听前辈说，她因自己被人抢了相公，深知为人妻子的苦处，所以但凡有妇之夫，她都绝少加害的。"

邵寂言心道：难怪她当时要问他是否成亲了。便对如玉道："所以你就来冒充我的娘子？"

如玉点头。

邵寂言无奈地叹道："你是真的心善，却是用错了方法。她既然是恨她的丈夫背叛了她，那昨晚那境况只当我也是对你不忠，她更要杀我了。"

如玉忙道："我不知道啊！我只怕你真被她害了就急忙过来，

哪儿还想得那么多。"她说完又噘了嘴，嘟囔道，"哪里怨我……只怪你自己好色……下流坯……"

邵寂言不免尴尬羞愧，转念一想，如此也不必在她面前故作斯文，便露了不羁之色，调笑道："我下流，你好色，咱们谁也别说谁，正好一对了。"

如玉心里扑腾腾紧跳了两下，羞窘得满面通红，啐道："谁跟你一对！"

邵寂言开怀笑了，只道："大姐救了我一命，既不稀罕我以身相许，那和我做个朋友总不嫌弃吧。"

如玉没有应声，反是小嘴一撇，不大高兴。

邵寂言道："怎么？我连给大姐做个朋友也不配吗？"

如玉哼道："谁是你大姐！你一口一个大姐，怎知我就比你大了！"

邵寂言一怔，心下笑道：原来她是在意这个。便道："小生今年二十有四，不知姑娘芳龄啊？"

如玉别别扭扭地道："我也不知道。反正我不是什么大姐。"

邵寂言莞尔，道："罢了罢了，算我说错了，我给姑娘赔不是了，敢问姑娘是？"

如玉会意，歪着身子扭了扭，露出大大的尾巴。

邵寂言此时方知如玉原来是只小松鼠，这会儿见她羞涩地扭着屁股，只觉甚是可爱，又道："敢问姑娘芳名？"

如玉头一回被男子问了姓名，不觉红了脸，扭捏地小声道："我叫如玉……"

"如玉……"邵寂言重复了一遍，笑道，"很好听的名字。"

如玉听人赞她，心中愈发欢喜羞涩，一时也不知说什么才好，只随口回道:"那你叫什么?"

邵寂言只觉好笑,心道:你偷窥了我几次,怎能不知我的名字。再看如玉一副扭捏的小女儿姿态,又不好拆穿她,便就摆了样子,恭敬地拱了拱手,道:"小生邵寂言有礼。"

如玉从前最爱做的事就是夜幕降临之后挨家挨户地去串门子,而现在她只串一家,她有朋友了。

每晚一醒,她便直奔邵寂言家里,把从姐妹们那里听来的新鲜事说给他听。有些事情他似是很爱听,有些事情似没什么兴趣,如玉一一记下,待回去便着意打听他感兴趣的话题,第二日再来说给他。自然,并不是她一直在说话,他也会与她说,说他白日里又结交了怎样的朋友,作了一首得意的诗词,或是又约了朋友郊游踏青。当然,每每也忘不了捎带着调笑打趣她一番。她虽是又气又窘,心里却并不真的恼他,反而觉得怪近乎的。

交了一个书生朋友的事,如玉谁也没告诉,她觉得这是她和邵寂言之间的秘密。她偷偷地想,若是告诉其他姐妹,说不定她们就会生了好奇之心也来看他。她自知,不论美貌还是风趣,她都不是姐妹里出众的,只怕他见了她们就不是她一个人的朋友了。

这是如玉的小心思,邵寂言也有自己的烦恼,他发现如玉这只小妖精实在是……太黏人了。

自他主动与如玉交了朋友,如玉便一日不落每晚准时来他这里报到,东家长西家短地和他传闲话。他虽说来京城不久,可他敢肯定,他现在知道的八卦定比不少久居京城之人还要多。

因如玉是妖非人,又与他有那样的相识,是以,他在如玉面前全不用做出书生举子该有的谦恭谨慎，言行举止随性而至，舒服得很。有时他甚至与她开些暧昧的玩笑，逗得她又羞又恼。惹急了，她便会涨红着脸骂上他几句。而不论怎样的市井俚语，凭她那副模样说出来，一点儿不觉粗俗，反而滑稽可爱得很。

　　如玉的相伴虽让邵寂言的生活比之前欢快了不少，却也受不住她日日过来玩耍，弄得他连看书的时间都没了。初时，他不想扫了她的兴，便想了个法子，故意调侃打趣她，把她说得恼了，她便红着脸走了。他原想她必要气个两三天，未料头天还信誓旦旦地说再不理他，第二日天一黑，她又跟没事儿人儿似的笑嘻嘻地登门了。她这不记仇的单纯性子，实在让他又喜欢又无奈。

　　后来，他终是受不住地和如玉直说了，只说科举将近，他要好好温书，不能每日陪她聊天。

　　如玉想也没想地拼命点头，只道："对，对！你是该用功的！那我不再和你聊天了。"邵寂言才要松口气，如玉又憨憨一笑，道："我就乖乖地在屋里坐着，绝对不与你说话，你看书去吧。"

　　邵寂言道："屋里坐个大活人，我怎能安下心来？"

　　如玉眨了眨眼睛，很认真地道："我不是人啊。"

　　邵寂言无可奈何地败下阵来。

　　看出了邵寂言的不高兴，如玉撇了撇嘴飘到墙角，缩了缩身子，把自己缩得好小好小，捂了嘴，小声道："我就在这儿，我不说话还不行吗？"

　　邵寂言见她一副可怜兮兮的模样，也实在不忍心再赶她，只好由着她在墙角缩着，自己看书去了。

　　他看得入神，半个多时辰下来，半点儿动静也没有，他只当如玉无聊得走了，转回身，却见她仍是乖乖地蹲在墙角，用手指在地上画圈。见到他看她,她便用力捂了嘴巴,瞪大了眼睛,无辜地摇头。邵寂言面无表情,默默地转回来继续看书,忍不住无声地笑了。

之后,邵寂言再没轰过如玉,他完全习惯了如玉的存在。有时,一晚上二人也不说一句话,一个看书,一个自顾自地在屋里转悠,在墙角蹲会儿,在院子里耍耍,又或者干脆伴坐到桌子边拖着腮帮子看他读书。他看书看累了,也不用管如玉,自行脱了衣裳休息。如玉则自己开开心心地飘走,如果天色早,她就去别家逛逛;如果晚,就直接去大槐树底下找姐妹们聊天。

日子一天天过,一人一妖相处得愈发随意,甚至邵寂言在洗澡擦身的时候,二人也只隔了屏风无所顾忌地聊天说话。

如玉在屏风外大咧咧地道:"你也不脏,不用洗得这么勤吧?你看人家宋铁匠每天累得一身汗,一个月才洗一次呢。"

邵寂言在屏风内笑道:"你怎知人家一个月洗一次,你必是日日去偷窥人家洗澡了。"

"呸!我才不稀罕看他,脏兮兮、臭烘烘的。"

"啊,是了。"邵寂言调侃道,"我家如玉只喜欢看我洗澡。"

……

屏风外一阵沉默,邵寂言浅笑,不用看也知如玉那张胖嘟嘟的小脸定又变成粉红色了。未几,果然传来如玉羞窘的小声嘀咕:"谁喜欢看了……下流坯……"

邵寂言并不是每晚都在家,有时候会出去应酬,很晚才回来。这时候,如玉就跟个管家婆似的嘟着嘴,道:"怎么这么晚?去哪儿了?怎么脸这么红?有酒味儿,喝酒去了?"

"嗯,被冯兄、陈兄拉去喝了两杯。"

"啊？"如玉不高兴了，"就快考试了，不好生在家读书，跑去喝什么酒？这酒可不是什么好东西。你看南街那个孙秀才，好好的读书人就是喝酒喝坏了，书也不看了，成日里就知道抱着酒罐子喝酒，五十几岁还是个秀才！"

"我们不过是饮酒助兴而已，和他那种嗜酒如命的酒鬼怎可相提并论？"

"怎么不能比？都是读书人，谁生下来就是酒鬼的？下次不许喝了！"

"是是……下次我少喝些就是。"

"这还差不多，你这话我记着了，下次再见你喝醉了回来，我……"

"如玉……"

"嗯？"

"你昨儿是不是又去看人家两口子吵架了？"

"是啊。"如玉挠挠头，"你怎么知道？"

"难怪……"

如玉仍是一头雾水："你怎么知道的？我跟你说了吗？我不记得啊？"

邵寂言认真地道："如玉，以后不许看人家夫妻吵架了。"

"哦……"如玉不情不愿地应了，她不明白为什么他不许她去。不过既然他说了，那肯定是有很深很深的道理。

这日，邵寂言被朋友邀去游湖，晚上一进家门便被如玉缠上问东问西。

"好玩儿吗？好玩儿吗？"如玉兴奋地问道。

邵寂言似是心情大好，道："好玩儿得很呢。来了京城这些日子，今日玩得最痛快，想不到京城附近还有这么宽敞清澈的湖面，比我前年去的泽阳湖不差呢。"

如玉一脸的羡慕，赶紧道："这么好，下次也带我去吧？"

邵寂言啧啧道："贪玩儿，你不要命了？"

如玉道："谁说白天去了，咱们晚上去不就好了！"

邵寂言道："哪儿有大夜里游湖的，黑漆漆的什么好风景也看不见，万一不小心掉进水里，可就更惨了。"

如玉道："只坐在船舱里，不动不就好了？再说，也不一定非看风景嘛。"

邵寂言笑道："哦……不出船舱，不看风景……大夜里的，咱们俩跑那儿大眼儿瞪小眼儿做什么，在家里还看不够吗？"

如玉腮帮子一鼓，不高兴了。

邵寂言叹了口气，哄道："罢……罢，你若是想去，等我高中之后，便挑个月圆的晚上带你去游湖。"

"嗯！"如玉开心地在空中转了个圈。

二人正说着，忽闻有人敲门，邵寂言怔了一下忙去开门，却是冯陈二人拎了壶酒站在门口。

"寂言和谁说话呢？"陈明启不等邵寂言相让便走了进来，四下张望。

"啊？说话？"邵寂言佯作迷茫，一边把冯子清让了进来。

"是啊，我也听见屋里有声音，我与明启还当你这儿有客人呢。"冯子清放下酒壶坐了下来。

"哦，或是我才看书一时入神读出声来了。"邵寂言随口答着转去取杯子，待转过身来，却见桌边坐的不止冯陈二人，还有个如玉。这会儿，她只若故友重逢似的打量着冯陈二人，口中喃喃道："多日不见，陈兄可是又胖了……看来高升客栈的饭食还真不是吹的……"邵寂言被她那一本正经的模样逗得忍俊不禁，忙轻咳一声掩饰过去。只是这细微的神情并未逃脱冯陈二人的眼睛，陈明启笑道："寂言莫要骗人了，我看你春光满面、喜不自胜的模样，可是藏了位佳人在这屋里？"说着便假作四下张望的模样。

邵寂言摇头叹笑，并不答话，只若看不见如玉一般，走上前便往她正坐着的那张椅子上坐下去。

如玉低呼一声，连忙跳开，气呼呼地嘟囔着："这儿不还有一空椅子吗？怎的偏坐我这张……你故意的是不是？哼！"说完就撅着嘴佯坐在一旁的空椅上。

邵寂言坐定方笑道："若这么晚了还有佳人红袖添香，我也不考什么恩科，只携美人归隐山林，也是人生一大乐事了。"

陈明启啧啧道："乖乖，敢情咱们邵大才子还是个痴情风流种。"语毕，三人不免失笑。

如玉却是心中一动。她恍惚觉得邵寂言说这话时有意无意地用余光瞥她，不禁暗道：我可不就是这么晚还陪着他吗？我也算得上是佳人吧，只是不知这红袖添香是个什么意思？或是……他喜欢穿红衣裳的姑娘？如玉垂头看了看自己一身淡紫色衣裙，暗想自己好像好久没换过新衣裳了。

如玉正琢磨过两日拉了凤儿去逛鬼市，但闻冯子清笑道："凭寂言的才情，若求红袖添香岂是难事？白日里，寂言不就俘了一颗芳心吗？人道人生几大快事，金榜题名日，洞房花烛时……依我看,你这美事可都不远了。"

"是,是!"陈明启也似被提了醒,搭腔道,"可不是!咱们走时,我特意往那船上看了看,有个小丫头从里面探出头来一个劲儿地看你,想是她家小姐对你有心了。啧啧,寂言真是好福气,只游了次湖便得此良缘,真是羡煞我也!"

如玉听闻,不自觉地微微蹙眉,歪了头去看邵寂言,但见他一副不甚在意的神情,只笑道:"二位兄长今日过来可是存心来打趣我的不是?不过是一面之缘……啊,不,人家小姐坐在船舱里,连面都没见,可连一面之缘都称不上,就被你们说成这样。罢了罢了,我认输了,你们饶了我吧。"

陈明启哈哈大笑,冯子清却只道:"怎么,寂言当真不知?"

"知道什么?"邵寂言一脸莫名。

冯子清见他似果真不知,不禁叹道:"人家芳心暗许,你竟还不知人家是谁?"

邵寂言奇道:"不过是萍水相逢,对了两首诗而已,她又未自报家门,我如何得知她姓甚名谁?难不成你知道?"

冯子清眯着眼凝视着邵寂言,故作神秘地道:"她是谁不要紧,她爹是谁才是要紧!"

邵寂言怔了一下,也不忙往下问,只玩笑道:"这才半日,你竟连人家爹爹是谁都打听好了?别不是你自己看上人家小姐,怕我与你争,才来探我口风不成?"他说着拍了拍冯子清的肩膀,笑道:"放心,你只管去人家府上提亲,我断不与你相争。"

陈明启这会儿也是一脸迷茫地看着冯子清,道:"子清,你当真看上那家小姐……打听去了?"

冯子清不理陈明启,只看着邵寂言叹了口气,道:"我倒想去提亲呢，可惜啊，我没这个福气。你们可知道，那船里的小姐不是别人，正是当今吏部尚书沈得年沈尚书的千金！"

邵寂言和陈明启同时露了惊色，陈明启忙道："你是怎么知道的？"

冯子清道："当时，我见一直跟船夫站在船尾的一个小厮有些面善，一时没想起来，回了客栈方猛地想起。前几日，我见这个小厮去高升客栈订过店里的招牌梅花糕，正是沈府里的人！如此，那船里坐着的不是沈小姐还能是谁呢？"

邵寂言与陈明启面面相觑，均是一副惊得说不出话的模样。冯子清又道："沈尚书位高权重，深得皇上器重，其内弟又在礼部任职，正管本届恩科，只要沈大人说句话……"他话未说完，半玩笑半认真地拱手道，"寂言，他日你高中状元，成了沈尚书的乘龙快婿，前程似锦之时莫要忘了我们啊。"

邵寂言做慌忙之态，道："这……这话可说不得！"

冯子清道："怎么说不得？我不过是说笑一句，凭你的才思也未必靠沈尚书的人情嘛……到时候得中状元，尚书千金配给你也不屈了她，你们这也算是郎才女貌，成就一段佳话了。"

邵寂言正色道："这话万万说不得！邵某光明磊落，却也不惧歹人流言诽谤说我有攀附之心，这玩笑话若是传出去，可不是平白辱了人家小姐的清誉吗？这罪名我可担当不起！怪只怪我当时多事，对什么诗，惹来这个祸事。冯兄若果真拿我做知己，就别害小弟了，今日咱们这玩笑就哪儿说哪儿了吧。"

冯子清认真地看了邵寂言一会儿，只看他似是紧张得连脸色都变了，嗤叹了一声，摇头道："瞧你给吓的，怎么连这点胆子都没有，罢了罢了，再不逗你了。"

邵寂言作势抚了抚心口，舒了口气。一直旁观的陈明启见此，赶紧打圆场道："咱们兄弟喝酒，怎么说起什么沈小姐王小姐的了？金榜题名，贤妻美妾，全是后话，今日咱们只乐得逍遥，来来，饮酒。"

三人自此换了话题，边饮边聊，待夜色渐深，冯陈二人便起身告辞。

邵寂言将二人送出院外，待远远地看着二人拐出了巷口，才眉宇一松，换了神色，心道：这冯子清果真是个有心思的，今儿是探他口风来了。

他何尝没猜到那船里坐的或是沈家千金，却也非故意招惹结识，是两船靠近对了诗句之后才发现了端倪。他自然认不得什么买点心的小厮，只见了一位下人从船舱里端了个食盒子给船夫送去，那食盒子上清清楚楚地刻了个"沈"字。能租得起这么好的游船，必是极富庶的大户人家。这些日子他从如玉这里把京城的高官富贾打听得清清楚楚，心知满京城姓沈的富贵人家只沈尚书一家。

不可否认，他猜得船内之人或是沈府千金之后也有意表现了一番，却也不似他冯子清怀疑的真就存了怎样的心思。

邵寂言轻挑眉梢，静思了片刻，嘴角一弯转身回院。

待到进屋，却见如玉仍如刚刚一般伴坐在桌边。刚刚他三人说话的时候，她一直就这么坐着，起初还是一脸好奇地左扭右扭看他们说话，之后便垂了头，再没动作了。

邵寂言看出如玉有些不对劲儿，却做不察，只随口道："怎么还没走？"

如玉抬眸看了邵寂言一眼，低声道："你有了媳妇儿就不要我了，要轰我走了是不是？"

邵寂言一愣，随即笑道："谁要轰你了？我不是怕你去晚了，赶不上凤儿她们说笑话了吗？再有，哪个要娶媳妇儿？谁是我媳妇儿？"

如玉道："你不用骗我，我都听出来了，那个什么沈小姐就是你媳妇儿。"

邵寂言叹笑道："你这是怎么听的？他们那是拿我玩笑呢，你怎的听不出来？"

如玉道："好端端的人家凭什么拿你玩笑？可见纵不是十分真也有七分。"

邵寂言看着如玉，滞了片刻，耸肩笑道："好，你既然这么想我娶那沈小姐，那等我高中之后便到沈府提亲，把沈小姐娶回来做媳妇儿。"

如玉用力咬着嘴唇，忽地大声喝道："骗子！你是大骗子！"

邵寂言惊得一怔，如玉一张小脸憋得通红，高声道："说好了高中之后你要带我去游湖的！这会儿又跑去提亲！你！你说话不算数，你是大骗子！"

邵寂言扬眉，一脸无辜地道："这……不冲突吧……"

"冲突冲突，就是冲突！"如玉不管不顾地大喊，"说好了带我去游湖就该去游湖！你就是骗子！不守承诺的大骗子！我再不理你了！"说完便气冲冲地飘走了。

邵寂言愣在原地，呆呆地站了一会儿，不置可否地摇头笑了笑，睡觉去了。

如玉果真一连几日没有来，邵寂言白日里照常出去结交应酬，晚上回来，屋里静静的，虽说有些不大习惯，却也乐得清静。

况且，他这两日也没心思去想如玉，因他某日去高升客栈访友之时，竟巧遇了沈尚书的公子沈墨轩。那沈墨轩年纪轻轻便入了翰林院，却非受父荫，实因他自己颇有真才实学，乃是上届恩科榜眼，文章颇得皇上喜爱。人常言，这个小沈大人将来必要比他父亲更有作为。

沈墨轩素喜结交些文人才子，时值恩科，闻得几位颇有才情的举子住在高升客栈，便微服私访至此，意欲结交几位知己良朋。说来也巧，这一日正赶上东街兖州会馆举办诗会，许多书生举子都去凑了热闹，因陈明启头里多饮了几杯酒，身子不爽，冯子清和邵寂言也不好撂了朋友不理，是以，整个客栈只剩了他们三人。

沈墨轩仪表堂堂，器宇不凡，纵使邵寂言三人不识得他的真实身份，心下也猜出此人必有来历，自也有意展了些学子风度，没一日下来，竟有相见恨晚之感。之后的事情就更简单了，沈墨轩本就是位人物，没几日便暴露了身份。三人又惊又喜，沈墨轩索性坦然承认，几人情谊更近几分，甚而称兄道弟起来。

这一日，沈墨轩在府中摆宴，也邀了邵寂言三人，三人欣然应邀。

邵寂言原以为以沈墨轩的身份，所邀之人必逃不过些官宦子弟，未想接触下来却非尽是公子哥儿。席间十来个人，吟诗作对，高谈阔论，论古比今，又有美酒佳肴，却也尽兴。只是后来，众人多饮了几杯，几位官家子弟难免流露了些贵族习气，冯子清与陈明启亦是外省世家出身，邵寂言却是出身寒微，难免话不投机。他虽觉没趣却也不好表露，与众人说笑一会儿，便借醉酒内急离了宴席。

邵寂言解了手,不愿立时回去,沿着来时小路往回慢慢溜达,经过些雅致的花园别院少不得往里张望欣赏,虽有好奇喜欢的,却也心知礼数,不好乱闯。走到一处花园外,里面传来女子嬉笑之声,他只恐撞了女眷,连忙欲躲,人还未走远,却听到院内有女子道:"小姐,再别过去了,今儿大少爷在沁竹轩请客,误撞了客人就不好了。"

邵寂言心下一惊,心道:这沈尚书只有一女,这丫头口中的小姐大抵就是那日游湖偶遇的沈小姐了。他忙又转了回来,躲在园门外小心地向里张望。然园内山石掩映,只恍惚见到个人影,却看不清容貌。

邵寂言心道这却是个机会,只怕再耽搁一刻,园内之人便要走远,也容不得多想,四顾无人便闯进了园子。进了园子,他也不抬头,直往刚刚人影闪过的地方走去,快要走近时便做迷路张望之状,待转过一处山石,正撞见了一个小丫头。

那小丫头乍见了陌生男子吓得叫了一声,惊道:"你是谁?"

邵寂言忙赔礼道:"在下邵寂言,受沈公子之邀来府上赴宴,适才离了宴席解酒,不想竟是迷路了。误闯至此,还望恕罪。"

那丫头闻得"邵寂言"三个字立时露了些惊色,下意识地向身后山石掩映处瞥了一眼。她虽急忙掩饰过去,可这微小的神色却没逃过邵寂言的眼睛。

邵寂言心道:我在来京举子中虽有些名声,可这丫头乃闺阁之人,未必闻得府外之事,她若知道我的名字,或是从她家小姐处得知的?如此一想,更觉自己这次闯得应该。况且他虽未抬头,却用余光瞥得那山石后似有座小亭,心道那位小姐想来就在亭中。自己适才自报姓名,她必然能听见,若她无心,这丫头只需为我指明道路,我做无事回去,没甚损失,两不相干;若这沈小姐有心于我,这会儿也该现身了。

他才这么想着,便听不远处传来个温婉的少女之声:"翠竹,是哪个?"

邵寂言一下便听出这声音正是当日船舱中的女子,心下立时有了分寸。未几,便见一位柳眉杏目、温婉俏丽的少女从山石后走了出来。翠竹唤了声"小姐",回她身边附耳说了句话。

邵寂言这才第一次见了这沈小姐的容貌,虽非绝色,却也是位难得的佳人。他心中已渐渐生了些心思,这会儿只做恭敬之状,道:"在下邵寂言,一时迷路,误撞了小姐,还望小姐见谅。"

沈婉柔早先就从哥哥口中听过不少赶考才子的事情,其中便有邵寂言,那时随耳一听,没往心里去。头两日,她借烧香之际瞒了父兄偷偷去游湖,巧遇了邵寂言等人,一时心血来潮与几人对了诗句,就此记住了邵寂言这个名字。她年已十六,情窦初开,难免有些小女儿情怀,再加看了些闲书,对才子佳人一事很是向往。与邵寂言的游湖巧遇便觉颇有缘分,难免生了些情思。头几日听哥哥说与邵寂言交了朋友,又赞他虽出身寒微,却有才情、有气节,更似她看的那些穷苦书生遇佳人的故事,便对邵寂言愈发上心了。昨日听闻哥哥宴请的宾客之中便有邵寂言,她心中忐忑,这会儿特意来这院中散步,只盼能有机会远远地望上一眼,也好看看这位才子到底是个什么模样。

这会儿,眼见邵寂言果真是位眉目清秀、俊朗不凡的佳公子,一下子撞到了心坎儿上,只道:"邵公子大名,我在闺阁之中亦有耳闻,说是难得一见的大才子。"

邵寂言忙道："'才子'二字实在愧不敢当，不过是些以讹传讹的虚名，小姐见笑了。"

沈婉柔道："公子过谦了，公子才情小女子却非道听途说……"说着便缓缓吟了邵寂言当日游湖之时与她对的诗句。

邵寂言假作一怔，随即又做恍悟道："适才便听小姐声音耳熟，却不敢多想，原来小姐竟是……当日不知船中之人便是小姐，若有唐突之处还望小姐恕罪。"

沈婉柔红了脸，才要说话，忽闻园外有人走动。

邵寂言只恐被人撞见，忙道："我出来久了，再晚回去怕他们嗔怪，若有人撞见我与小姐说话，却是不好了。"说完便辞了沈婉柔，一路往外走，待出了院子却不忙离开，而是假作踌躇之态站了一下。转头往回望，果见沈小姐仍在原处向这边张望，见他回头，立时露了羞色，转身离开了。

酒宴一直到下午才结束，而后邵寂言又被冯陈二人拉去别处饮酒，一直到了晚上方略带醉意地回了家。一路上，邵寂言在心里盘算，当日与沈小姐偶遇，他原没任何想法，然今日看来，这沈小姐竟似对自己生了倾慕之心，这便让他不得不生了心思。其父兄均在朝为官，且颇得皇上重用，若他果真能娶她为妻，倒是一桩美事。况这沈小姐姿容俱佳，又有些才情，虽有些富家小姐的娇柔之气，却未必不是贤妻之选。到时如花美眷，仕途平坦，岂不两全其美。

邵寂言越想越觉得称心，便仔细谋算起来。以沈家之势，他至少要得探花，方有资格登门。即便如此，他与众多显贵子弟相比到底还是有差。朝廷派系林立，沈得年未必没有以姻亲笼络人心之意，他想要凭自己的本事打动这位沈尚书，好比痴人说梦。

除非是沈小姐对他一往情深，再有沈墨轩这位兄长从旁美言，沈尚书或才会考虑将女儿许与他这寒门出身。

邵寂言定了主意，一是恩科考试必要高中，对此他倒是早有把握。第二，便是要多与沈墨轩攀交，博得他的好感。这一点倒也不难。这些日子的察言观色，沈墨轩是个怎样的人物，喜欢与怎样的人结交，他已心里有数，只要投其所好便是。第三，便是寻机会再与那沈小姐见面，让她对自己情根深种才好。独这一点有些难办。沈小姐深居闺阁，若处理不好则适得其反，倒显得他是个心存不轨的孟浪之辈了。

他一路琢磨着，不觉已到了家，待推门进屋，不禁一惊，只见多日未来的如玉正在屋中，也不知等了多久。

两人好几日不见，这会儿乍一见面，不免有些尴尬。

邵寂言看了如玉一眼，一边进屋，一边故作轻松地开口道："来啦？"

"嗯。"如玉点了点头。

邵寂言话一出口便觉有些没话找话的味道，更显得尴尬了，也就不再说话，只擦了擦手，去屏风后将外衫脱了。他在外应酬了一日，困乏得很，这会儿只想赶紧躺下睡觉。若搁往日，他不用理如玉，只管自己上床睡觉，她绝不会多心，自个儿在外面玩会儿就飘走了。可眼下，二人好似闹了别扭似的，她好不容易来了，就这么撂着她不理，总是不好。是以，他只在床上坐了一会儿，又走了出去，到书桌边随手拿了本书翻了起来。

如玉也不抬头也不吱声，就垂着头，默默地坐在原处。

邵寂言翻了两下书却根本看不下去，只端端地坐在那儿望着一页书发怔。

屋内的气氛从未有过的沉默、尴尬。

"你喝酒了？"如玉抬眸望着邵寂言，首先打破了沉默。

"是，白日出去应酬了。"邵寂言没有回头，心下却是暗舒了口气，总算说话了。

"说好了少喝的，酒不是好东西。"如玉喃喃道。

"嗯，我以后少喝。"邵寂言侧头望了如玉一眼，随即便忙避开了目光，自己竟似做错了事一般心虚起来。他如何察觉不到如玉对他已隐隐生了女儿情思呢，他知道这完全是他的错。他明明知道她心思单纯，偏要有事没事地逗趣她，与她说那些引人遐想的暧昧玩笑，怎能不挑起了她这个心思。他自知人妖殊途，把二人的亲近说笑权当消遣取乐，却只管自己痛快，全没考虑她的心思。

这些日子的相处，如玉的单纯善良被他看在眼里，她若没遇到自己，或是自己之前没那么自私地拿她寻乐、打发时间，她必会如从前一样过得简单快乐，断不会有此时的落寞之色。

邵寂言越想越觉得自责不忍，只想趁她心思不深，早些与她说清楚，便道："想知道我今日与谁饮酒了吗？"

"啊？"如玉正有些出神地扯着衣角，听邵寂言唤她，忙抬头看过来，眨着一双大眼睛，回道，"是和冯兄陈兄他们吧……"

"除了他们，还有沈墨轩和另外几个朋友。"邵寂言凝着如玉的脸色道，"啊，这几日你没来，我没机会和你说，沈墨轩是我新认识的朋友，沈得年沈尚书的公子，也就是那个沈小姐的哥哥，我们今日就在他家吃的酒。"

听了"沈小姐"三个字，如玉眉宇间闪过一丝惊异之色，随即又淡去了，只"哦"了一声。

邵寂言等了一会儿,见她没有再多的言语表情,似乎并没怎么上心的样子,便继续道:"中途我去院子里醒酒散步,正遇见了沈小姐……你说,巧不巧?"

如玉眸色一闪,垂头沉默了片刻,忽然开口道:"你跟她说了?"

"嗯?"

如玉望着他认真地道:"你跟她说要娶她做媳妇儿了吗?"

邵寂言一怔,被如玉这突来的问题弄得不知如何作答,想要笑却又笑不出来。

如玉看了他一会儿,忽又憨憨地笑了,只道:"我说笑的。头先是我听差了,我后来想明白了,他们是拿你说笑呢,你不是真的要娶沈小姐做媳妇儿。"

邵寂言忽然觉得有什么东西噎在了他嗓子眼儿里,上又上不来,下又下不去,难受得很。他凝着如玉尴尬地笑了笑,开口道:"不是说笑,我是想娶沈小姐做媳妇儿。"

如玉的笑容僵在了脸上,渐渐消失了。

"你骗人。"她瞪着邵寂言,有些不高兴。

"我没骗人,等我高中之后,我就去向她爹娘提亲。"邵寂言道。

邵寂言等着如玉的回答,她却只撇着嘴望了他一会儿,忽地起身便走。待到门口她又站住,背着身委屈地道:"你骗人!你头先还说是说笑的,今天又说是真的,一会儿真一会儿假,你欺负我脑子笨,我不理你了。"说完便要往外飘走。

"如玉。"邵寂言从身后叫住她,道,"头先是我自己没想好,现在我才想明白了。我定了心思,一定要娶沈小姐为妻。我从没觉得你笨，我觉得你很单纯、很可爱，我想要和你做朋友，好朋友。"

如玉站在原地一动不动，许久，方吸了吸鼻子，小声道："谁稀罕与你这大骗子做朋友。"说完便头也不回地穿门而出飘走了。

之后，如玉又是一连数日没有出现。有了前次的经验，邵寂言只道她是和自己耍性子闹脾气，或许还有些抹不开面子，只想着过几日她想开了，或许就好了。

他定了娶沈小姐为妻的心思后，便更热心地与沈墨轩攀交。他本就善于察言观色，沈墨轩又是个爱才之人，两人很快便成了知己。可虽也去府上拜会过两次，却再未有机会与沈小姐见面。他只奇怪，那沈小姐明明对他也生了心，既知道他来府上，也该想法子寻了机会与他"偶遇"才是。结果没过多久，他便得了消息，原来是沈小姐这些日子生病，卧床不起，而这病因据说是撞了妖邪，被吓着了。

沈小姐撞了妖邪的事儿不过是些流言蜚语，他也不好向沈墨轩细打听，只从他言谈中不经意透出的信息来看，似有些蹊跷。邵寂言一下子想到了如玉，他知如玉善良单纯得很，不会做出害人的恶事，可又觉女人的嫉妒心若是生了，只怕真难保做出什么事情来。

在他苦于无处寻如玉问个明白的时候，消失了几天的如玉却自己登门了。只不过，她并没有像从前那样堂而皇之地不请自入。

邵寂言在屋中听到外面有徘徊之声，下意识唤了声："如玉？"屋外的动静立时消失了。

邵寂言知是如玉无疑，却不见她进来，急忙打开房门，正撞见如玉慌慌张张地往院中大树后面躲。

"别藏了,我看见你了。"邵寂言道,只因对如玉怀有疑心,声音多少有些气恼。

或是被他这语气吓着了,如玉仍躲在树后头不出来。可因身子不够纤细,到底还是藏不住,胳膊和屁股露在外面,显得有些可笑。

邵寂言却是笑不出,故意激道:"你躲着不见我,可是做了见不得人的坏事?"

"才没有!"如玉终是开了口,在树后面磨了一会儿,蹭了出来。

如玉这副扭捏之态,越发让邵寂言觉得她做了恶事,不动声色地转身进屋,道:"进屋说吧。"

如玉慢悠悠地跟在邵寂言后面进屋了,才一进门便听邵寂言问道:"你去过沈府了?"

如玉一愣,做错了事般向后缩了缩,惊道:"你是怎么知道的?"

邵寂言原本还不太相信,这会儿听如玉亲口承认,不由得恼火,脱口而出:"谁许你去的!"

如玉吓了一跳,哆哆嗦嗦地道:"我……我就是去看看……"

"去看什么,去看沈小姐了是不是?"邵寂言质问道。

如玉从未见邵寂言生过气,这会儿见他一脸愠色,只觉自己做了天大的错事,忙道:"对不起,对不起,我再不去了!"

邵寂言气恼如玉去吓人,原想好好呵斥她一番,可见她这紧张兮兮、可怜巴巴的样子又有些不忍心,只拉着脸坐在椅子上瞪着她,不说话。

如玉小心翼翼地望着邵寂言的脸色，不知怎样才能讨他开心，咬着嘴唇想了想，道："我头先看到了恩科的题目，你想知道吗？"

邵寂言一怔之后，一下子火了，腾地站了起来，冷着脸高声道："你这样讨好我也没用！我用不着你给我看什么题目，我自己有本事考！纵是名落孙山了，也不做这等卑劣之事！"

如玉傻了，待要说话，却又被邵寂言抢断道："我头先只当你单纯善良，原是我看错了！你做的这些恶事哪是个憨直姑娘能做的！"

如玉鼻子一酸，委委屈屈地道："我做什么恶事了？"

邵寂言气道："还与我装傻是不是？你跑去沈府吓唬沈小姐，把她吓得卧床不起，难道不算恶事？还是对你来说，这事儿根本不值一提？若你无害她之意，也该知道你是妖，她是人，她禁不住你的玩笑戏弄！若是你果真存了恶意，那我就明明白白地告诉你，想要娶她为妻是我自己定的心思，与她无关，你犯不着跑去吓唬她。再说白了，莫说你我人妖殊途，纵你是人类的姑娘，我也不会喜欢你！"

如玉意识到自己哭的时候，眼泪已经流到嘴角了，尝不出任何味道，只觉得有些喘不上气。她觉得自己好似被人当面撕了衣裳，却觉不出羞臊难堪；又似被人扇了两个大嘴巴，可脸上又不觉得辣，胸口上似是刺进了什么东西，穿透了她似的难受。她下意识地用手捂着心口，只怕自己整个身体从那儿裂开。

邵寂言后悔了，话一出口就后悔了。可是话已出口，覆水难收，只眼睁睁看着如玉瞪大了眼睛望着他，捂着心口掉泪，随后茫然地点了点头，转身离开了。

第三章

你回来吧,咱们还做朋友,好吗?

那晚之后，如玉再没来过。邵寂言知道，她这次不再是与他闹别扭，她大概永远不会再来了。他一直知道二人人妖殊途，总不能永远做朋友，二人能相处的时光，大抵就是他考试前的这段日子，只是没料到会是这样一个不欢而散。

邵寂言的生活如故，只是晚上无人的时候，会不自觉地想起如玉，不过每每她的模样只是在他脑子里匆匆一过便被他赶走了。科考的日子近在眼前，十年寒窗苦读只为这一朝，他断不会让任何事影响了心情。只是夜晚读书之时，他会下意识地抬头看看门口，好像某个时候如玉仍会如从前那样笑嘻嘻地闯进来，缠着他说话。

科考的题目据说已经出来了，为避嫌疑，邵寂言等考生不好与身为朝廷命官的沈墨轩有过多联系，尤其其父身居要职，其舅父又在礼部任职，直管本届科考。可沈墨轩其人偏偏是个例外，他虽为官宦子弟，因本人才华横溢、颇具儒风，在清流儒臣中也颇得好评。是以，科考之前以他这敏感的身份邀约待考的举子，也不会引得什么猜疑指摘。只是为了免得给父亲惹麻烦，沈墨轩把邀约之地从沈府改到了城南华安寺。华安寺住持与沈氏父子有些交情，便收拾了一处侧院，又为他们备了一桌斋饭。

因是清修之地，为免喧杂，沈墨轩并未邀约那些王孙公子，只请了几位他颇为欣赏的举子考生，少了饮酒作乐，却更多了分以文会友的风雅。因身在寺院，少不得谈些佛偈，邵寂言有心攀交沈墨轩，趁机小露了些才华，颇得沈墨轩青睐。

随后众人游赏后院吟诗作对，众人自然争相在沈墨轩面前展露风采，邵寂言却又不着痕迹地隐了锋芒。他懂得一张一弛之道，不经意间在人前显露便可，可若是处处出头，难免让人觉得过于卖弄了。他是有心之人，想着在场诸人均是饱学之士，此科必中，将来难免官场相遇，若此时锋芒毕露，难免成为众矢之的，与将来仕途无益。

　　邵寂言不欲在此时与众人相争，又恐沈墨轩一时心血来潮让他赋诗一首，便慢悠悠地跟在众人后面，越落越远。在他无聊四顾之时，忽见院门口走过一个人影。那人走得很慢，身量侧影像极了当日在沈府撞见的那个沈小姐的丫头，叫什么翠竹的。邵寂言待要细看，却见那女子有意无意地往这院子里看了过来，不知赶巧还是怎的，正好和他目光相遇，可不正是那个翠竹吗？

　　邵寂言一惊，心道：她是沈小姐的丫头，她若在此，那沈小姐可是也在这寺中？未及他多想，便见那丫头别过头去，匆匆走了。

　　邵寂言看了看远处诗兴正浓的众人，趁众人不注意，偷偷溜出了院子，寻着翠竹去的方向追了过去。眼见她进了侧殿，便隐身在殿外石柱之后向里张望，果见沈小姐在佛前俯首叩拜。

　　他心中一动，暗道：小姐在这儿烧香拜佛，丫头不在一旁伺候，巴巴地跑那么远去做什么？她刚刚路过那院子步履缓慢，还似无意地往里张望，沈小姐必是知道她兄长今日在此邀约了朋友。翠竹如此……莫不是沈小姐的意思……可是故意引我来此？

　　这样一想，便觉这位沈小姐如此蓄意私会男人，与他心中的贤妻之选不免有差，少了分大家闺秀该有的仪容分寸，亦少了分女儿家该有的矜持。

他才有这念头,不知怎的又想起了如玉,只想若论矜持,与如玉相比,这沈小姐却是称得上端庄矜持得紧了。沈小姐不过是给二人寻了个见面的机会,到底还是引他主动来见她。而如玉则是每晚登堂入室,明目张胆地看他沐浴不说,还敢对他上下其手,及至后来与他相处之时也没什么避忌,连他沐浴之时,她都是毫不避讳地与他隔了屏风随意聊天。如此行径若被人知道,说句"女色鬼"还是轻的,被人说句"放荡"也不算冤枉了她。

可奇怪的是,他只对沈小姐此举生了些微辞,对如玉的种种行为却全没这种想法,反倒觉得可爱率真得很。邵寂言颇有些费解,只想着若把如玉做的那些事换到沈小姐身上……

他才一想,身上立时起了层鸡皮疙瘩,急忙把这奇怪的想法从脑子里甩了出去,只道自己也是昏了头了。这沈小姐是大家闺秀,是他认定了的贤妻之选,而如玉不过是只小妖,陪他消遣解闷儿的,本来身份不同,自然没什么可比的,完全不可相提并论。

他正想得出神,但见沈小姐不知何时已上完香走了出来,而适才还立在她身后的翠竹这会儿也不见了。邵寂言暗道,或是沈小姐故意支开翠竹好给他机会近前,便忙收了刚刚那些心思,心道:不论如何,他这些日子苦寻机会不得接近,如今这机会却直接找上门来了,若不把握,才是辜负了老天的美意。

想着便略整下衣冠走了出来,却只远远地跟在后面,待到沈小姐拐到殿后,见四下无人,方紧走了几步赶上,唤道:"沈小姐。"

沈小姐闻声转身,面上只做一惊。

邵寂言看她这瞬间的神色,便道自己适才想得不错,不禁心中暗喜，只道如今她既已对他有意，倒不用他费心了。

邵寂言浅笑道："在下今日受令兄之邀，来此与友人相聚谈佛论道，适才偶然遇见了翠竹姑娘，还觉自己眼花认错人了，贸然跟了过来，没想竟真在这儿遇了小姐。"

沈婉柔道："我陪家母来寺中还愿，知哥哥今日与友相聚，顺道和他一起来的。"

邵寂言笑道："算来这竟是在下与小姐的第三次巧遇，可真是有缘。"

沈婉柔听得"有缘"二字，不禁羞得红了脸。

邵寂言见她露了娇羞，忙道："在下失言，唐突了小姐，还望恕罪。"

沈婉柔红着脸回道："邵公子言重了。"

邵寂言又道："前几日，听闻小姐身体抱恙，不知好了没？"

沈婉回道："谢公子关心，不过是旧疾复发，没甚大事。"

邵寂言心中一疑，只做随口问道："原是如此，我却听说什么小姐撞鬼受惊的话，着实为小姐担心了一阵，却只忘了子不语怪力乱神，枉读了那么多年的诗书，竟信了流言，实在惭愧。"

沈婉柔听邵寂言言语中对自己满含关切，不由得心暖，不及多想便柔声回道："也倒是有个缘故，有个做了错事的丫头不甘受罚，存了歹心，扮了鬼怪吓人，我一时心惊引了旧疾，烦劳公子惦记了。"

邵寂言闻言，心中一沉，怔住了。

沈婉柔不知他的心思，恍觉得自己似是多言了，两人不过见过两三次面，这等家事似是不大合适与他说，脸上一臊，急忙改口道："其实……也没什么……只怨我身子弱……"她越说越慌，只觉越说越错。

邵寂言已回了神，只随口哄道："女儿家弱质纤纤才愈发惹人怜爱。"

沈婉柔垂头满面娇羞。

邵寂言凝着她微笑，眸中柔情似水，心中却只看到了如玉躲在暗处吧嗒吧嗒地掉眼泪。

如玉的住所在城南大槐树附近一间废弃的旧屋里，这附近的巷子少有人居住，许多如她一样的小妖都在这里栖身，小妖们自然没什么高床软枕，大都选了废弃在角落里的坛坛罐罐安身。

如玉的那个罐子是凤儿帮她抢来的。当日，她初来乍到，没处可以藏身，好不容易寻了个无主的罐子又被两个悍妇抢了去。她胆子小，不敢跟她们争抢，亏得识得了凤儿这个伶牙俐齿的泼辣姑娘，才从那两个比她壮了一圈的悍妇手中把这安身之所抢了回来。

从那时开始，她便有家也有朋友了，闲逛、聊天、睡大觉，日复一日，直到遇到了邵寂言，她的生活才变了个样。如今，她被邵寂言骂了一顿轰了出来，这日子就又变回了原样，或许说和原来还是不同，如今她也不去闲逛了，更不跟着凤儿跑到大槐树底下与朋友们聊天，不论白日夜黑，就只窝在她这小罐子里闷头睡觉。

那晚，她失魂落魄地回来，蹲在罐子里又哭又骂："大骗子，谁稀罕你喜欢了！你冤枉好人，我才没吓唬人，我才没作恶！黑了心的邵寂言！你有什么了不起！不就是比人家多识几个字儿吗！天底下比你俊俏的书生千千万，我才不稀罕你！你这个大坏蛋！臭骗子！呜呜……"

骂累了、哭累了便抽噎着睡了过去。从半夜到天亮，再到天黑，睡了十来个时辰，脑袋都睡昏了，还是不想起来。只觉得去哪儿都没意思，想起邵寂言瞪着眼睛数落自己的话，一肚子的委屈又涌了上来，蜷着身子低泣："我再不理你了……大坏蛋……再不理你了……"

如玉就这样躲在罐子里窝着，越睡就越想睡，只觉睡过去了就想不起来，不用伤心了。在这期间，凤儿来寻过她两次，她只说身上懒不愿活动，把对方打发走了。她记不得自己到底躲了多久，甚至快分不出白日和黑夜了。直到凤儿的声音再次将她惊醒，她才迷迷糊糊恢复了意识。

"如玉！你给我出来！"凤儿高声道。

看来是晚上了，如玉想。她没动，她听出凤儿在生气，她不知道该跟凤儿说什么，她觉得自己很没出息。

"我知道你听见了！别给我装睡！快出来！你再不应声，我就把你这罐子打烂了！我看你还怎么躲！"凤儿叉着腰，气急败坏地吼道。

未几，罐子里传出如玉闷闷的声音："我才没躲……我就是累得很，想睡觉……你找别人玩儿去吧……"

凤儿不理，只道："我数到三，你给我出来，别等我进去揪你！"

……

罐子里一阵沉默。

凤儿气道："有什么大不了的？你至于躲在里面哭了这么几天还没好？不就是个穷酸书生吗！他看不上咱们，咱们还看不上他呢！"

如玉惊诧凤儿怎会知道她与邵寂言的事，霎时羞红了脸，脱口道："谁看上他了！我才不认识什么书生！"

凤儿哼了一声，道："行了行了，和我有什么害羞的！这些日子你哪儿也不去，天一黑就没了人影，你当我不知道你去哪儿了？近来我什么时候见你都是咧着个嘴，跟捡了金子似的，就是个傻子也能看出你的心思！"

如玉抱膝坐在罐子里，愈发羞窘，带着哭音地犟嘴："才不是呢，你瞎说……我才不是那样……"

凤儿听如玉声音发颤，蹙眉道："怎么又哭了？你没完了是不是？我当你图个新鲜，乐呵几天就完了，还真把他放心上不成！"

如玉听了这话，一时间难堪、委屈、伤心齐齐而来，只把头埋在双膝之间，不说话了。

凤儿等了好一会儿，见如玉不露面也不吱声，气道："好！你在里面躲着吧，我这就去找那贱书生算账去！"

如玉听了大惊，终是从罐子里钻了出来，只见凤儿果真不见了，急忙追了出去。

如玉不及凤儿脚力，追在她后头一路赶一路叫，追进了西柳巷，才拼了命地抓了凤儿的胳膊，气喘吁吁地道："别，别去，我再不躲着了，我好了，真的好了。"

凤儿甩开如玉，道："你说这几天我找过你几次了？你躲着不见我，怎的一说来找他算账，你就好了？我今儿非要看看那穷书生是怎么个贱样，竟把你迷成这样！"

如玉死拉着凤儿不撒手，急着求道："好凤儿，好姐姐，是我错了，我不该不理你，我们走吧，你说去哪儿咱们就去哪儿，从今往后，我都听你的！"

凤儿不理她，执意往巷子深处闯。如玉在凤儿身后拖着，急得都快哭了："别去！求你了！"

她越是着慌，凤儿越生气，道："你看你这尿样子，难怪被人欺负！我今儿必要给他些颜色看看，看他以后还敢不敢招惹、戏耍人了！"

"没有！他没有招惹我，是我惹他的，是我不好，是我缠着他来着！"

凤儿转头望着如玉，一脸的气恼、无奈。如玉仍是拉着她的手，小声道："他不是你说的那样，他很好的，是我先去他屋里转悠……那个……被他看到了……"她不好说二人是怎样的相识，只吸吸鼻子道，"他没有招惹、戏耍我……是我不好，是我一直来找他的……"

凤儿才要开口，又被如玉抢断道："他是好人来着，真的！他还救过我呢！要不是他求情，我早被道士收走了！真的真的！"

凤儿关心地道："你何时撞见道士了？"

如玉却不答话，只连声道："还有，还有，我日日来找他，他也不嫌我烦，明明都快考试了，还肯耽误时间跟我说话聊天，这可不是好人吗！"她想了想，又垂了眸子，"我又没学问，又不会讲笑话……他读的书、作的诗，我看不懂也听不明白，我跟他说的那些东家长西家短的闲话，他也肯定没兴趣，可每次还带着笑脸听我说话，陪我解闷儿……他是好人来着……"

凤儿看她这可怜兮兮的模样，又气又无奈，用力戳了下她的脑门儿："没出息！"

如玉揉揉脑门儿，嘴一撇，戚戚欲哭。

近旁的一座空宅，邵寂言躲身在院门之后，听到二人这番对话，窝心得很。

他从沈小姐那儿得知实情后，知道自己冤枉了如玉，只觉懊悔得很。再想自己当日说的那些重话以及如玉离开时的可怜模样，心里更是一百个不踏实。他踌躇了许久，觉得还是该去找她道个歉，赔个不是。这些日子，总是如玉来他这儿，他却不知如玉在何处安身。想来想去，只有去她常说的城南大槐树那儿碰碰运气。

人还没出巷子，便听远处传来了如玉的声音，似是又慌又急地追了什么人奔这儿来了。他一时着慌，下意识藏进了这座空宅。如此，便把刚刚二人的对话一字不落地听了去。

他想探头去看看如玉，想知道这些日子没见，她现在是什么模样，可她刚刚那些话每一句都跟巴掌似的打在他的脸上，让他无地自容。莫说此时有旁人在场，即便外面只她，他也不知该怎么出去面对她，该和她说些什么话。

门内，邵寂言兀自愧悔、自责；门外，凤儿见了如玉的模样也没了脾气，叹道："怕了你了！"她说着拉了如玉往回走，一边走一边训道，"我早跟你说让你离活人远点儿，你偏不听，这回怎的？长记性了吧！男人都不是好东西，尤其那些读书人，最会耍嘴皮子哄小姑娘，就你这傻样儿，不被人哄蒙了才怪！"

如玉噘着嘴跟在凤儿后头，下意识地回头往巷子深处望去。

"看什么看？还看！"凤儿气道，"还舍不得怎的！还想找他去是不是？"

如玉连忙转回来，耷拉着脑袋，摇摇头："再不来了。"

待到二人拐出巷子许久，邵寂言才从那座空院走出来，心里跟被人掏走了什么似的，也说不出是个什么滋味，只望着空空的巷口呆住了。

如玉觉得凤儿说得没错，她真的是很没出息，明明说了再不来了，可这会儿，她还是来了这个地方。

她只是想着明天他就要进贡院了，作为一个"曾经的朋友"，她是不是应该来说两句鼓劲儿的话。只是她一直犹豫不决，待终于鼓足勇气过来已是深夜了。

她站在邵寂言家院外，看着屋里已经熄了灯火，不免有些失落。她以为她在他心中至少该有个小小的角落。他那天那么大声地把她骂哭了，可能会有些许的后悔；她这些日子没来，他大概会有些想她，哪怕只是一丁点儿。

"明儿就是科考的日子，天都这么晚了，他定然要早些安歇，养足了精神。"如玉心中这么安慰自己。她觉得自己该离开，可身子就是不听使唤地飘进了院子，到了房门口才停了下来，踌躇了许久也没敢进去。她只从门缝往里看，黑漆漆的什么也看不到，便又转绕到房后，那扇小窗户果真还开着条小缝。

因这老房子许久没人打理，这窗户一直关不上，她原先与邵寂言说过几次，让他请工匠给修一修。秋夜寒凉，这窗户又挨着床，夜风从窗户缝里灌进来容易受寒。邵寂言每次也只是随口一答，说是这样反倒凉快，一直没去修理。

这会儿，她趴在窗沿儿往里看，正看着邵寂言的一个背影，果真已经睡了。

如玉心里酸酸的，只想自己这些日子心里一直不舒服地想着他，他却一点儿不在意地睡得踏实。如玉撇了撇嘴，只想邵寂言这些日子必是过得逍遥，白日里和冯兄、陈兄花天酒地，吟诗作对，晚上就躲在被窝儿里想媳妇儿，肯定早把她忘干净了。

"大浑蛋……"如玉可怜巴巴地嘟囔出声，忽见邵寂言动了一下，吓得赶紧蹲了下来，心里扑腾腾跳了好久，壮着胆子站起来往里一瞄，却见他只是翻了个身，仍是睡得香甜。

如玉想起了凤儿跟她说的话，他或许真的是拿她消遣呢吧。

是她太傻了，哪有人愿意和妖怪交朋友的，他长得又俊又有学问，自然不会喜欢她了。

如玉委屈地咬了咬唇，神色黯然地离开了。

秋试从八月初一开考，一共考三科，每三日一科，待到三科考完便是八月初七。近了中秋，京城大小商铺也开始热闹了。举子们十几年苦读，小一年的备考，只在八月初七从贡院里走出的那一刻，精神上才得解脱。至于考得如何，是否得了贡生可入殿试，却先放下不理，必要好好消遣畅饮一番。是以，每逢科举之年，这京城的八月初七又被唤作"小中秋"，大街小巷好一番热闹景象，而各个酒楼酒馆，最得考生们钟爱。

邵寂言才从贡院里出来，来不及回家呢，便被冯陈二人拉到了京城有名的酒楼醉仙居。店中早已围了三两桌考生，却是比他们还快。这会儿，众人都没了早前的暗中较量，不管认不认识，叫不叫得上名字，对饮几杯便做故友至交了。及至后来三五拨人并作一处，挪到了二楼堂中，推了四面窗子，一边对月畅饮，一边吟诗唱曲，一个个均抛开了书生斯文，尽情欢愉。街上亦是人来人往，见这楼上光景也不觉惊诧，只逛街看灯，真真是个小中秋的模样。

邵寂言坐在靠窗的位子，也不记得自己到底喝了多少杯，再看与自己相熟的冯子清和陈明启也端了酒四处与人碰杯。陈明启出贡院时脸色不太好，据说是答得不妙，然此人性格豁达，没一会儿也融入大家的欢饮之中，而冯子清从出了贡院就一直出奇兴奋，只似明日这状元爷的官帽就要送到他脑袋顶上似的。邵寂言知冯兄是个谨慎的人，很少情绪外露，如此异于常态，可见考得不错。不过他自己心里有谱，以冯子清的才学，纵是再好的发挥，也绝不如他。他自觉答得精彩，即便不夺榜首，也必不落三甲。

邵寂言依在窗边，只觉心里这些畅快、得意、兴奋无处倾诉。他是个不愿与人倾吐心事的人，只觉人心险恶，纵言知己良朋也要留些距离，自然不愿在人前得意地大赞自己做的文章如何妙笔生花，字字珠玑。

这时候，他便很自然地想起了如玉，也只在她面前他才可真正地放松抒怀。他大可以由着性儿地把自己的文章夸到天上去，或是毫不掩饰地直说某人才学平平，她必会托着下巴瞪了眼听得仔细，满脸憨笑。

若没与她闹翻就好了……若是自己没那么莽撞地错怪了她，没有与她说那些重话，那就好了……

邵寂言垂眸望着杯中之酒，一饮而尽。

"寂言！寂言！一个人在那儿闷坐什么？过来看看这个！"陈明启在远处向他招手，一群人围在一起，似是见了什么新鲜玩意儿。

邵寂言放下酒杯，笑着迎了过去，才走了两步，忽闻街上传来一阵撕心裂肺的惊呼。

屋内的众人什么也没听见，独邵寂言惊出一身冷汗，立时向外望去，只见两团白影在街上穿过看灯的行人匆匆闪过。

邵寂言抢上几步趴在窗口张望，却见那两团白影早已冲出了街巷。他心口一滞，虽只匆匆一瞥，他却看得清楚，是一只隐了真身的妖怪抓了同类的头发，叫嚣着从街上飞驰飘过。而那个被抓住惨叫、惊哭的，正是如玉。

她是被同伴欺负了？还是被恶妖纠缠了？邵寂言希望自己看错了，可他才一听到那惊恐的呼救之声便惊得冒了汗，分明是如玉的声音。

邵寂言心里"咯噔"一下，撂下众人直冲下楼。他到了街上，却早已不见如玉踪影。他焦急地往二人消失的方向奔去，扒开人群，四下遍寻如玉的影子。可此刻，街上混迹于人群中的精怪虽多，却独独不见如玉。

"如玉！如玉！"邵寂言大叫着，他的高喊之声却全被这街市的喧闹淹没了。他身上冒了汗，不敢想象如玉现在遇了怎样的恶境，只在心里痛骂自己。如果不是他把她骂走，如今她必然黏在他身边，断不会遇恶妖纠缠。

邵寂言沿着大路一直跑出了闹市，穿进主街两边的巷子，一处处漫无目的地奔跑寻找。终于在跑过无数条空巷之后，隐隐听到不远处的巷子传来低泣之声。

邵寂言忙循声跑了过去，待拐进浅巷见了眼前的情景，心里说不出的难受心疼。

如玉就在巷子尽头，狼狈地蜷缩在昏暗的角落里抽泣。或是受了太大的惊吓，她并未觉察到有人靠近，仍只蹲在墙角一边抹泪，一边整理被扯乱了的头发，不停地抽噎，嘴里嘟囔着："大坏蛋……大……大坏蛋……合该你一辈子做妖怪，再修千百年也成不了仙……呜呜……"

邵寂言心口一涩,唤道:"如玉……"

抽泣中的如玉惊诧地抬头看来,整个人似被施了法术似的定住了,下一刻,便慌忙抹了把眼泪,一扭头钻进墙里去了。

邵寂言忙跑过去,扶墙叫道:"如玉,别走,如玉!"

墙里一点儿动静也没有,但邵寂言觉得如玉并没有离开,就躲在里面听他说话,可他这会儿一肚子的话却不知从何说起,只扶着墙站了一会儿,柔声道:"我刚刚看到有人欺负你,你没事吧?"

墙内没有回话,却隐隐传来委屈地吸鼻子的声音。

"你出来,让我看看你有没有事?我很担心你。"

邵寂言等了一会儿,仍没有得到回答,轻叹了一声,道:"我知道,你是生我的气,气我当日不分青红皂白地骂了你。我现在与你道歉好吗?我知道是我错怪你了,我当日是糊涂了,昏了头了,说的那些话全不是真的。你是个善良的好姑娘,我喜欢你,真心想要与你做朋友。"

"你回来吧,咱们还做朋友,好吗?"

邵寂言等了许久,墙内却一直没有回答。

"如玉?你在吗?在听我说话吗?"邵寂言把耳朵贴在墙上细听,连细微的抽噎呼吸之声也没了。他退后几步,向两侧看看,左手不远处有扇院门,墙的那边该是别人家的院子。他一心想着如玉,也顾不得是不是私闯民宅,直推了院门进去,待走到刚刚墙角里侧,却发现什么也没有,如玉不知何时早已离开了。

邵寂言心下一沉,失落至极。

邵寂言心中郁闷，实在没心情再回醉仙居与人凑热闹，在街上漫无目的地转了一会儿便回家了。一进屋便下意识地四下看了看，随即自嘲地叹了一声，心道：如玉怎可能还会来找他呢，她连听他说几句道歉的话都不愿意了。

他胡乱洗了把脸，往床上一躺，蒙上了被子，躺了好久才觉有些睡意。在他昏昏欲睡之际，忽听身边有人小声说话，似如玉的声音，他只当自己是日有所思，夜有所梦，待缓过神来，却并非梦幻。

"你说的可是真的吗？"如玉的声音真切地从屏风外面响起。

邵寂言立时清醒了，忙掀了被子出去，果见如玉站在屋中楚楚可怜地望着他。

"你说的可是真的吗？"如玉红着脸，怯生生地问道，"'喜欢我，想和我做朋友的话'是真的吗？"

邵寂言再见了如玉，心中说不出的欢喜，忙点头道："再真不过了，你可愿意吗？"

"你若不再大声骂我的话……"

"再不大声骂你了。"

"也不许冤枉我。"

"绝不冤枉你了。"

……

如玉垂眸不语，似在思索。

"还有什么吗？"邵寂言道。

如玉抿了抿嘴，道："我现在没想到，以后想到了再告诉你。"

邵寂言笑："好，你随时告诉我，我听你的。"

如玉点了点头，羞涩地笑了笑。邵寂言痴痴地望着如玉，为这份失而复得的友情开心不已，只觉多日不见，她似比从前更可爱了几分。

"疼吗？"

"嗯？"

邵寂言伸手去摸她的头发，指尖凉凉的，什么也没碰到。

如玉明白了他的意思，回道："一点儿不疼。"她说着，又怕他不相信似的用力拉了拉自己的辫子，憨憨笑道，"只是他飞得太快，我有点害怕，被吓哭了……"

邵寂言却一点儿笑不出来，只道："他是谁？是什么恶妖？干什么欺负你？"

如玉摇头道："不是，他与我闹着玩儿呢，他不是什么恶妖，他很好的。"

邵寂言想起当日她与凤儿在巷中的话。他那么伤了她，她仍旧坚定地与人说他是好人，无可奈何地叹道："在你眼里，这世上可有恶人、恶妖吗？"

如玉不知邵寂言的心思，忙道："真的，我没骗你。二牛不是恶妖，我被其他小妖儿欺负的时候，他还帮着我呢，他刚刚真的是跟我闹呢。"

邵寂言玩笑道："我又没说要请道士去捉他，你那么紧张做什么？可是看上他了？"

如玉一怔，扯了扯嘴角，挤出一抹笑容，尴尬地垂了头。

邵寂言在心里骂了自己一句：好端端的又说这个做什么。

如玉低头卷着衣角："二牛喜欢凤儿的。"

"是吗……"邵寂言随口应了一声。

如玉点点头,道:"可是凤儿不喜欢搭理他,他没办法,只好想法子接近她。他知道凤儿与我要好,我每次受了欺负,凤儿都要为我出头,所以才来戏弄我,好惹恼凤儿去骂他……二牛其实挺好的,除了偶尔作弄我之外,也很照顾我的……"

邵寂言并不关心什么凤儿与二牛的故事,只有些心疼地道:"你经常挨欺负吗?"

如玉认真想了想,道:"认识凤儿和二牛他们之后就没有了。"

"那就好。"邵寂言道。

如玉反问道:"你呢?你这几日考得好吗?"

邵寂言笑道:"好得很。"

"是吗……那就好……"如玉顿了一下,犹豫了一会儿,小声道,"其实……你考前的头一天晚上,我来看过你……你睡了……"

邵寂言心中一动,忙道:"怎么不叫醒我?"

如玉有些不好意思:"太晚了,吵了你休息,第二日该影响你考试了。"

邵寂言笑道:"你该叫醒我的,若是知道你来了,我心里会踏实些,许能考得更好呢。"

如玉脸色一变,慌张地道:"我可是影响你了?到底还是影响你了是不是?对不起,我不该气你的,都怪我不好……"

"没有没有,我不是这个意思。我很高兴你能不计前嫌地来看我,真的,你真的没影响我。"邵寂言急忙解释,见如玉仍是一副自责、懊恼的模样,心思一转,摆出一副志得意满的模样哄道,"你可是不信我的本事是不是?那些题目都简单得很,我闭着眼睛都能答得好。"

如玉这才放心笑了,垂下头,继续默默地扯着衣角。

邵寂言知道如玉有心事,却并不敢问,只怕有些话说出来会让二人的关系更加尴尬。

许久,如玉才暗暗鼓足了勇气,小声打破沉默:"对不起。"

邵寂言道:"怎么又这么说,不是说了你没影响到我吗。"

"我不是说这个。"如玉并不抬头看他,"我是说……我不该偷偷去看沈小姐,我没想吓唬她,我只是想看看她长什么模样。"

邵寂言道:"我知道,是我错怪你了,该是我与你说对不起。"

"不是……"如玉摇摇头,把头垂得更低了,蚊子似的小声道,"是我不对……我不该喜欢你……"

邵寂言心口一紧,愣住了。

如玉只觉脸上辣得很,可她这会儿好不容易鼓足了勇气,再不说只怕又说不出口了,便一咬牙豁了出去,接着道:"我知道我不该生你的气,你是人,我是妖,我本来就不该有什么心思……是我自己自作多情了……你说得对,莫说你我人妖殊途,纵然我是人也配不上你。我既没沈小姐长得好看,又不如她有学问,你们才是郎才女貌、天造地设的一对……我什么都不是……"如玉本来想轻轻松松说出这些话的,可架不住心酸,越说越委屈。

邵寂言听着难受,抢道:"我何时说过这话了!我何时说过你配不上我的话了!我当日那话不是那意思,我从来没有嫌弃你的意思!我若觉得你不好,也不会想与你做朋友。我喜欢你,却不是那种男女之情……总之,有一句话你得明白了,你我人妖殊途,做朋友自是无妨,其他的便只怨上天没给咱们这个缘分了……我当时说那些话,一是冲动得昏了头,再有却也真是为你好，我不想你……"

"我知道！"如玉打断邵寂言的话，"我知道，我都懂的。我想好了，我再不喜欢你了！"

邵寂言语滞，望着如玉真诚的眼神，忽然有些不知所措。

如玉直视着邵寂言的目光，弯着嘴角，坚定地重复道："放心吧，我再不喜欢你了。"

邵寂言心里"咯噔"一下，也不知自己该是个什么反应，是该欣慰还是该沮丧。

如玉耸了下肩，故作轻松地笑道："我想好了，我这么乖、这么听话，保不齐哪天被天上的神仙看上，我直接就能飞升仙界了。"她说着顿了一下，又玩笑道，"那会儿，你或许都四五十岁胡子一大把了，想排队一睹我的仙容，我都不给呢！"说完便嘻嘻地笑。

邵寂言愣了一下，也跟着笑了。她这样子大概是真的想开了，如此二人或又能回到从前那般无忧无虑的简单日子，可欣慰的同时却又有种莫名的怅然若失。

如玉将心里的话说了出来，虽然难受，却也觉畅快，终于又有勇气面对邵寂言，直视他的目光，亦有勇气和他说那些有些暧昧的玩笑话。

二人面对面傻笑了一会儿，如玉道："明日你去华安寺吧。"

"啊？做什么？"邵寂言不知如玉怎么突然说这个，只道，"是有什么事要我帮你做吗？"

如玉道："不是，明日沈小姐要去寺里烧香，你不是想娶她做媳妇儿吗，明日去寺里能见到她。"

邵寂言有些尴尬，一时不知该如何答话，如玉却大大方方地道:"我才说了想明白了嘛,咱们既是朋友,我自然帮你了。头先我去沈府偷偷看她,知道每月初八她都去庙里上香,明儿就是初八了,你去了准能撞见她。到时候说些好听的话哄她,她指定愿意给你做媳妇儿。"

邵寂言不置可否地扯了扯嘴角。

如玉又冲他眨了眨眼,笑道:"往后,我就帮你去偷偷看她,但凡她喜欢的你照着去做,她要去哪儿,你也跟过去,她早晚成你媳妇儿。"

邵寂言觉得窝心,只道:"如玉,你不必如此的。"

如玉不明白:"为什么?你不是想娶她吗?"

邵寂言道:"我是想娶她……可是,你用不着对我这么好……"

如玉更迷茫了:"为什么不对你好?我们不是朋友吗?"

邵寂言望着一脸单纯、坦然的如玉,忽然觉得自己有些小肚鸡肠了,只舒了口气,叹笑道:"没什么,我只是想谢谢你,我明日一早便去,定不负你的美意。"

"嗯。"如玉笑着点了点头,心里却仍酸酸的不是滋味儿。

第四章 我现在只有你了……

次日，邵寂言按如玉的话一早去了华安寺。没过多久，果见沈府的轿子停在了寺外，沈小姐被丫头搀扶着走了下来。

邵寂言远远地跟在后面，这日上香的人多，他混在人群之中，沈家的下人也没发现他跟过来。沈小姐身边跟了三五个丫头和一个老嬷嬷，这会儿又进了后院休息，他根本寻不到机会与她单独说话。

他躲在院外一筹莫展之际，忽见沈小姐从屋中走了出来，翠竹一路引着她要去什么地方似的。邵寂言奇怪，忙悄悄跟了过去，见两人进了一处僻静的小院，那翠竹东张西望似是在等什么人。

邵寂言疑道：莫非这沈小姐是个轻浮女子，除了我之外，还相识别的男人在此幽会？如此一想便觉大意不得，只躲在角落里等着。可等了好半晌仍不见有人来的模样，再看那沈小姐也似一脸莫名。

邵寂言小心翼翼地往前凑了凑，终能听见二人的对话，只听沈小姐对翠竹道："你这丫头到底要干什么？把我带来这儿又不说事，莫不成单是带我看景儿来了？"

翠竹磕磕巴巴地道："不是，不是，您等等，我……呃，奴婢是有事的，只一会儿就好。"她边说边四下张望寻找什么，未果之后又道，"那个……您在这儿等一会儿，我，奴婢一会儿就回来。"

沈小姐奇道："什么话？你去做什么？又让我在这儿干站

着做什么？"说着也不再站着，有些生气地转身便走。

翠竹忙上前拦了，好言求道："好小姐，好小姐，只这一会儿，求求您了，只等我一小会儿好不好？"

沈小姐有些不高兴，可这翠竹是打小伺候她的，姐妹般的感情，这会儿虽说有些奇怪，可如此诚恳地求她，真似有什么要紧的事，便道："好吧，只一会儿，李妈妈那儿准备得差不多了，你快去快回。咱们可说好了，一会儿你说不出个缘故来，我可不饶你。"

翠竹一喜，连声道："是，是。"

邵寂言藏了一下，眼看翠竹跑走，心里不免有些糊涂，心道：这一主一仆是干什么呢？看样子却是那个翠竹在搞什么鬼。他左右看了看，心道：不管那丫头搞什么，这会儿却给他寻了机会了，便整了整衣冠走了出来。

沈婉柔闻得身后有动静，吓了一跳，待转身见是邵寂言，就不由得愣住了。

邵寂言笑得从容，只道："我便说与小姐有缘，没想竟真有这连番的偶遇。"

沈婉柔惊得说不出话，心道：这次却不是我有心寻了机会来见他，难不成我与他真是天赐的缘分？

邵寂言笑道："十几日不见，小姐一向可好？"

沈婉柔回了神，为自己才生的心思而有些羞赧，低声回道："谢公子关心。公子昨日才出了贡院，不知考得如何？"

邵寂言道："多亏了小姐，三科都考得顺利。"

沈婉柔道："考试顺利是公子才高博学，与我又有什么关系？"

邵寂言柔声道:"不瞒小姐,在下因心中时时念着小姐,方能在考试之时尽展所能。"

沈婉柔登时红了脸,这可是直言与她表白了。

邵寂言忙趁机道:"我心知唐突了小姐,可有些话憋在我心里许久了。当日游湖之时巧遇了小姐,我便生了倾慕之心,当时不知小姐是哪家的千金,只把自己这心事埋在心里。那日在府上巧遇小姐,我便知自己没了希望。小姐贵为尚书之女,身份尊贵,我不过是一介寒儒,原不敢高攀。可对小姐的倾慕之心却根本不是自己能控制的,上次在这寺中第三次与小姐巧遇,更让我觉得与小姐的缘分似是上天所赐。至此,我下了决心,必要在此次恩科崭露头角,我想着若我能得探花便有了登门的资格。我知道,即便如此,我怕也难入令尊法眼。不过没关系,只要小姐给我句话,只要你对我也不是无心,纵是冒了被乱棍打出来的危险,我也是无论如何要去府上提亲的。"

沈婉柔的脸早已红透了,心里又羞又喜,扑腾腾地小鹿乱撞,哪里还说得出一句话。

邵寂言顿了片刻,柔声道:"我对自己有信心,如今只盼上天垂青,偿了我的心愿,圆了你我这段缘分。"

沈婉柔满面羞红,轻喃道:"公子才高八斗,必能金榜题名。"

邵寂言听她应许,心中舒了口气,试探着拉了她的手。

沈婉柔缩了缩,到底没有把手抽回来。

二人含情脉脉的当口,忽闻有人呼呼地跑了过来,两人慌忙松了手分开。转头一看,却是翠竹怔怔地站在院门口,脸上那复杂的神情,明显是看到了二人刚刚的亲密。

邵寂言并不慌张,他知这翠竹必是沈婉柔的贴心丫头,即便看到什么也不会张扬。倒是沈婉柔被丫头撞破了这场面有些羞窘，努力做出无事的模样，道："这么快回来了，你的事办完了？"

翠竹不答话，仍望着他俩发呆，目光在二人的手上游移着，最终落在了邵寂言身上。

邵寂言只觉这翠竹看着自己的目光奇怪得很，惊诧之中又似带了些别的味道。他没深思，只想这丫头也忒没眼色，直勾勾盯着男人看且不说，只听你家小姐这话音，你还不知该退出去把风吗？在这儿傻站着，哪似个机灵丫头的模样。

沈婉柔也觉得奇怪，不知翠竹今儿是怎么了，轻咳了一声，道："你来得正好，去帮我看看李妈妈她们准备得如何，是不是可去上香了。"

翠竹愣了下神儿，慌慌张张地点了点头，只"哦"了一声，什么也没说转身便走。

沈婉柔为自己丫头的莽撞失态而尴尬万分，只道："她平时不这样的，让你笑话了。"

邵寂言道："没什么，看上去倒是个憨厚的。"边说边转头看去，却正撞见翠竹的小脑袋一缩，躲到了门后头。邵寂言一愣，愈发觉得奇怪了。

"怎么了？"沈婉柔问道。

邵寂言回过神，笑道："没什么，我只想与你见上一面不易，盼着能和你多待一会儿。"

沈婉柔甜蜜地笑了。

二人互表了心意，情意浓浓地坐在院中廊子里说话。邵寂言坐的位置正好看见院门，看着院门下面露出一块杏黄色的裙角来，正是那翠竹的衣裳。他原当这翠竹醒过闷儿来给二人望风，不想却总见她鬼鬼祟祟地往里探头探脑。见他看她，便慌忙地缩了回去，可没过多会儿却又忍不住似的探了出来。

邵寂言越想越觉得不对，只觉这丫头肯定有问题，心想或是沈府里有意派来看着沈婉柔的？可又不对，这富家小姐里由嬷嬷管教，如何要个小丫头看着。那翠竹的年纪看上去也就十四五岁，自己还是小女孩儿呢。又或是好奇？可这般鬼祟地偷看主子谈情，也忒没规矩了吧？

他虽觉奇怪，却因与沈婉柔说话而不好分神多想。二人坐了一盏茶的工夫，忽听院外有女子的声音："翠竹姐姐，你怎么在这儿呢？小姐呢？东西都准备好了，李妈妈派人找了几圈儿了。"

沈婉柔闻言急忙站了起来，道："我要走了。"

邵寂言作势拉了她的手，一副难舍的模样。

沈婉柔道："不能留了，若被李妈妈知道就不得了了。"

邵寂言这才不情不愿地松了手，又柔声道："别忘了咱们的约会。"

沈婉柔红着脸点了点头，依依不舍地走了。

邵寂言在院中坐了一会儿，估摸着沈婉柔这会儿该是去了前殿上香，便想着绕到前殿看她一眼再走，才算是个痴情公子的模样。

待他到了前殿，果真远远地望见沈婉柔跪在殿中佛前，身旁又围上了一众嬷嬷丫头。他躲在石柱后头，只等着沈婉柔出来的时候寻机见上一面。在他百无聊赖往里张望之际，忽地神色一滞，难以置信地瞪了眼，只见沈婉柔身边站着的几个丫头，一个个均是规规矩矩地捧着东西目不斜视，唯独那个翠竹歪着头盯着沈婉柔，两只手在身前没意识地卷着衣角。

邵寂言心口猛地一跳，怎么看怎么觉得翠竹这姿势动作实在是眼熟，再回想之前的种种，心惊地咽了口唾沫，暗道：不会吧……

当晚。

如玉才进门，邵寂言便做随意地问道："你今儿白日都干什么了？"

"我睡觉了！"邵寂言话音甫落，如玉便不假思索地脱口而出，却不看他的眼睛，只斜眼望天假作无事地在屋子里转圈儿。

邵寂言原不过是个猜测，这会儿见她这模样却似落了实，可仍不太敢相信，试探道："那翠竹是怎么回事？"

"什……什么翠竹？我才不知道什么翠竹！"如玉涨红着脸，不给邵寂言说话的机会，大声道，"我知道了，你肯定又要冤枉我了！哼！昨日才答应我，今日就要反悔了！我不理你了！"说完便匆匆转身要走。

邵寂言道："做了错事，心虚想溜是不是？"

如玉背身定在门口，脖子一缩，蔫儿了。

邵寂言惊道："果真是你？你当真附在了那个翠竹身上！白日那个翠竹当真是你？"

如玉扭过头，没了刚刚那冲劲儿，缩着脖子道："我不是有意的……我……我是想帮你来着……"

得了如玉的亲口承认，邵寂言已是惊得不知说什么才好了，想起白日里自己与沈小姐相处的光景全被如玉看了去，没来由一阵心虚，恼羞成怒地冲口道："哪有你这样帮忙的！你！你这是在监视我！"

"没有没有！才不是呢！"如玉用力摆手摇头，紧道，"你别生气，我真的是想帮你来着。你看，要不是我把沈小姐引到没人的地方，你们还没机会说话呢！我是帮你来着！真的真的！"

邵寂言这会儿又惊又恼，脑子里乱得很，又想若如玉竟能附人身上，保不齐曾经也在他身边出现过。这么一想，心里忽然有些紧张，只怕被如玉看去自己在人前做作虚伪的一面，便谨慎地问道："你从前可做过这事没有？可有附在别人身上过没？陈兄？冯兄？"

"才没有呢！"如玉鼓着腮帮子有些生气，"我是规矩的女孩儿，才不上男人身呢！"

邵寂言一怔，忍俊不禁，气恼消了大半。

如玉又道："再说了，这世上哪儿有那么多体质阴寒的人可让我上身的。一千个人里也难得有一个，那个翠竹也是赶巧了。"

邵寂言道："纵是赶巧了，你也不能随便上人身啊。"

如玉委屈地道："我这也还是第一次呢，还不是为了帮你！狗咬吕洞宾，不识好人心……哼，往后你跪在地上求我，我也不去了。"

邵寂言无奈道："你放心，我断不会求你这个，你也别再想着做这事，以免误伤了人家。"

如玉听了忽而恼了，高声道："你承认吧！"

邵寂言不明所以："承认什么？"

"承认你重色轻友，承认你一点儿也不关心我这个朋友，承认你心里只有你媳妇儿！"

邵寂言有些尴尬，又有些摸不着头脑，只道："这话从何说起？我怎么重色轻友，怎么不关心你了？"

如玉又酸又气地道："你只担心我伤了你媳妇儿的好丫头，一点儿不关心我有没有伤，你当上人身是件舒服的事儿吗？为了你，我可难受了，你还骂我！都说好了再不大声骂我了，却又为了你媳妇儿骂我！可见你是个重色轻友的！我再不理你了！"

如玉说完扭身穿门出去，却并未离开，嘴里嘟嘟囔囔地站在院子里生气。见邵寂言推门追了出来，哼了一声扭到一边儿去，邵寂言再跟过去，她再闪开，别别扭扭的就是不正眼看他。

邵寂言跟在她后面软语道："是我没想到，我不知你上人身也会难受……"

他话没说完，如玉呛声道："是，是，只有你媳妇儿娇滴滴的会生病，我这样儿的才不配难受呢！"

邵寂言哄道："我哪儿这么说了……我给你赔不是还不成吗？你现在怎么样？还难受吗？"

如玉犟嘴道："不用你管，左右我也不是你什么人，你只把好听的话收好了，回头哄你媳妇儿去吧。"

邵寂言被噎了回来，但听如玉又酸又委屈地小声嘀咕："对我就那么大声，对她就柔声细气……重色轻友的大色鬼……臭骗子……"

邵寂言无可奈何，她虽口口声声说只把他当朋友，可这会儿分明不就是在吃醋吗？他念着白日里与沈小姐说的那些情话或全被她听了去，自己也觉心虚得很，也不知该怎么好了，只一个劲儿地说软话赔笑脸，磨叽了一个晚上才勉强哄得如玉又露了笑脸。

中秋将至，不论是对人还是对妖，都是个热闹节日。如玉老早就想去看花灯猜灯谜了，凤儿对此却不感兴趣。因每年这个时候，总有上仙来人间走动，偶有小妖被上仙看中，收到身边做个小侍，便可省了千万年的修炼，直升仙界。是以，每每这个时间，小妖们总不愿错过，凤儿自然也不愿错失良机，去猜什么灯谜。

如玉在她那儿碰了一鼻子灰，又转去找邵寂言，把这灯会夸到了天上去。见邵寂言露了为难之色，又好言央求道："去吧，去吧，咱们可以一块儿去猜灯谜，我最会猜谜了！可那老板听不见我的话，这回好了，我有你了！你给我做个传话的，到时，我赢的东西全给你！"

邵寂言越发尴尬了几分，有些局促地道："我明晚约了沈小姐……"

如玉一愣，神色黯淡地"哦"了一声。

邵寂言忙道："要不咱们约个地方，等我送走了她再陪你逛去。"

如玉道："不好。你和沈小姐才好了没多久，是该常常见面一起玩儿的。她是千金小姐，出来一次不容易，你好好陪陪她吧，反正咱们总能见面，不差这一晚上。"

她越是这么会说，邵寂言心里越是过意不去，忙道："不妨碍，她背了家人偷偷出来，我们也逛不了多久。"

如玉抿着嘴摇头，努力掩饰着自己的不开心，只道："还是不要了。咱们各玩儿各的吧，你去陪沈小姐，我找凤儿陪我去就好了。"说完只做无事地转走了。

邵寂言追了出去，道："戌时，敬德轩门口，我等你。"

如玉没有转身，只高声回道："别等我，等我也不去！"

次日，中秋之夜。

邵寂言早早到了与沈小姐约见的地方，酉时才过，便见沈婉柔在丫头翠竹的陪伴下款款而来，妆容打扮看得出用了些心思，粉面桃腮，淡雅中不失俏丽。邵寂言颇有些惊艳，可他头一个心思却非欣赏佳人，而是下意识看了跟在她后面的翠竹一眼，见这丫头一副恭敬谦卑的模样，方暗暗松了口气。

这晚，整条长宁街挂了各色花灯，商家店铺也都将打烊的时间推到了子夜，还有些耍把式卖艺的也难得在晚上出了摊子。街上人头攒动，热闹至极。

两人一路并肩，难免手臂相碰，沈婉柔每每羞涩地收了收胳膊。邵寂言知她虽露矜持却未必不想自己牵她的手，可他自始至终假作不察，因他见了街上小妖们肆意追逐嬉戏，怕如玉也在其中，不想被她撞见。

沈小姐身在闺阁，难得有机会出府，看路上那些耍把式的很是好奇，只恐在邵寂言面前失了端庄方一直忍着。这时，前面围了一群人，细看下是猜灯谜的，想来倒有几分雅趣在其中，便欲过去看看热闹。

邵寂言看出了她的心思，本要体贴地提议过去看看，却忽闻人群中有一极熟悉的声音大喊着："核桃！核桃！谜底是核桃！"

邵寂言心口一跳，定睛看去，那在人群间钻来钻去、满脸兴奋地大喊的可不正是如玉吗！

眼看沈小姐欲往那边过去，邵寂言急忙拉了她的手。

沈婉柔一愣，登时羞红了脸，心里扑扑乱跳，把猜灯谜的事忘了个干净。

邵寂言只做温柔的微笑，拉着她离开了。待走出不远，又下意识地回头望了一眼，正看见如玉美滋滋地原地转圈儿给自己拍手叫好，又自言自语道："我说我最会猜谜了吧！嘻嘻！"此时，周围的人完全不知她的存在，甚至连个相伴的小妖都没有。这人声鼎沸的中秋佳节，她这份自娱自乐却显得有些孤单寂寥。

如玉并不知道邵寂言从她身后走了过去。从那老板立了这摊子，她便是第一个客人，人来人往，唯她这旁人看不到的小妖长在这儿似的，一步没挪窝。她虽玩得入迷，心中却在念着时辰，抬头看看天色，心道离戌时还早，转而又想：什么早不早的，反正我也不去！说不去就不去！如玉用力揉了揉脸，复又让自己欢欢喜喜地去猜灯谜。

这时老板挂上一个极难猜的灯谜，围观群众没一个有把握的，过了一盏茶的工夫还没人猜出。如玉也把能想到的全猜了个遍，她托着下巴在灯笼下转圈，忽地灵光一现，大喊道："我知道了！可不就是灯笼吗！"

她越想越对，欢喜地冲着老板大喊："是灯笼！是灯笼！老板！是灯笼！"

老板自然听不到她说话，如玉又在人群当中转圈儿，凑到每个人耳边大声说是灯笼，恨不得把答案塞到人家脑子里。自然，无一人迎合。只在她着急的时候，忽听老板那盛钱的瓷碗里"叮"的一声，有人应声答道："灯笼。"

如玉欢喜，忙转去看，却见说这话的是邵寂言。

老板随即拉了灯笼上的红纸，应道："这位公子答得妙，答案就是灯笼。"

围观群众均做了悟之色，稀稀疏疏地起了些掌声。

邵寂言微笑着环视人群，趁机冲如玉眨了下眼。

如玉一怔，心里酸酸甜甜，有点儿想哭。

"连答对三个，可讨个吉祥如意。"老板拿了个红色的小条幅向邵寂言招呼道，"公子再猜下一个吗？"

邵寂言暗瞥如玉，却见她一扭头钻进人群，飘走了。他跟老板摆了摆手，连忙扒开人群追了出去。

"怎么不猜了？"他追上如玉，道，"像刚才那样，你猜我说，咱们肯定能拿了大奖。"

如玉没敢看他，只含糊地回道："没什么意思。"

邵寂言道："我刚才看你倒是猜得挺美的。"

如玉没应话，默默行了一会儿，终忍不住小声道："你怎么来了？"

邵寂言假装不明白她的意思，回道："你昨儿说肯定不去赴约，我不来找你，难道在那儿傻等着吗？"

如玉小声嘀咕道："不是，我是说你不是约了沈姑娘吗……现在时辰还早呢，你怎么没跟她一块儿？"

邵寂言笑了笑，没答话。他是不知该怎么说，总不好跟她说看见她一个人落单，他心里难受，转眼便把好不容易约出来的佳人又早早哄了回去吧。

如玉试探地道："可是你惹她生气，她不理你了？"

邵寂言应道："是了，你可陪陪我吧。"

如玉道："你放心，回头我偷偷去看她，给你寻个机会找她赔不是就好了。"

邵寂言笑了笑。自有了上次的事儿，他哪儿还敢让如玉"帮忙"，只道："罢了，不说这些，过两日放了榜就没现在这么轻松了。今儿你陪我好好玩玩儿。"

"嗯！"如玉点头笑了。

两人沿着长宁街一路逛过去，每处摊子如玉都要过去凑凑热闹。邵寂言也没了刚刚与沈小姐在一起的拘束，随意舒服得很，直到这会儿，方感到了这节庆之夜的欢愉。

"寂言！寂言！快过来！"如玉蹿到前面招呼着。

邵寂言急忙跟上，探头望去，只见人群当中一个花白头发的老人牵了几只猴儿戏耍。那几只猴子都通了灵性似的，翻跟头，钻火圈，任老人差使，引得围观人群不时发出喝彩之声。

邵寂言见如玉一溜烟儿穿过人群站到了最前头，拍着巴掌叫好，转头看他被挡在人群之外，又穿了回来，陪在他身边站着。

邵寂言道："不用管我，我看得见，你自个儿去前头看吧。"

如玉道："不去了。那猴子看得见我，我怕它过来挠我。"说完憨憨一笑，转头往里张望。

邵寂言知如玉是为了陪他，见她又跳脚又欠身仰脖的费劲模样，感动之余，不免弯了嘴角。

如玉没察觉邵寂言在看她，一心被人群中的人猴表演吸引了。只见一个小猴子接连蹿了三个火圈，钻到最后一个时，尾巴尖儿被火燎了一下着了。如玉大惊，下意识去抓邵寂言的胳膊。

邵寂言只觉手臂一紧，惊得愣住了。两人相处这么久，除了那有些难以启齿的初遇，这还是她头一遭碰到他的身体。

如玉入了迷，什么也没意识到。只看那尾巴着火的小猴子叽叽喳喳地蹦跶了几下，便有三五只小猴子围上来又踩又拉地扑火，最后一只大一点儿的猴端了老人身边的一个水盆迎头泼了上来。火是灭了，可那小猴子也变成了落汤鸡，傻呆呆地站在猴群之中，可笑得很。

众人这时才知，这是个早就设计好的小花样，哄堂大笑。

如玉也收了惊，没意识地松了邵寂言的胳膊，跟着叫好起哄。

邵寂言却全没了看戏的心思，看看被如玉攥皱的衣袖，又看看全神看戏的如玉，有些出神，目光沿着她的肩臂慢慢向下，落在她垂在身侧的手上。

两人并肩站着，挨得很近，两只手只有一拳的距离。

邵寂言心里没来由一阵紧张，试探着去握如玉的手，越是接近，心口越是跳得厉害。

在他觉得要触碰到的一瞬，指尖却传来一阵微凉，他终是什么也没摸到。

"如玉，如玉！"远处两声高喊，将有些发怔的邵寂言惊醒。抬头看去，却是个小妖隐了真身一边呼喊着一边往这边快速飞了过来。

"啊！是二牛！"如玉惊道。

邵寂言听了"二牛"这名字，不免想起当日如玉被扯了头发惊恐哭喊的模样，立时对二牛生了厌恶戒备之心。他往前两步，想要把如玉挡在身后。

如玉却闪出来道："没事儿,他定是被凤儿支使过来寻我的。"她又担忧地道，"你快躲开，别让他看见了，凤儿不让我跟你一块玩儿，二牛最听凤儿的了，他自己也不太喜欢人类。"

话音才落，二牛已经近到跟前，也没在意如玉身后站着的邵寂言，只对如玉道："你怎么跑这儿来了，不是说猜谜去了吗？害得我这番好找！赶紧走吧，有上仙来了，你若运气好，得上仙怜惜，说不定会给你塑个真身，凤儿让我找你呢，快跟我走！"

说完也不管如玉应不应,拉了她就走。

"放开她。"邵寂言不假思索地脱口而出。

二牛这才注意到邵寂言,一脸惊异地抬手在他面前晃了晃。

邵寂言不顾一直对他摇头使眼色的如玉,平静地道:"我看得见你,她不愿跟你走,你放开她。"

二牛上下打量了邵寂言一番,转对如玉道:"认识?"

如玉怕二牛发怒伤了邵寂言,慌乱地摇了摇头,道:"不,不认识!大概是个疯子吧……走吧,咱们去找凤儿去,别让她等急了。"说完扯了二牛便走。

二牛也没理邵寂言,转身跟如玉走了,边走边道:"看着不像个疯子。"

如玉含含糊糊地搪塞:"疯子哪儿会写在脑门儿上……"

邵寂言跟了两步,柔声唤道:"如玉……"

二牛登时回头冲邵寂言露了狰狞,转对如玉道:"不认识,他怎么知道你名字!"

"呃……那……那大概是疯得太严重了……"

二牛愣住,随即恍然大悟道:"哦……这样啊……"

如玉一边冲邵寂言使眼色,一边拉扯二牛道:"咱们赶紧走吧,别让他把疯病传染给咱们……"

"哦哦。"二牛只怕被染上似的,忙拉了如玉的手,转头恶狠狠地警告道:"疯子!别过来!小心我吃了你!"说完又挥了挥拳头,拉着如玉飞快地钻进了人群里。

邵寂言的目光落在二牛与如玉牵着的手上,只觉刺眼得很。他看着二人消失在人群之中,又低头看了看自己的手,怅然若失。

放榜当晚，如玉没直接去找邵寂言，而是先去看了皇榜，她顺着皇榜一个名字一个名字地看下来，最后终于见了"邵寂言"三个字。

如玉傻傻地笑了，只跟自个儿中了状元似的欢喜，转身便往邵寂言家里飘去。邵寂言不在家，如玉想他必是与朋友喝酒庆祝去了。

她乖乖地在屋里等着，可眼看着天色越来越黑，京城大小酒家早该打烊了，邵寂言还没回来。如玉担心，只怕他喝多了走不稳，在哪儿栽倒了。

她出了门，一路往邵寂言常与朋友聚饮的酒楼寻去，街道两旁的犄角旮旯儿最是留心，可一路寻来根本没有人影。她又挨个儿酒楼去寻，全都黑着灯，没一家开门的。又怕邵寂言夜宿在别处，他朋友中但凡她知道名字住处的，一个没落全寻了个遍，仍是一无所获。最后她只盼着在自己找人的时候，邵寂言已经回了家，可待她忐忑不安地奔了回去，屋中仍是黑漆漆、空荡荡的。

如玉傻眼了，他去哪儿了？皇榜才放，他还要等着殿试呢，不能离京的啊？就算有个什么事儿，他也一定会跟她说一声，他肯定知道今晚她会来与他庆祝的。

如玉到街上漫无目的地飘荡，她不知该去哪儿找他，最后只好抓了街上闲逛的小妖，问他们可见了一个书生没有。就这样一直过了子夜，方从一个小妖处得了线索，说是刚刚在城外见着一个书生模样的人坐在河边看景。那小妖说完还眨眨眼，一脸兴奋地道："大夜里的，不是要跳河吧！"

如玉吓得急忙往城外赶，待到河边寻了半天却不见人，想到刚刚那小妖的话，吓得她直掉眼泪，沿着河沿一边哭一边喊"邵寂言"的名字。

邵寂言就坐在远处一棵大树下静静地看着如玉，心里酸酸的。自他十六岁那年祖母和母亲先后去世后，这世上似是再没人这么在意他了，莫说只一个晚上，他便是消失了一个月或是死在哪个角落里，也不会引起任何人的关注。

如玉一来这河边，他便看见她了。初时，他是不想见任何人，再后来，却是有些自私地想要看着有人惦记他，为他挂心，为他着急。直到看见如玉哭得泣不成声，他才有些发颤地唤了一声："如玉。"

如玉转了头，惊喜地四下张望，抹着眼泪抽泣地喊："寂言！你在哪儿呢？我看不到你！你在哪儿呢！"

邵寂言冲如玉挥了挥手，如玉一阵风似的飞了过来，嘴巴一撇，哇哇哭了起来："你吓死我了！大半夜的，你一个人跑这儿干什么？你可是要跳河吧！呜呜……"

邵寂言不置可否地笑了笑，随口开玩笑道："我若跳河死了，变个水妖，到时候咱们常在一块儿，你说好不好？"

如玉用力地摇头："不好！不好！"

邵寂言笑道："不想和我一块儿吗？"

如玉吸了吸鼻子，道："想，但做妖怪一点儿也不好，还是做人好。你还要娶沈小姐当媳妇儿呢，还要考状元当大官呢。"

邵寂言唇边挂着一抹自嘲的笑容，神色黯淡地摇了摇头，叹道："没有了，没什么状元，没什么媳妇儿……什么都没有了……"他说完抬头望着如玉，喃喃道，"我现在只有你了……"

如玉道："怎么会呢？沈小姐喜欢你的，她指定乐意给你当媳妇儿。"

邵寂言道："她喜欢有什么用？我连个探花也考取不了，她的父亲是不会把女儿嫁给我的。"

如玉道："还没入殿试呢，你怎么知道得不了？我看你一定能得探花！不！一定能得状元！"

邵寂言摇头道："不可能了，你不懂。"

如玉急道："谁说我不懂了！我虽没什么学问，可我识字的！我去看过榜单了，有你的名字！你入了殿试！只要到时候好好发挥，皇帝老爷一定点你做状元！"

邵寂言道："看到我的名字了？在哪儿？"

如玉愣了一下，恍然大悟道："我知道了，你定是没看清，漏了自己的名字。我看了好几遍呢！你的名字我认得的，倒数第三个就是！你一定没看见，走走走！我带你去看，看了你就知道了！你中了！真的中了！"

邵寂言忽然笑了，道："你也说了，倒数第三个……倒数第三……你说凭这样的名次入殿试，皇上会在意我的答卷吗？我答得再好，单一个印象就落在了后面。我朝开朝至今，历届殿试的前三甲都不出会试的前六。我一个倒数第三，何德何能创我朝历史呢！纵是创先河地入了三甲，将来入了官场也必会落人口实，只说我是个末三甲，脸上无光且不说，沈尚书是断不会将女儿嫁给我了。"

如玉看邵寂言颓丧的模样很想说些安慰的话，可他这段话她听得似懂非懂，只小声道："我也不知该怎么说。你说的什么科举、官场的事我不明白，我只知道你有学问、有本事，到哪儿都错不了。"

邵寂言道："你觉得我有本事吗？"

如玉一脸诚恳地用力点头。

邵寂言却没了素日的神采，摇了摇头，道："是我自视甚高了。我原当凭我之才如何也该入三甲，没承想只考得这么个名次，甚至还不如冯子清，亏得我自以为高他一筹，真真是可笑之极。"

如玉忙道："谁说你不如他了！他看了试卷，自然考得好。你是凭自己的本事考的，可比他强了千万倍呢！"

邵寂言下意识哼了一声，随即一怔，似是才反应过来如玉说了什么，疑道："你说什么？你说……冯兄他看了试卷？"

如玉道："是啊。我早跟你说了，我看到了试题，问你想不想知道，是你自己说要靠自己的本事考，还把我骂了一顿……你就是再比人家有学问，也考不过看了试题的嘛，做什么要和他比？我就说你很了不起……"

"等等，等等……"邵寂言打断如玉的话，一脸震惊地道，"你再说一遍，冯子清他看了考题？在考试之前就知道考题了！"

如玉点点头，理所当然地道："是啊！我亲眼看见的，要不然我又上哪儿看的考题。"

邵寂言震惊得说不出话，再往前回想，考试前的几日，冯子清却似日日神清气爽，比性格爽朗豁达的陈明启还要随性逍遥些。还有最后一科考完的当日，他也已然中了状元似的，连素日里的谨慎都没了……

原来……竟是这样？

邵寂言越想越惊，心道：若冯子清考前能得了试题，那别人也未必不知！难怪有几个平日里才学不甚出众的，这次竟全都排在了他前面！

考题泄露这可不是个小事，邵寂言的脑子里一时乱得很，深吸一口气定了神,对如玉道:"你把你知道的、看到的都告诉我,怎么见到冯子清看到试题的,他这试题又是从何而来,除了他还有旁人知道试题吗,你一桩桩、一件件细细地告诉我。"

如玉有点儿发蒙,咬着嘴唇,仔细想了想,道:"就是我去看沈小姐那次……那天晚上我才从沈家出来,没走多远便看见冯兄在大街上溜达,我好奇就跟上去了。一路跟着他去了梅姑娘家,我还当他是梅姑娘的相好呢,跟进去一看,他们只是在那儿说话,话说得含含糊糊的我也不明白,反正不是什么情话……然后,冯兄就给了梅姑娘好多银票,梅姑娘呢,就给冯兄看了张纸,说'这就是试题,才出来的保准没错!'我就偷偷给记下来了,想回去告诉你……再后来,冯兄就走了,我也没跟他。还有没有别人知道,我就不知道了……再后来……再后来你就知道啦,我问你想不想知道试题,你就大声骂我……"如玉噘着嘴,满脸的委屈。

邵寂言也顾不得为曾经的事道歉,只道:"你说的那个梅姑娘是谁?干什么的?"

如玉听邵寂言问她这个,立时露了得意之色。这事儿问她就对了,京城上下的八卦没她不知的。这会儿,她如数家珍地道:"梅姑娘原是宜春院的头牌姑娘,年前被陈老爷赎身做了外宅。这梅姑娘最能花钱了,原在宜春院的时候就有多少有钱的老爷少爷为她花光了身家。如今,她被陈老爷养了起来,吃喝用度一点儿不比从前差。陈老爷就是疼她,她住的房子、乘的车马、戴的钗环、吃的山珍都是顶顶好的,比正经的陈夫人还好多少倍呢!"

邵寂言蹙眉想了想,眯着眼道:"你说的这个陈老爷……别是礼部的陈亭焕吧……"

如玉"咦"了一声，道："就是他！你怎么知道的？你也知道陈老爷和梅姑娘的事儿？"

邵寂言哼了一声，陈亭焕……陈亭焕……没想到，他竟把试题卖去养小老婆了！

他如何能不知道这个陈老爷，他可正是本届恩科主考之一！也是他一心想娶其为妻的沈小姐的亲娘舅，沈得年沈尚书的内弟！

邵寂言知道自己正面临一个重大的选择，他面前有两条路：

一条是对陈亭焕卖题一事置若罔闻，踏踏实实地参加殿试。虽然仕途不能平步青云亦可稳稳当当，无非是多奋斗几年罢了，他与沈小姐之事虽然渺茫，但至少还留了机会。

另一条是检举陈亭焕之罪。若这样，事情便闹大了，莫说陈亭焕会掉脑袋，牵扯下去，势必要引出朝廷派系之争。沈得年的政敌绝对会趁机落井下石，沈氏父子获罪被贬几乎是毫无疑问的。而试题泄露案一出，今次恩科必要重考，他可趁机崭露头角再夺三甲。再者，因他的检举而搬倒了沈得年，他或能得到其朝堂政敌王丞相的青睐。那可是当朝一品，比沈得年更权高、更根深的人物。

一边是沈小姐，一边是青云路，邵寂言毫不犹豫地选择了后者。

初从如玉那儿得知试题泄露的消息，他震惊之余便是满腔的愤懑与不甘，只觉得自己一心以为可让他鱼跃龙门的恩科被歹人作乱，他完完全全成了一个可悲的牺牲品。而现在，在分析了形势、坚定了心思之后，他忽然觉得踌躇满志，只觉这是老天赐给他的一个机会，时不我待。

他现在所要做的便是在殿试开始之前拿到陈亭焕卖题的罪证，然后交给王丞相，之后的事情就不在他的能力范围了。邵寂言想，既然陈亭焕卖题是通过他的外室梅姑娘，那么梅姑娘那里或许会有什么蛛丝马迹。况且梅姑娘一介妇人，没陈亭焕那么老到机警，从她那儿入手最合适。

他原想让如玉先入梅姑娘家中打探，只要寻得证据的所在，他再想办法取出来便是。可当他将这个想法告诉如玉之后，她却出乎他预料地一口回绝了。

邵寂言有些吃惊："你不想帮我？"

如玉脱口道："我自然想帮你了。"

邵寂言想了想道："这不是什么坏事，虽说是擅闯民宅，但咱们是搜集证据。他们泄露考题谋取私利，这是犯了国法了，咱们揭发他们是正义之举，阎王老爷不会记你的过，说不定还会记你一功呢。"

如玉道："我知道了……"

"那你可愿意了？"

如玉仍是摇头。邵寂言眉头微蹙，愈发糊涂了。如玉有些为难地道："有件事我没告诉你，那个陈老爷和沈家是亲戚，他是沈小姐的舅舅。"

邵寂言愣了一下，随口道："是吗……"

如玉只当他才知道，便道："是啊。按你说的，陈老爷犯了国法，肯定要被皇帝老爷治罪了，沈小姐一定不愿意看到自己的舅舅受罚。你不是喜欢她，还要娶她做媳妇儿的吗？她若知道是你告的状，肯定要生气不理你了，说不定就不愿意嫁给你了。"

邵寂言原不觉自己这样的选择有什么错,他虽有私心却非蓄意陷害陈亭焕,是陈亭焕自己触犯国法,理当得这个结果。可这会儿望着如玉一脸的真诚与单纯,让他觉得自己的自私与虚荣立时无处可藏。

如玉见他不说话,又好言劝道:"寂言,要不……算了吧。反正你也考中了,他也没害着你,你就假装不知道,只当是为了沈小姐好了。将来沈小姐知道你放了她舅舅一马,定会更喜欢你的。"

邵寂言又愧又窝心,只道:"你很希望我娶她吗?"

如玉被问得一怔,随即淡淡地笑道:"是啊,你喜欢她嘛。"

邵寂言语塞,心脏似被人狠捏了一把,滞了半晌,只幽幽开口道:"有的时候,喜欢一个人并不一定能娶她,而娶一个人也并不一定很喜欢她。"

如玉没听明白,怔怔地望着邵寂言,努力理解他话中的意思,许久才露了些了悟之色,道:"我明白了,你喜欢沈小姐,但是她舅舅犯了国法,你要伸张正义,所以不能包庇他,但是这样就要让沈小姐伤心,她就不能嫁给你了。"

邵寂言愣了,扯了扯嘴角,露了个意味不明的笑容,多少带了些自嘲。

如玉却觉得他是在苦笑,愈发为邵寂言和沈小姐这对"苦命鸳鸯"而心疼惋惜,想了想,道:"要不你把这件事告诉沈小姐吧,让她去劝劝她舅舅,或者陈老爷愿意自首呢,这样或能罚得轻些,你和沈小姐还能做夫妻的……"

"如玉。"邵寂言打断她,他不想听她再说下去了,她说得越多,越让他觉得羞愧,他不想被动摇。邵寂言望着如玉认真地道,"我知道你是关心我,但我主意已定,不管你帮不帮我,都不会有任何改变,所以,别再说下去了,好吗?"

如玉抿着嘴点了点头,却忍不住垂眸小声嘟囔:"沈小姐很可怜……"她抬眸见邵寂言望着自己,又满脸歉意地道,"我不说了……我听你的。"

尽管邵寂言有如玉这么一个绝佳的探子,但想要得到陈亭焕的罪证却也并非易事。他很快就意识到自己犯了一个错误,罪证这种东西即便存在,陈亭焕也好,梅姑娘也好,都不会把它当个好东西随时拿出来欣赏。要想寻到可做证据的蛛丝马迹,只怕光凭如玉是做不到的,还是他自己去看才好。

陈亭焕的外宅虽然不大,但到底不是他能轻易进去的地方,除非是买通府里的人当内应,但可行性甚低。邵寂言想了很久,有一个念头猛然闪进了他的脑子里。

"啊?"如玉听完邵寂言的主意,瞪大了眼睛,随即鼓着腮帮子道,"哼!上次你还为这事儿把我骂了一顿!说什么永远也求不着我,这会儿又让我去上人身,你自打嘴巴了吧!"

邵寂言理亏,讪讪笑道:"这次是我的不是,我也不是说话不算话,若不是这次情况特殊,我是断断不会让你去的,我也不愿你身上难受。"

如玉噘着嘴瞪了邵寂言一眼,别过头去。

邵寂言凑上去,道:"只这一回,算我求你了,也不需你亲自动手,你只要上了梅姑娘的身,趁着天黑人少把我放进去,其余的只交给我就好了。"他想了想又道,"只是你上次说,活人并非人人皆可被附身,也不知这梅姑娘行不行。若是她不行,只好退而求其次，去看看府上其他的丫鬟、小厮……"他话未说完便见如玉瞪眼要生气，又赶紧哄道，"啊，是了，是了，你是规矩的女孩儿，不上男人身，那咱们不看小厮，只看丫头和老妈子就好了。"

如玉哼了一声，不情不愿地道："其实……上身的人也不是很难找……虽说一千个人里不一定有一个体质极寒的，但是女人的话，会有赶巧的时候……"

"什么赶巧？"邵寂言忙问。

如玉脸上一红，扭捏地小声道："本身体质较寒的女人……遇到癸水那几日就比较容易被上身……上次我上翠竹的身就是这样赶巧的……"

邵寂言听了大喜，女人嘛，体寒者多，看来此计可成，便道："如此事情就好办多了。她府上女人不少，找个体质虚寒的想也不难，要是梅姑娘本人就最好了。"

如玉皱了眉，脱口道："我才不上梅姑娘的身！"

邵寂言道："怎么？"

如玉皱着鼻子道："梅姑娘很脏！"

"啊？"邵寂言愣了，没听明白。

如玉一脸厌嫌地道："她是从宜春院出来的，不是正经女人！很脏！我才不上她的身！"

邵寂言望着如玉认真的表情，忽然有些想笑，不上男人身，不上妓女身，她倒真是很讲究。

如玉一本正经地强调道："我可不上她的身，也许有什么暗病染给我。"

邵寂言无奈笑道："你不过是借她的身子用用罢了，就算真有什么不干净的病又怎么可能染给你。"

如玉仍是坚定地摇头："不要!不要!"

邵寂言道："其实,风尘女子也未必都不是正经人,有些女孩儿是穷苦人家出身,不得已被卖进了青楼,也是怪可怜的。有很多女子是卖艺不卖身,不比寻常女孩儿低贱多少。纵是有些卖身的也都有各自的苦处,大多是命薄之人,值得咱们同情。"

如玉忽地眯了眼睛,睨着邵寂言道："你倒是清楚,你可是在青楼有相好的吧。"

邵寂言一怔,失笑道："你想到哪儿去了。"

如玉道："我知道好多你这样的书生都爱逛青楼。纵是不逛青楼,也都早早有了相好的。好些富人家的少爷十五六岁就有了通房丫头呢!你都二十四了,有个把相好的也不奇怪嘛……"她说着又故意做出无所谓的模样试探道,"你……有没有过啊……你跟我说,我不笑话你。"

邵寂言暗笑,心道:我若真有什么,你是不会笑话我,但会生气瞪眼不理我。只叹了一口气,信誓旦旦地道："我跟你保证,我没有过什么通房丫头,青楼是去见识过,不过喝酒聊天,绝没做过你认为的不正经的事,更没有什么相好的。"他说完又冲如玉微微一笑,道,"这下你放心了吧?"

如玉听了心里舒服,面上只摆出一副不关心的模样,别别扭扭地道："我有什么不放心的……我是怕你染了脏病什么的……"

第五章

我帮你把那半边填满了,你就不会难受了。

入夜，邵寂言藏在陈亭焕外宅的小门外，没多会儿，便见那小门"吱呀"一声被推开，有个女子从里面探出头来，向他这地方招了招手。

邵寂言忙闪身出来，轻手轻脚地跑过去。虽然知道眼前的女子是如玉，但乍一见了梅姑娘这陌生的模样仍不免发虚，待如玉小偷儿似的拽了他的袖子，抿着嘴露了胆怯的模样，才让他安心，果真是如玉无疑了。

如玉小声道："我才看了，除了两个守夜的在打盹儿，其他的都睡死了。"

邵寂言松了口气，让如玉一路引他去了陈亭焕的书房。如玉这会儿虽顶着女主人的皮囊，但两人到底做贼心虚，也不敢点灯，只就着洒进来的月光四下翻找。

如玉每翻出个带字的都要拿去给邵寂言鉴定鉴定，生怕自己认错看漏了。一来二去，邵寂言便让她别再找了，站在门口听外面的动静，若有人来了也好应对。

邵寂言独自翻了小半个时辰，只差把这书房拆了，却是半点儿线索也没有。如玉一直乖乖地站在门口望风，见这光景不免开口道："是不是不在这屋啊，要不咱们去别处找找？"

邵寂言道："若有什么紧要的东西，陈亭焕一定不会随便放，书房该是最安全的地方了……若是这儿没有，或是他早就把证据毁了。"

如玉道："陈老爷那么疼梅姑娘，也许把东西都给梅姑娘了。"

她想了想又道，"我若有什么宝贝的东西全都放在枕头底下，那样贼才偷不去呢！"

她这话倒是提醒了邵寂言，他单想着陈亭焕了，倒忘了他犯此杀头大罪全是为了养这个女人，连卖试题也是通过那梅姑娘，或许真有重要的东西在她那儿，便道："是了，亏得你提醒，去她屋里看看。"

两人蹑手蹑脚地进了梅姑娘的屋子，如玉头一个先翻了枕头床铺，一无所获，颇为失望。邵寂言却是直奔了梳妆台。他想女子最宝贝的东西大抵是自己的首饰，这梅姑娘是风尘出身，又是个重财的，若要藏了要紧的东西或许放在首饰匣里。

果然，他很快便在一个装着各种珠宝的首饰盒下面发现了个暗格，里面收了一沓银票，当中还夹着个小册子。细看下，上面记的却是这位梅姑娘近几年收到的男人所赠财物的明细。而近一年的便全是陈亭焕的名字了，小到钗环绫罗，大到房契地契，一件件记得清清楚楚。最近的几项，详细记着哪日哪时，她做中间人帮陈亭焕卖试题，收了某人多少银子，其中陈亭焕自己留了多少，又给了她多少。

邵寂言看得叹为观止，真真是个贪财的女人，也亏得她这么精打细算，才给他留了这个绝佳的证据。

邵寂言喜形于色，对如玉道："还是你聪明！果真在她这儿。"

"找到了？"如玉惊喜地凑上来，看了看他手中的东西，像个账册似的也没太看懂，只扯着他的衣袖道，"既是找着了，那咱们赶紧走吧，做贼似的，我有点儿害怕。"

她这话音才落，忽听院外响起了拍门声。如玉吓得一激灵，一把抓了邵寂言的胳膊，紧张地道："来人了，来人了,怎么办啊？"

邵寂言也是一惊，急忙将那册子和银票揣进怀里，对如玉做了个嘘声的手势，走到门口，透过门缝往外望。如玉拽着他的胳膊，怯生生地跟在后面。

未几，外面亮了灯，有下人跑来门口回道："奶奶，老爷来了。"

"啊……"如玉吓得倒吸一口凉气，才要叫出声，便立时被邵寂言捂住了嘴。

如玉整个人被邵寂言揽在臂弯里，却也顾不得心慌羞涩，只可怜兮兮地望着他眨巴眨巴眼：怎么办啊？

喝了酒的陈亭焕被下人搀扶着跟跟跄跄地走到屋前，伸手推门却见房门从里面锁住了，他酒劲儿上来，用力踹了两脚。

未几，屋中传来急促的脚步声，房门随之被打开，但见梅姑娘有些惊诧着慌地道："怎的这么晚来了？"

陈亭焕晃晃悠悠地道："怎的，晚了就不给开门了？"

梅姑娘忙换了笑容，道："哪儿能呢，老爷能来，我高兴着呢。"她说着，吩咐下人道，"老爷醉了，打些水来伺候老爷醒酒。"

陈亭焕一挥手，醉醺醺地道："都给我走，用不着你们。"说完一把抱起眼前佳人，大步进了屋子。

梅姑娘惊呼："老爷，今日不行，奴家……"

陈亭焕并不等她说完，直接将怀中之人扔到床上，扑了上去。

床下，如玉趴在邵寂言身边，忍不住骂了一声："老流氓。"

邵寂言自是不敢出声，心中暗自后怕，亏得及时让如玉从梅姑娘身上出来，没被这"老流氓"占了便宜。

很快，衣服被扯破的声音伴着男子粗重的喘息声从上面传来，紧接着便是女子的浅吟低呼。

如玉方才一时乱了方寸跟着邵寂言趴在了床底下，这会儿听着上面的动静，尴尬羞臊得很，红着脸想要躲开，可才一从床底下起身露出头来，便立时艳色入目，两条光溜溜的身子在她眼前扭在一起颤动着。如玉惊得又趴了回去，羞得满脸通红，趴在地上把脸埋在双臂之间，说什么也不敢抬头了。

邵寂言也是尴尬窘迫得很，只觉耳根子都有点儿发热，再不好意思看如玉，只屏着呼吸，把头扭过去面壁。

床上的两个人浑不知床下趴着人，尽情翻云覆雨，木床吱吱直颤。

如玉想跑，可这会儿羞臊得连动都不敢动，只用力闭眼埋头捂耳朵，假装自己什么也没听到。她只盼着自己能缩小缩小再缩小，变成个邵寂言看不到的小虫子，钻进泥土里再不要出来了。

邵寂言也不比她好过多少，甚至更糟。头上不断传来的声音，直让他身上一阵阵燥热难耐，他只好用力咬自己的手，一遍遍地在心里默诵佛经。

床上的两人折腾了好几回，直到邵寂言都有些绝望了，才渐渐没了声息。

屋中渐渐平静下来，男女交欢之声渐被均匀的呼吸及鼾声取代。邵寂言和如玉却仍未摆脱尴尬，只静静地趴着，谁也不好意思先动作。

许久，终是邵寂言声音微颤地轻唤了一声："如玉……"

如玉兀自羞臊地埋着头没吱声。

邵寂言轻咳了一声，掩饰住自己的尴尬，轻声道："如玉，该走了……"

"嗯……"如玉闷闷地应了一声，背着邵寂言站起来，飘了出去。

邵寂言在床底下独自趴了一会儿，便听如玉折返回来小声道："没人……"他这才爬了出来。

如玉一路飘在前头给邵寂言探路，待出了宅子走出很远，方站住，却始终不敢抬头，红着脸咕哝了一句："我回家了……"便慌慌张张地飘走了。

邵寂言从梦中醒来，许久才回过神来。对于早已不是青涩少年的他，做个梦已不会再引起他任何的惊恐与窘迫。但是这一次的梦境却让他有些心惊，他梦到自己在梅姑娘的卧房里，不是在床下，而是在床上搂着佳人翻云覆雨。若单单是这样，说来也没什么大不了的，在有了昨晚那场经历之后，做这样的梦并不奇怪。但是一切的关键在于，梦里被他压在身下的虽然是梅姑娘的皮囊，但他清楚地知道那身体里面的灵魂不是梅姑娘，而是如玉，他在高潮的时候叫了如玉的名字。

他虽从未真的与女人云雨过，但一直不认为情欲一事是什么难以启齿的羞愧之事。少年时，村中娇俏惹人的少妇；情窦初开时，惊鸿一瞥的美丽少女；成年后，青楼美艳动人的风尘烟花，都曾入过他的梦境，他从未感到过任何的羞耻。

但是这一回，他除了惊讶之外，竟莫名生了些心虚与羞愧。他一时搞不清自己为什么会有这种心情，愣神想了想，也许是因为如玉太过单纯，也许是因为如玉是他人生中第一个真正的朋友。

邵寂言辗转反侧，如何也睡不着了，不论睁眼闭眼，脑子里全是如玉的样子。她哭，她笑，她气恼，她羞涩，她委屈，她调皮，她的每一个表情，每一个小动作，甚至跟他说的每一句话，他竟全记得清清楚楚。

邵寂言翻了个身：我这是怎么了……

他就这样翻过来又翻过去，闭上眼又睁开，坐起来又躺下，折腾了半宿。直到清晨的曙光透过窗子打了进来，邵寂言才觉得自己终于想明白了：他只是该有个女人了，而如玉这些日子与他走得近，又有了昨晚的经历，一切都只是赶巧。

一个梦而已，说明不了任何问题。

邵寂言起床，用凉水洗了脸，把昨晚从梅姑娘那儿得来的小册子一条条细细看了，除了冯子清之外，还有好几个他熟悉的考生，也有的名字他没见过，该是考生的家属之类。他把紧要的部分誊抄了一遍，收好，吃了点东西，换了一身干净清雅的衣裳，将小册子和一起拿来的一沓银票揣好，去王丞相府上拜见。

几日后，科考舞弊案发，朝野震动。

直接因此案获罪的官员就有十几人，包括陈亭焕在内的三名主考全部斩首，家产抄没，三家上下两百余口流放千里。礼部上至尚书、侍郎，下至郎官、员外郎，降职的降职，入狱的入狱，无一幸免。

然而，事情并没有随着陈亭焕等人的斩首和礼部官员的集体获罪而结束，反而是愈演愈烈。借着科考舞弊案，与陈亭焕及另两位被斩官员相近的几位大臣很快受到了波及，首当其冲的便是沈得年和沈墨轩。

沈得年为官多年，难免有些不干净的地方，平日不被人放在眼里的小事这次也被有心人士翻了出来。皇帝因此案正在气头上，又有王丞相一派暗中推波助澜，沈得年终被免了吏部尚书之位，贬为正四品往台安任知府。沈墨轩因曾与冯子清等三名贿考考生过从甚密，亦受牵连，只因其在清流儒官中多受好评，包括太子太傅在内的诸多大臣为其求情,皇帝也是惜才之人,亦不愿朝中势力倾斜,只免去其翰林院编修之职,平调通顺任职。其余牵连官员又十余人。

统算下来,此次科考舞弊案直接或间接牵扯的官员三十余人,实为皇帝登基十几年来最大的一次朝堂震动。相比之下,冯子清等小人物获罪终生不得参考入仕,几乎不值一提了。

邵寂言看着一个个官员被斩首、抄家、流放、贬职,心中越来越不踏实。尤其当沈墨轩的圣裁下来之时,他的负疚感达到了顶峰。他当初虽是有心攀交沈墨轩,但对沈墨轩其人却也是有钦佩在其中的。他曾经想过,若他能顺利地娶沈婉柔为妻,与沈墨轩除了姻亲之外,定也能成为知己至交。而如今,一切都不可能了。

沈墨轩早他父亲离京赴任,出京那日有不少朋友前往送别,有官员,也有普通的书生学子。邵寂言也去了,但是他没敢露面,远远地躲在暗处看着沈墨轩与故友拜别,神色从容地翩然而去。

那个时候,他恍然意识到了自己的渺小与卑鄙。他不能再用什么"伸张正义"来为自己开脱了,如果他当真光明正大,大可以拿了证据去刑部、吏部、大理寺、都察院,但是他哪儿也没去,他送到了王丞相手里。他早就知道会有今天,但他还是毫不犹豫地做了。为了一己私欲,牵扯了太多的人进来,也葬送了一份他本应珍惜的友情,耽误了一位有志青年饱学之士的大好前程。

内疚、不安、愧悔,邵寂言第一次对自己产生了怀疑,他几乎是灰溜溜地逃回了自己的小院。

晚上,如玉来了,磨蹭了半天,小心翼翼地问道:"我听说今天沈少爷走了,你去送他了吗?"

邵寂言嗯了一声，假作翻书，没敢直视如玉的眼睛。

如玉见他脸色不好，便道："他生你的气了吧？他肯定是错怪你了，你只是想揭发他舅舅做的坏事，是皇帝老爷不分青红皂白地随便给人判罪，不关你的事。"见他不答话，她又忙安慰道，"我知道你这些日子不开心，你肯定觉得是自己告发陈老爷才牵连那么多人都吃了官司。我知道不关你的事，他们做了错事就该受罚，这是你告诉我的，凤儿他们也这么说，说陈老爷刘老爷孙老爷他们都不是好官，早就该被判罪的！你做的是对的！虽然不小心连累了沈少爷，但你又不是故意的，也不能怪你。沈少爷将来想明白就好了……"

"如玉！"邵寂言打断她的话，却又滞住，他本想直接告诉她：我是故意的，不是什么不小心，不是什么伸张正义，我就是为了我自己！但是他不敢，他怕如玉会看不起他，会讨厌他，会真的再不理他了。他痴痴地望着如玉，开口道，"如玉，若是所有人都不理我了，说我的坏话，说我不是好人，你会不理我吗？"

如玉道："你这么好，他们为什么不理你？"她说着又气鼓鼓地护短道，"说你不是好人的人才不是好人呢！"

邵寂言道："你只要回答我，你会不理我吗？"

"当然不会了！"如玉毫不犹豫地回答，想了想，又补充道，"除非你大声骂我，冤枉我，或者……惹我生气什么的……我大概会生气不理你了……不过你要是知道错了，跟我赔礼道歉，态度又很诚恳的话，我可以考虑原谅你，只是考虑啊，也不一定原谅的……"

邵寂言看她碎碎念的模样，难得露了笑容，只道："那，如果我做错了事呢？"

"什么事？"如玉道。

邵寂言道："不管什么事，总之是不好的事、伤人的事，你会怎么办？还理我吗？还和我做朋友吗？"

如玉被邵寂言问得有些糊涂，愣愣地看着他，想了一会儿，恍然悟道："我知了，你是说沈小姐对不对？这次沈老爷和沈少爷都被皇帝老爷问罪了，沈小姐肯定和她哥哥一样生你的气，你伤她的心了。"

邵寂言不知该怎么答，如玉见他不说话，便以为自己说中了，继续道："这样你该去问沈小姐啊，我说你好不管用的，你要问她还愿不愿意理你……"她说着想了想，认真地道，"只是沈老爷要离京了……她大概也得跟着走，你们可能有很久很久不能见面……过两天就是初八，她家里出了这么大的事，一定会去庙里上香求佛祖保佑，你过去跟她说清楚。她现在在气头上，可能会骂你打你，但是只要你诚心诚意地道歉，她那么知书达理，肯定会理解你的，你们会和好的。"

邵寂言望着如玉无言以对，良久方扯了扯嘴角，叹道："你说得对，我是该与她说清楚，诚心诚意地道歉。"

初八，邵寂言去华安寺见了沈小姐，在坦诚了所有事后，不出意外地挨了一个大嘴巴。待回了家，左脸已经微微肿了起来，他原担心一直这样，晚上会被如玉看见。好在沈小姐的手劲儿到底没多大，到了晚上，红肿已经下去了，不仔细看的话，看不出挨了巴掌的模样。

他一边温书一边等，如玉却一直没有出现。他不免有些意外，按说她知道他今日要去找沈小姐，应该比往日更早过来才是。

待过了子夜，如玉仍然没有来，邵寂言有些坐不住了，他怀疑如玉是不是出了什么事，或者又被其他的小妖欺负了。他撂了书，加了件衣裳出去迎她，走着走着就出了巷子。街上这会儿早已没有人走动，邵寂言索性往城南寻去。

早先与如玉聊天的时候，他听她提过，说她住在城南大槐树附近，可具体在哪儿她就没说了，只是看她含含糊糊的样子，大概也不是什么好所在。果真，越近城南，道路两边的房屋越古旧，大街上开始有越来越多妖怪的身影。他想他大概是到了小妖们的聚集地了，只见小妖们有的是化作人形，有的隐了真身，因时值深夜，有些甚至无所顾忌地露着真容。

邵寂言因自幼见得多了，并不觉害怕。但他如此堂而皇之地穿梭走在深夜的街上，见了露了真容的妖怪亦视若无睹的行为，在妖怪们看来，却是相当惹眼。不时有小妖在他眼前晃悠，更有围着他绕圈儿上下打量的，又有窃窃私语对他评头论足的。

邵寂言很想找个小妖问一问，认不认识如玉，知不知道她在哪儿。可又怕给如玉惹麻烦，想来在她的世界里，与人类交朋友并不是什么好事儿，至少如玉常挂在嘴边的凤儿和二牛似都对人类没甚好感。

邵寂言在城南的几条古巷里走了走，在越来越多的小妖围到他身边看热闹之后，他再不敢多留，只做无事的样子匆匆离开了。

他无功而返，心里很是郁闷。他一进了院子便听屋里传来嘤嘤的哭声，正是如玉的声音，他急忙推门进去，可不是如玉吗，她正蹲坐在墙角哭得可怜。

"如玉！"邵寂言抢上两步，蹲在她身边连声问道，"你怎么了？刚刚去哪儿了？怎么哭了？谁欺负你了！"

　　如玉不答，却是抹着眼泪儿，边哭边骂："你这个大坏蛋！你跑哪儿去了！你也不要我了是不是！大坏蛋！呜啊……你们都不要我了！哇啊……"

　　邵寂言吓住了，完全摸不着头脑，看着如玉哭得伤心，又是心疼又是担忧，紧道："我才等你没来，怕你出事去找你了。你别哭，到底是怎么了？跟我说，是谁不要你了？你被欺负了是不是？是二牛又戏弄你了？"

　　如玉想要说话可又说不出，一开口就是哇哇的收不住的哭声。

　　她越是这样，邵寂言越是心焦，恨不得把她抱进怀里好好安慰安慰，可偏偏又碰不到，只得蹲在她身边干着急。

　　如玉一把一把抹着眼泪，好不容易能开了口，哇哇哭道："凤儿……凤儿……不要我了……凤儿她不要我了……呜哇……"

　　邵寂言听了这话反而有些安心，好歹不是受了欺负，心道：或是她们小姐妹吵架，便哄道："怎么会呢，凤儿不是可疼你了吗？可是你们吵架了不是？是你惹她生气了？你头先不是还教给我呢吗，只要诚心诚意地去道歉，她肯定能原谅你的。放心，过不了几天，你们就又好了。"

　　如玉用力地摇头，哭道："好不了！再也好不了了！凤儿她当神仙去了！"

　　"啊？"邵寂言不明所以。

　　如玉抽噎道："凤儿被上仙看上，带去仙界了。"

　　邵寂言一怔，这个情况他从未遇过。细算来，他这二十几年大概没有一个似凤儿之于如玉那样的朋友,就算有,也不会遇到什么朋友飞升仙界的状况。他一时不知道该怎么说,滞了一会儿,安慰道:"这个……算是好事吧……我原先听你说,即便是潜心修炼千百年,也未必能飞升仙界,凤儿能有这个机缘,你该替她高兴才是啊。"

如玉抽泣道:"是好事,我是替她高兴啊……可,可我再,再……再也见不到她了……我,我再没朋友了……呜呜……"

"你还有我啊,我不是你的朋友吗?"邵寂言道,"你放心,我绝不会丢下你当神仙去。"

如玉环抱着膝盖,把脸埋在里面,闷闷哭道:"不是,你跟凤儿不一样。凤儿是好姐妹,很好很好很好的好姐妹……我再也见不到她了……"

邵寂言这会儿当真是不知该说什么安慰的话了。他虽没见过凤儿,却熟悉得很,因为如玉总是把她挂在嘴边,凤儿这样,凤儿那样,时间久了,让他觉得自己也与凤儿相识似的。上次他隔着墙听过凤儿与如玉的对话,他听得出,凤儿对如玉确是极照顾的。如今凤儿走了,如玉的难受定比他想象的还要多得多。

他没再说话,只靠墙坐在了如玉身边,静静地陪着她。

屋中没有点灯,黑漆漆的,月光透过窗子洒在屋子当间儿的地上,两人挨着坐在黑暗的角落里。许久,如玉才慢慢止住了哭声,低低地抽噎着。

邵寂言也学着如玉的样子,双臂抱着膝盖,歪头望着如玉,柔声道:"好些了?"

如玉摇头:"好不了了。"

邵寂言吐了口气,转过头,下巴抵在膝盖上,喃喃道:"那我可怎么办啊？"

"嗯？"如玉转头望着他。

邵寂言没看她，只望着前方做出一副可怜兮兮的模样，道："我只你这么个朋友，你又不理我了，我可怎么办啊……"

如玉吸了吸鼻子，道："谁说我不理你了。"

邵寂言扭头，酸溜溜地道："你说的啊，你说好不了了，可见你这心里只有凤儿一个，那我怎么办？"

如玉低头看着自己的心口，抬头认真地道："不是，我这里面也有你。"

邵寂言道："有多少是我的？"

"嗯？"

"你的心，我占了多大一块儿？"

如玉眨了眨眼，认真地想了想，道："很大一块儿。"

邵寂言道："那……除了我那'很大一块儿'，剩下的就是凤儿了？"

如玉点头。

邵寂言道："那如今凤儿投胎走了，那半边可不是空了吗？"

如玉撇着嘴，又要哭，没等她掉眼泪，邵寂言便脱口道："给我吧。"

"给你什么？"

"另外一半儿。"

"啊？"如玉怔怔地望着邵寂言，没太明白他的意思。

邵寂言道："心里空空的会很难受吧？"

"嗯。"如玉点头。

"那把空的地方塞满了就不会难受了。"邵寂言笑道，"凤儿既然走了，那另外的一半儿也给我吧，我帮你把那半边填满了，你就不会难受了。"

如玉把头枕在膝盖上，认真地琢磨他的话，好像……很有道理啊……

因科举舞弊案发，在处理了一干官员之后，皇帝下诏，会试一个月后重考。这正是邵寂言所期盼的，他踌躇满志，准备大展身手，也是希望以此证明虽然自己举报陈亭焕等人的手段不甚磊落，但自己确是有真才实学之人。而且上次考试也让他意识到，除去那些买题贿选的考生之外，确有不少有实力的竞争者。是以，他比从前更加用功。

他想着如玉才失去了凤儿这个朋友，怕自己只顾看书冷落她，会让她更伤心。没想到如玉却是理解得很，说他读书考试是最要紧的事，要他不用担心她。

邵寂言道："那这样我就不能陪你了。"

如玉道："没关系，我想我往后也不天天来了，隔日来一次就好，免得打扰你读书。"

邵寂言不放心："那却不用，你来了也打扰不了我，我只怕你一个人闷。"

如玉道："不会，我可以去大槐树那儿跟他们聊天儿，不用担心我，真的。"

邵寂言看她果真不似沮丧的模样，稍稍放了些心。没想过了三五日，如玉却忽然又跟他说："寂言，要不，我隔两天来找你一次好了……"

邵寂言有些吃惊，只怕她是受了冷落而说气话，哄道："怎么了？可是生我的气了？要不明天晚上咱们去城外吧，我总在屋里憋着看书也怪闷的。"

如玉连连摆手道："不是，不是，我一点儿没生气。"她随即目光闪躲，磕磕巴巴地道，"我就是想……你考试很重要很重要，只这一个月的时间……得多看书才行……等你考完了咱们再一块儿玩儿……"

"如玉，你可是遇到什么事儿吗？"邵寂言一脸的关切，"是凤儿走了便有人欺负你了是不是？怕说出来我担心？没关系，你有什么事只管跟我说，你憋在心里不说，我反而不踏实，这才是真真影响我考试了呢。"

如玉脱口道："没有！没人欺负我！有二牛在，没人敢欺负我的！"话一出口便立时意识到说错了话似的，忙闭了嘴。

邵寂言想起了中秋之夜上二牛拉着如玉的手一起消失在人群中的情景，微微蹙了下眉头，只做随意地问道："二牛……就是那个喜欢凤儿的？"

如玉点了点头，开口道："二牛可惨了，自从凤儿走了，他一下就没了精神。我知他心里肯定特别难受，肯定比我还要难受。"

邵寂言有点纳过闷儿来，道："所以……你这几日不来我这儿的时候，是去陪他了？"

如玉乖乖地点头承认。

邵寂言脸上有些难看："这么说怕影响我读书是假，想要去陪他才是真？你说去大槐树下聊天是骗我的，其实是去找他了？这会儿，跟我说隔两日来找我，也是为了腾出时间去陪他？"

如玉心虚地缩了缩脖子，小声道："怕影响你读书也是真的……不过二牛是真的很可怜，你没见到，他真的很可怜的！所以……所以我想跟你打个商量。"

邵寂言嗅到了"危险"的味道，警觉地道："什么？"

如玉道："就是你前两天跟我说的话……我想，我心里凤儿空下的那一半儿，我留给二牛好不好？"

"……"

"不说话就算你同意了。"如玉小声咕哝一声，急忙转身飘开了。

邵寂言有点儿蒙，愣了一会儿，才忽开口道："不行，我不同意。"

如玉噘着嘴道："为什么不同意？你都有一半儿了，分给二牛一半儿有什么关系？"

邵寂言脱口道："这个也是能与人分的吗？"

"有什么不能的？"如玉道。

"我说不能就是不能。"

如玉鼓着腮帮子，气呼呼地道："小气鬼！"

邵寂言转过身去看书，只似这事完全没什么可商量的一样。

如玉绕着邵寂言转圈儿，一会儿左，一会儿右，在他耳边碎碎念叨："小气鬼！只许我陪你玩儿，就不许我陪别人聊天解闷儿。你不讲理，不讲理的小气鬼，小气鬼……小气鬼！"

邵寂言被她缠得无奈，把书一放，道："那我问你，若是我每天晚上不在家等着你，专找别人玩，你乐意吗？"

如玉被噎得一怔，仔细想想，她的确会不高兴。

邵寂言煞有介事地道："你看，你也会不高兴不是？所以说不是我小气，而是……而是道理就是这样，你有了我了，就不能跟别人好了,知道吗?"

如玉被他说蒙了,愣了会儿神方醒过闷儿来,道:"我都被你说糊涂了,你把我当笨蛋了是不是?你说的是娶媳妇儿,只有你媳妇儿才只能和你好不能和别人好呢,我又不是你媳妇儿,为什么不能跟别人好了?你自己不也跟别人好吗?冯兄、陈兄有好多呢,怎的许你有别的朋友,却不许我有了,你这可不是不讲理吗?"

邵寂言脸色一报,转过身去,他也意识到自己似是有些"不讲理"了。可一想到如玉撇了他不理,日日跑去哄那个什么二牛开心,他就气恼得很。他希望如玉只是他一个人的,就似她刚刚说的"只许陪他玩儿,不许陪别人去"。

屋内忽然变得沉默了,如玉坐在一旁哼哼唧唧、嘟嘟囔囔地生气,邵寂言假装不在意地坐在桌边看书,却不时用余光偷偷瞥她。两人就这样一直坐到了午夜,如玉起身很大声地哼了一声,扭头要走。

"哎!"邵寂言忙起身叫住她。

如玉端着架子不转身看他。

邵寂言磨蹭了一会儿,妥协道:"隔两日就隔两日吧……"

如玉立时转回来,脸上的笑容还没展开呢,邵寂言又忙道:"但是只在我考试前这些天,就算他被抛弃了,一个大男人,这些日子也该好了。还有!你人去陪他就好了,心里那一半儿不能给他。"如玉还打算反驳,邵寂言便半点不打商量地道,"你说话要算话,既是答应给我,就是我的了,我说不许给就不许给。"

"小气鬼!"如玉冲他吐了吐舌头,转身飘走了。

邵寂言看着如玉离开,望着门口默默站了一会儿,心道:

这样给她定了规矩就没问题了吧。但是事实证明，问题还是有的，而且不是小问题。

在接下来的一段时间里，邵寂言越来越多地从如玉口中听到"二牛"这个名字。二牛今天开心了，明天不开心了，这会儿欺负她了，那会儿又哄她开心了，又或者两人结伴往城南更远的地方玩儿去，多么多么地惊险。

邵寂言越听越觉得心烦，后来如玉似也看出他不爱听这些，怕影响他考试再不提了。可她一不提，邵寂言反又觉得奇怪、不放心，话里话外地打听。如玉只含含糊糊地说二牛心情好了，不太需要她陪了。

一个月后会试，邵寂言准备得充分，待三科考完只觉比上一次更有把握地进三甲。他心中欢喜，晚上回家便把心中的畅快雀跃一股脑儿地倒给了如玉，自然也不忘了提向她履行诺言。如玉满口答应，也确是像以往那般日日过来，一切好似又恢复了原样。

当然，也只是"好似"而已。因为，没过两天，邵寂言便无意间知道了一个让他瞠目结舌的消息，却是如玉不小心说漏了嘴。原来，她如今竟然搬去和二牛住在了一块儿！

邵寂言只跟被人打了一闷棍似的，瞪着眼张着嘴，完全说不出话。

如玉也似觉自己做错了事，连连解释道："我也没办法啊！我现在没处住嘛，也不知哪个胆大的，明明人家都说了是闹妖怪的屋子，他还敢买来住，把我们的住处都给毁了。我一时也没处可去，我也不似别人，没个真身，可也不是哪儿都能凑合的，总不能大白天的出来晃悠吧，我还不想灰飞烟灭呢……正好二牛有地方……他看我可怜，就暂时收留我几天……等找到新的安身之地，我就搬走。"

邵寂言也不管她怎么解释，直问道："多久的事了？你在他那儿住多久了？"

如玉小心翼翼地望着他的神情，战战兢兢地伸出了一根手指头。

"只一天？"邵寂言明显不相信。

如玉咬了咬嘴唇，哆哆嗦嗦地又伸出两根。

邵寂言不说话，只冷着脸默默地望着她。

如玉一闭眼一缩脖，把五根手指全伸了出来，挡住了自己的脸。

邵寂言很生气："五天前的事了！你怎么不告诉我？"

如玉道："那会儿你在考试啊，我怕你为我担心……所以……所以……"

"所以，你就心安理得地跟他住一起了？"邵寂言瞪着如玉，他真想抓着她的肩膀用力把她摇醒，她到底知不知道搬去跟一个男的一起住是个什么状况啊！

如玉也很委屈："那我怎么办啊……那么紧的时间让我上哪儿找个新罐子去，我也抢不过人家……难道真干等着让太阳晒啊……二牛的住处宽敞得很，腾给我一小间，让我暂时安身而已……"

如玉看着一脸铁青的邵寂言，撇着嘴垂了头，一边扯衣角一边碎碎地嘀咕："有什么嘛？大家都是暂时住在朋友家，我又没打算一直白住，又不是住你家，也没占你的地方，二牛都没说什么呢，要你管那么多……敢情你家是没被人砸……哼！你就是想让我没地方住，黑心肠！大坏蛋……"

邵寂言不理她的碎碎念，不容反驳地冷语道："你明天就给我搬出来！不！今晚就搬出来，不许回他那儿去了！"

如玉急了，大喊道："那怎么行！我还没找到住处呢！你是想让我死是不是？想让我连元神也保不住是不是？你这个大坏蛋！"

"不让你睡大街，你就住在我这儿！"邵寂言脱口道。

如玉猛地愣住，瞪着眼望着邵寂言，忽地脸上一红，更大声地喊回去："你是男的啊！我怎么能住你家！你这个下流坯！老流氓！"

邵寂言："……"

"色书生！采花大盗！老流氓……"如玉红着脸扯着脖子一通骂，只怕扑通通的心跳声被邵寂言听了去。

邵寂言等她骂够了，无奈地道："二牛就不是男的吗？"

如玉怔了一下，回道："不一样的。"

邵寂言道："有什么不一样？"

如玉脸上红扑扑的，咬了咬唇，小声道："二牛……二牛是哥哥来着……妹子没处住，投靠他两天是应该的嘛……还有，二牛有凤儿了嘛，虽然凤儿走了，但是……"她说着又似意识到什么，抬眸望了邵寂言一眼，脸上更红了几分，支支吾吾地道，"不是，你和二牛一样的，你有沈姑娘了……不过……但是……"

如玉越说越乱，最后满脸通红地高声道："反正我说不一样就不一样！"

邵寂言觉得自己似乎有点儿明白如玉的意思了，她大概是在和自己害羞?

尽管她一口咬定对二牛只是兄妹般的感情,可他一点儿不能放心。他不认识二牛,但他了解男人,一个大姑娘跟自己住在一起,怎能不动歪念?如玉这么单纯的丫头,就是被吃干抹净了,怕还不知怎么回事儿呢。况且,那个二牛才被女子抛弃,最是意志薄弱的时候,万一移情到如玉身上怎么办?他肯定不是真心对她,肯定要伤害她的。而且,外面的世界也很危险,离开二牛也许会有三牛、四牛、五牛、六牛,不行,一定要把如玉收起来才安全。

邵寂言望着如玉想了想,忽然开口道:"我明白了,你是不是还喜欢我呢?"

如玉腾地红了脸,目光闪躲地高声道:"才没有呢!我才不喜欢你呢!我早说了再不喜欢你!我说话算话的!"

邵寂言扬眉激将道:"那为什么不敢跟我一起住?"

如玉脱口道:"谁说不敢住了!"

"那就搬来一起住。"

"不行!"

"不行就是不敢!"

"才不是!"

"那为什么不能搬过来住!"

"我……那我为什么要搬过来住!"

"因为我不放心!"这一次,不等如玉接话,邵寂言便抢断道,"我觉得你还喜欢我,只要你搬过来和我住了,我就相信你不喜欢我了。"

如玉涨红着脸大声道:"好!住就住!谁怕谁啊!"她说

完又赌气似的加上一句,"但是说好了啊,你这老色鬼不许耍流氓!要不我可不客气啊!哼!"

邵寂言满意地点头微笑:"嗯,讲好了,去取行李吧,我等你。"

如玉哼了一声,撇着嘴气呼呼地飘走了。

"我才没喜欢你,自作多情的下流坯、大色鬼,傻子才会喜欢你……"如玉一路嘟囔着回了家,二牛还没回来。她其实也没什么行李,不过是几件衣裳,其中大部分还是凤儿留给她的。她自然是穿不下,留着是为了做个念想。她想了想,把几件衣裳叠好,只留了一件自己与凤儿初识时她穿的衣裳,剩下的都留给了二牛。

快二更天的时候,二牛回来了,见如玉这架势便道:"怎么?要搬走?"

如玉心虚,她知道凤儿临走时跟二牛说过邵寂言,并嘱咐他一定看好了她,不许让她被拐带欺负了。这些日子,二牛也是半点儿不带含糊地遵从凤儿的"遗训",她去哪儿,他都要跟着,所以她才不得不减少了去邵寂言那儿的次数。最近她搬来住之后,他对她盯得才松些。

如玉这会儿有一万个胆子也不敢说实话,只撒谎道:"嗯,小香她们寻了个新地方,说给我也留了一处,我准备今天搬过去。"

二牛有些不高兴:"在我这儿住得不好?干吗要搬?"

如玉解释道:"嗯……你这儿好是好,但我还是跟小香她们去吧,凤儿走了……我不想落单……"

二牛觉得她说得也对,便道:"也好,那我送你去,万一有什么坏家伙,我好替你先收拾了。"

如玉忙道:"不用了!不用了!"

二牛不容反驳地道:"不行,凤儿把你交给我了,你这尿样儿,到哪儿都是挨欺负的料!我跟你一块儿去,先揍他几个,把他们镇住了就没人敢欺负你了。"

如玉慌忙道:"不要了,你要是先把人家打了,回头你一走他们可不是该恼我,更要欺负我了吗?"

二牛想了一下,应道:"那我只送你过去就好。"

"不好不好!你长得这么厉害,就算不打人家,人家也会害怕的……可能会以为我是故意找你去吓唬他们呢?我自己过去就好,我保证,一旦遇到坏家伙我肯定告诉你,到时候你再帮我就好了。"

二牛眯眼睨着如玉,滞了一会儿,道:"那好,你自个儿去吧,小心点儿,有事儿记得叫我。"

"嗯嗯!"如玉得了允许,忙拿了行李一溜烟儿地走了。

如玉抱着自己的小包袱,只跟逃家与人私奔似的慌慌张张地去投奔邵寂言。她一路小心翼翼避开街上小妖们的视线,连大道都不敢走,只从人家家里穿过去,待拐进西柳巷才算松了一口气,可她才进了院子,便听后面传来一声怒吼:"如玉!你给我站住!"

如玉吓得一激灵,颤巍巍地回头去看,只见二牛怒气冲天地瞪着自己,没待她反应呢,便逼到了她面前。

如玉心里发颤,双腿发软,只跟与野男人私奔被兄长发现追来马上就要被拍死一样,哼哼唧唧地不敢说话。二牛却似没心情收拾她,一副恶狠狠的模样就要往屋里闯。

如玉立时抱了二牛的胳膊,急得都快哭了,紧道:"我错了我错了,我再不敢了,咱们回家吧,今后我哪儿都不去了,我全听你的!你让我上哪儿,我就上哪儿好不好!"

"你放开他。"如玉和二牛同时一怔,邵寂言不知何时已经推门出来。他面上虽是波澜不惊,其实心里却因如玉那话而生气,非常生气!什么叫"我错了"?什么叫"咱们回家"?什么叫"我全听你的!"这该是跟他说的话!凭什么跟那个二牛说!可见让她搬来是对的!再晚两天,不定变成什么样子呢!

二牛对如玉怒道:"这就是那个贱书生吧?哼!上次还骗我说是什么疯子!"

如玉吓得只管摇头,死命扯着他不敢松手。

二牛转回头一脸狰狞地望着邵寂言,胳膊一推把如玉甩开,也不看她,只厉声道:"你回家去!我收拾完他,再收拾你!"

邵寂言面不改色,甚至还带了分从容的笑意,只对如玉道:"你回屋等着我。"

如玉看看这个,看看那个,哆哆嗦嗦的,也不知该怎么办了。

邵寂言安抚道:"乖,进屋等着我,我和你这位哥哥说几句话就好。"

如玉有些犹豫地松了二牛的胳膊,往邵寂言那儿蹭了蹭。

二牛立时怒目而视:"我看你敢!"

如玉才鼓起的勇气又被吓回去了,缩着脖子不敢动了。

邵寂言道:"兄台一个大男人,吓唬小姑娘算什么?是我叫她来的,有什么你算到我头上就好。"

二牛狠狠地道:"你放心,我铁定跟你算!"

如玉小心地打量二牛的神色,咽了口唾沫,飘到邵寂言身边,却不进屋,只颤巍巍地小声道:"对不起,我不知道会把他

127

引来……要不，算了吧，他很厉害……你打不过他的。"

邵寂言笑道："谁说我们要打架了？他既然是你的朋友，那也就是我的朋友了。上次见面没来得及认识，这次有机会总要说几句话。"他说完又故意提高声音道，"我看你这位哥哥也是光明磊落的汉子，断不会恃强凌弱欺负我这一介文人。我们只说说话，你乖乖进屋等着，不叫你出来不许出来。"

如玉犹豫了一下，小声咕哝了一句："小心点儿，别惹恼他。"说完又贼似的瞄了二牛一眼，方转身飘进屋里。

待进了屋又觉不放心，想要钻出个脑袋去看看，可想到邵寂言说了没叫她不让她出来，便只飘到窗边，透过微微敞开的小缝往外张望。但见邵寂言和二牛已经走到院子中的大树下，还真是在说话。

邵寂言面对着她这个方向，斯斯文文的还带着点儿笑容，二牛背对着她看不清表情。两人说了好久，忽然转身往她这边望过来，如玉哧溜闪开。她藏了一会儿，又壮着胆子往外偷瞄，却不见了人。她吓了一跳，只当邵寂言被二牛弄到阴暗的地方痛揍去了，才要冲出去，便听房门被推开，却是邵寂言和二牛一块儿进了屋来。

如玉见邵寂言好端端地站着，松了口气，又小心地去看二牛，他脸上竟也没了刚刚的怒色。

二牛开口道："妹子，你要住就住他这儿吧，若今后他欺负你了，只管跟哥说，哥肯定为你出头。"

如玉蒙了，她虽一直把二牛当个哥哥，可二牛这还是头回管她叫"妹子"呢。她呆呆地去看邵寂言，邵寂言趁二牛不注意冲她调皮地眨了眨眼。

二牛倒也不管如玉答不答话，只转对邵寂言道："我把妹子交给你了，你要敢欺负她，你就死定了！知道吗！"

邵寂言又立时摆出一副恭敬严肃的模样，拱手行了个礼，道："二牛兄放心。"

二牛一摆手道："得了，那我走了。"

"二牛兄慢走。"

如玉飘到门口，歪着脑袋看邵寂言客客气气地把二牛送走了。

待邵寂言回到屋里，如玉立时问道："你跟他说什么了？他怎么没打你？"

邵寂言笑道："你很希望我挨揍吗？"

如玉摇头，追问道："你到底说什么了？他怎么一下就变了？"

"很崇拜我吧？"邵寂言带了几分得意之色，随又调笑道，"我许了他银子，他就把你卖给我当丫头了。"

"哼！"如玉腮帮子一鼓，"你骗人！才不会呢，二牛才不会卖了我呢！"

邵寂言点头道："是了是了，他个当哥哥的怎舍得卖妹子呢？"他说着又做出不解之色，摸着下巴道，"老实说，其实你们是不是真的兄妹啊？怎么这么像？"

如玉哼道："才不像呢！我长得比他好看好多好多！"

"我是说性子像，都那么……"邵寂言意味深长地笑了，却不说下去。

如玉眨巴着大眼睛道："那么什么？"

邵寂言笑而不语。

"那么什么啊……说话啊……说半句话最讨厌了……你告诉我啊！哼！你欺负我！我要告诉二牛去……我要让他揍你，你听到没……他可厉害了，一定揍得你满地找牙……你再不说我真去找他了！快告诉我！都那么什么啊！"

那么呆……

第六章

我说了再不喜欢你了,可我没有说到做到。

邵寂言一个人生活惯了，忽地多了一口人……呃……一个妖，他多少有些不习惯。尤其如玉住在一只花瓶里这个事实，让他更觉新奇得很。

开始的两天，他总是有事儿没事儿地站在墙角盯着花瓶看，他不太确定如玉是不是真的在里面。

为了确定，他要么轻轻地唤两声"如玉"；要么把耳朵贴着瓶身，细听如玉睡觉的时候有没有打呼噜；要么干脆俯身凑到瓶口，往黑乎乎的瓶子里看，甚至还会轻轻地摇摇瓶身，好似如玉是他养在花瓶里的一只小乌龟，会有硬硬的壳子敲在瓶身之上，发出咚咚的响声。

于是，在夜幕降临之后，如玉总会气呼呼地飘出来，大声抱怨：

"你知不知道做美梦被人叫醒是很讨厌的事啊！"

"下流坯！你今天又偷看我睡觉！"

"大坏蛋！你是不是摇瓶子啦！我掉到床底下去了知不知道！"

邵寂言觉得过意不去，每每都要满脸堆笑地讨好哄劝一番。可第二日又忍不住去花瓶那儿"研究"，却也不单是因为好奇，只因想看如玉鼓着腮帮子数落他的模样，真是要多可爱有多可爱。

直到如玉第三次被他从床上晃了下来，威胁他要搬回二牛家里去，并告诉二牛他欺负她，让他挨一顿暴揍，他才不得不戒掉了这个习惯。

因与科考舞弊一案的关系，为避免不必要的麻烦，邵寂言如今大部分时间是待在家里，很少出去应酬。他白天睡到日上三竿才起床，吃点东西，看看书，再收拾收拾屋子，磨蹭到太阳落山，便有如玉出来陪他。而如玉也不怎么上街同朋友们说是非聊大天了，两个人的生活似乎只剩下了彼此。

邵寂言一日心血来潮，提议教如玉读书识字。

如玉不大高兴："不用你教，我本来就识字！"

邵寂言笑着摇头。

如玉道："不信你考！我全认得！"

邵寂言随手拿了本书，翻了翻，故意寻了个生僻的字指给如玉。如玉看了，脸色一赧，有些不好意思地道："换一个，除了这个字，其他的我全认得。"

邵寂言又给她指了几个难字，如玉一撇嘴："你故意的！"

邵寂言笑道："谁叫你夸嘴，我念了这么多年的书都不敢说自己认识所有的字，你就敢说认得全了？"

如玉噘嘴哼了一声。

邵寂言从箱子里翻了一本书，道："这是我小时候先生送我的，里面全是一段段的小故事，读起来颇为轻松有趣，你拿去看，若遇到不认得的便来问我，不知不觉中就能识得不少的生字。"说完把书平放在桌上摊开，用镇纸压了书角。

如玉好奇地凑上来，只看了第一个小故事便觉新奇得很，又顺下去看第二个。她看得入迷，待到翻页伸手之时，才意识到自己摸不到，转头冲邵寂言道："翻页。"

邵寂言上来帮她翻好，又用镇纸压了，如玉再继续往下看，如此每到了翻页的时候,她便要向邵寂言求助,到最后也不用她说话,只一扭头眨巴眨巴眼睛,他便乖乖地过来给她做书童。

十几个故事读下来,如玉却从没问过一个字。邵寂言只道如玉肚子里的墨水比他想的要多,但他一问才知,她只是把不认识的字直跳过去不理而已。

如玉理直气壮地道:"兴致上来,谁还顾得上认字啊。"

邵寂言表示理解,只道:"那你把不认识的字记下来,等故事看完了再问我,我一起教给你。"

如玉嘻嘻笑道:"既然故事都看完了,那认不认识那几个字儿也没什么所谓了。"

邵寂言无奈,只得摇头叹道:"孺子不可教。"

如玉不管什么可教不可教的,只管看故事。邵寂言被扫了为人师表的兴致,也不白给她当书童使唤翻页了。

如玉央求了几次,邵寂言故意不帮她,如玉赌气:"小气鬼,谁要你帮忙了,我自己会翻。"说着便小心翼翼地伸手翻书,自然是什么也没摸到。

邵寂言往椅子上一靠,优哉游哉地双手环胸,扬着嘴角看她。

如玉瞪了他一眼,深吸了一口气,口中念念有词地伸手去摸,仍旧没有成功。反复试了几次,书页没碰到,倒是让一旁看热闹的邵寂言寻了不少乐子。

如玉脸上挂不住,哼了一声,干脆丢下他出屋去了。邵寂言深知如玉的性子,知她不过耍些小性子,上街寻朋友玩儿去了。是以,他也并不追出去哄她,只自个儿又看了会儿书便上床睡了。

如玉撇了邵寂言却非找人聊天玩耍,而是去找了二牛。一见面,她也不说别的,直问道:"我怎么才能摸到东西?"

二牛道:"怎的想起问这个?"

如玉扬了扬拳头,道:"我给你当妹子,总不能给你丢人啊,回头邵寂言欺负我,我好用拳头砸他。"

二牛道:"光用拳头有什么用,我教你几招厉害的法术,保准他不敢欺负你。"

如玉道:"那却不用。况且我现在连碰个东西都难,法术什么的只怕一时片刻也学不会。"

二牛觉得如玉笨笨的,确是短时间也难学会,便道:"碰东西就简单了,你只要集中念力便好。"

如玉道:"这我知道,可到底怎么集中念力?还有……到底什么是念力啊!"

二牛想了想,道:"我问你,你以前可曾无意中摸过什么东西没?"

"呃……"如玉脸上一红,有些扭捏地小声道,"摸到过……"

二牛道:"你当时心里是怎样的感觉?"

如玉红着脸垂了头,手上不自觉地卷起了衣角,这要她怎么说啊……

二牛不晓其中的"典故",只道:"要我说啊,这念力就是个感觉。咱们每个妖都不一样,大抵和情绪有关,有的是欢喜的时候,有的是难过的时候,有的是害怕的时候,有的是紧张的时候,有的是兴奋的时候,有的是发怒的时候……反正,你只要把这种感觉寻着了,自然就明白怎么集中念力了,待你熟练掌握了技巧,无须刻意集中念力也能轻松摸到。不过你这么笨的,只怕得练些时日了……"

如玉并不理会二牛的挖苦打趣,只有些愣神,心道:那我那时是个什么情绪呢？该是紧张吧……或许……还有点儿好奇？反正打死也不承认是欢喜兴奋之类的。

从那日之后，邵寂言发现如玉多了个新的爱好，就是自己躲在一边，目不转睛地盯着某样东西发呆，有时是一本书，有时是一支笔，有时是掉在窗台上的枯叶，有时是他晾在绳子上的衣服。

邵寂言初时不在意，后来有几次回头见她正盯着自己的后脑勺发怔，他就不得不有些不安了。他问她怎么了，她却打定了主意不告诉他似的，只嘿嘿一笑，故作神秘地说"等我练成了就不怕你欺负了"。

邵寂言听了发毛，心道：她这是在练什么邪门儿法术吗？他咽了口唾沫，满脸诚恳地道："如玉，我不会欺负你的，我会对你很好很好的，真的……"

咱们别练了，好吗？

放榜日，邵寂言很早便出门了，待他到的时候，皇榜周围已经围满了人，他往前挤了挤，一抬眼他便瞥见了自己的名字，心口一悬，只怕自己看错了，他瞪着眼望着魁首之位，端端的"邵寂言"三个大字，可不正是他的名字吗。

巨大的喜悦冲击着他的大脑，让他一时有些发怔，直到身边传来相熟之人的道贺之声，他才回过神来，再细细看了皇榜上自己的名字，终于长出了一口气时已有三五个人过来将他围住，赞叹道贺之声不绝。他顾不得与众人还礼，便匆匆忙忙挤出人群走了，他知道家里还有个人在焦急地等着他。

邵寂言一路狂奔回家，推开门，气还没喘匀便大叫道："如玉！我中了，头名！"

"是吗！是吗！太好了！"屏风后面的花瓶里传出了如玉兴奋的叫声，"我就知道你会得第一的！我说什么来着！你肯定能中头名！我早就想到了！"

邵寂言冲到墙角，从屏风边上挤了进去，望着花瓶傻笑，若非还留了一丝理智，他现在真恨不得抱着眼前这花瓶转圈。

在花瓶里的如玉也是恨不得冲出去，只急得抱怨："太气人了！干什么非要辰时发榜，哪怕是卯时呢，那会儿太阳还没出来，我就能跟你一起去了！"

邵寂言笑道："卯时太阳都快出来了，你要跟我去看榜赶不及回来的。"

"我可以跑快一点啊！"如玉道，"或者，你可以抱着花瓶去啊，我看好了就钻回来，也不用急着往回赶。"

邵寂言大笑，道："抱个花瓶去看榜，若那样儿纵是考了第一怕也不让我入殿试，只怕说我是个疯子了。"

罐子里传来如玉闷闷的哼声。邵寂言莞尔，靠着墙根儿席地而坐，歪头道："头先咱们说好了，若我能入了三甲，你就告诉我你练的是哪路邪门儿法术。如今我得了头名，可该告诉我了吧。"

如玉嘻嘻笑道："现在还不行，等我晚上出来就告诉你，到时候给你一个惊喜！"

"现在透露一点也不行？"

"不行，透露了就没有惊喜了啊。"

"其实你不透露我也知道……"

"啊？你知道什么啊？你怎么知道的！"

"我不告诉你。"

"告诉我呗……你知道什么了啊……"

"那咱们交换吧,你告诉我你的秘密,我就告诉你我知道了什么。"

"嗯……你当我是傻子吧!哼!"

邵寂言坐在墙角对着花瓶和如玉说了半天话,待过了午时才想到她是需要睡觉的,正巧又有人登门道贺,他怕屋中吵闹影响了如玉,便邀请友人到酒楼吃饭饮酒。走之前,他还听到如玉大声在花瓶里喊:"不许太晚回来啊!我有惊喜给你!"

邵寂言这一去,只当吃了午饭便能回来,没想却被七八个人绊住,在酒楼中耽误了半日,申时过后才得回家。待他拐进巷口,却远远地见了院门口站了几个人并一顶小轿子,来人见他出现便忙不迭地赶了过来,却是王丞相府上的管家,只说是奉王丞相之命请他过府一叙。

邵寂言有些吃惊。当日,他将陈亭焕的罪证交给王丞相后就再没登过门,及后的朝堂震动,他似乎也成了个局外人,王丞相从未对他有过任何的表示。其实他也明白,尽管他当日给王丞相带去了扳倒政敌的机会,但到底只是一个会试成绩不甚起眼没甚前途的考生,毫无笼络的价值。如今他用实力证明了自己并非平庸之辈,王丞相在这个时候向自己招手,再正常不过了,只是没想到会这么快而已。

他回去换了身衣裳,出门之前还想要不要与如玉说一下,但又想她怕是正睡着,再者他应该也不会在王丞相府上待太久,便与管家匆匆上轿走了。

晚上,邵寂言心事重重地回了家,才一进院便见如玉从屋里迎了出来。

"你去哪儿了？怎么这么晚才回来啊？都说好了不许晚回来的！"如玉抱怨道。

邵寂言道："对不起……下午去王丞相府里拜见，他留我吃了晚饭，所以回来晚了……"

如玉不关心什么王丞相，并不接他的话茬，只一边往屋里去一边招呼道："快进来！快进来！"

邵寂言跟着如玉进屋，但见她一脸掩不住的兴奋，故作神秘地道："我说了给你惊喜的嘛，现在你准备好了没？"

邵寂言笑了笑，道："准备好了。"

如玉道："站好，把手伸出来，两只手。"

邵寂言不明白她要做什么，站在屋子正中把两只手在身前摊开，见如玉到了他面前，眨了眨眼，低下头伸出两根食指。

邵寂言玩笑道："你可是要对我使你那邪门儿法术？厉害吗？万万手下留情啊。"

如玉不应，只专心地凝视着邵寂言的手心，伸着指头凑过去，在掌心之上顿了片刻，落下，手指一弯，挠了挠。

邵寂言心口一紧，愣住了。

如玉抬眸："感觉到了没？"

邵寂言有些发怔地看着自己的手心，再抬眸看着如玉，一脸的错愕。

如玉嘻嘻地笑，伸开手，将两只小手放在邵寂言的手掌之上。

邵寂言看着自己与如玉掌心相对的手，那感觉实实在在，凉凉的，软软的。

如玉看他发怔，笑道："吓一跳吧，哈哈。"

邵寂言道:"这就是你要给我的惊喜?你这些日子就是在练这个?"

如玉点头道:"其实我几天前就能摸到了,本来想马上告诉你的,可是一开始念力控制得不好,怕失败了你笑话我……本来我想好了,练成的时候要好好吓唬吓唬你,就把你叫到河边,趁你不注意把你推到河里去,看你今后还敢不敢欺负我!不过你还要殿试,掉河里着凉就不好了,所以我就大发慈悲地放你一马啦,我好吧……"

邵寂言没在意如玉说什么,只凝着她的手,才要将她握住,她却忽地转身飘走了。

如玉飘到桌边,拿了一本书放在桌上,全神贯注地一页一页地翻,边翻边道:"你看到没,我现在能翻书了,我往后就用不着你了,我可以自己翻……我翻一页……我再翻一页……再翻一页……再一页……"

邵寂言慢慢地靠到如玉的身边,目光从她的手上移到了她的侧脸。她弯着嘴角,喃喃自语翻得很专心。邵寂言看得有些痴了,不自觉地抬手去拨她的头发。指尖一点点地靠近,心口突突跳得厉害,他以为他会摸到,结果仍是什么也没碰到,失落伴着心酸,他的手停在了半空。

正专心翻书的如玉这会儿才发现状况,转头一看,急道:"不许偷袭啊!我还没有练熟呢,不一定每次都能摸到,要准备准备才行的!"她说完转过身面对邵寂言,凝着他的眼睛认真地道,"现在好了,我准备好了,你可以摸了。"

邵寂言收了手,没有动作。

如玉着急:"真的好了!刚刚那不算,你偷袭的,你现在试试,试试看啊！"

邵寂言无奈地笑了笑，抬手去抚她的脸颊，可对上她期待的目光又不免想起了王丞相与他说的话，滞了一刻，到底还是没有抚上去，只伸出食指用力点了她的脑门儿。

如玉揉揉脑门儿，气呼呼地道："讨厌，不是要摸脸的吗，怎么戳人家脑门儿？你又发坏，这可是欺负我吧，哼，亏得我还大发慈悲放你一马！我不该改变主意的，就该把你推到河里去，让你喝一肚子凉水！哼！"

邵寂言淡淡地笑："你现在也可以啊。"

"可以什么？"

"可以把我推下水，我给你这个机会。"邵寂言道，"走，我们现在就去。"

"哎？我说笑话的……"如玉认真地道，"现在这么冷，掉下去你会着凉的。"

邵寂言叹笑道："那咱们只在河边走走。"

如玉道："这么晚去河边做什么？你这回考了头名，不用跳河了。"

"屋子里闷，我想到河边走走，你陪陪我好吗？"

"哦……好……"

如玉跟着邵寂言离了家，因怕被街上的小妖看见，她并不敢跟得太近，只远远地在他后面装作逛街看景的样子，待出了城，见四下无人，她方紧赶着跟了上去。他俩沿着河边散步，一直走到了上次如玉找到邵寂言的地方。

邵寂言靠着大树坐下，望着如玉，在身旁拍了拍，如玉凑上去坐在他身边,看着他眨巴眨巴眼睛,又漫无目的地四下看了看。这会儿已入深秋,树叶都掉光了,也没什么好风景,她不明白邵寂言大半夜的跑这儿做什么,只觉得他好像心事重重,不太开心。

邵寂言抬手指了指河边,如玉好奇地顺着他指的方向看过去,黑漆漆的什么也没有。

"就在那儿。"邵寂言道。

"哪儿啊?"如玉伸着脖子张望,"有什么啊?我怎么什么也看不见?"

邵寂言淡淡地微笑:"就在那儿,上次你来找我,就是站在那边那棵大树底下,哭得跟个泪人儿似的喊我的名字。"

如玉有些不好意思地缩了缩。

邵寂言扭头望着她,笑道:"其实我早看见你了,看着你顺着河沿一边抹泪一边找我。"

如玉脸上一红,气道:"那你不早叫我,你是成心的吧!"

"嗯。"邵寂言点头,"是成心的。"

如玉一瞪眼,捶了邵寂言一拳:"你怎么这么坏!"

邵寂言笑,揉了揉胳膊,转回头望着前方,好似自语地开口道:"我家村口也有条小河,我小时候常爱去那儿玩儿,夏天就跳到河里洗澡,冬天就凿个冰窟窿捉鱼。有时候回去晚了,我娘也会像你那样沿着河边叫我的名字,找不到了就着急得掉泪,生怕我被河水冲走,或是掉到冰窟窿里去……"

如玉歪着脑袋:"那你也老是故意躲起来让她着急吧。"

邵寂言笑道:"怎么可能呢,哪有做儿子的故意惹娘着急的?"他顿了一下,又道,"我娘养我不容易,我还不记事的时候爹就死了，家里只剩了奶奶和娘。奶奶年纪大，腿脚不好，虽是没少疼我，但家里的事都是娘一个人操持……"

提及往事，邵寂言的目光渐渐变得深邃，长叹了一口气，道："我那会儿不太懂事，只知道自己傻读书，没想着帮娘分担些，等我意识到了，我娘的身子也垮了……我十六岁考中秀才那年，我奶奶和我娘前后脚走了……"

如玉听了心酸，又怕掉了眼泪惹得邵寂言难受，只咬了咬唇忍住，抱着自己的膝盖，歪头静静地听着。

邵寂言也不看她，只平静地道："我家本来就不富裕，我勉强把奶奶和娘安葬了，家里也就没钱了。我长到十六岁，除了读书，什么都不会，我原以为考中了秀才就能让奶奶和娘过好日子，那会儿我才发现，中个秀才其实什么也不是，我连自己都养不活。

"邻居家的大爷看我可怜，想介绍我给地主家打短工，我不愿意去。我只想自己是个读书人，是个秀才，总不能为五斗米折腰失了文人的气节……结果那年冬天，我过得很惨……有一次饿昏在家里，两天两夜没起来，若不是邻家的大爷发现，我那会儿就得死了……

"为了活下去，我不得不跟着邻家的大爷给地主刘老爷打短工。当地的一些读书人都暗地对我指指点点，说我堂堂秀才去给地主家干活儿，丢了读书人的脸面。一开始听了我心里也难受，后来也就看开了……什么脸面不脸面的，谁肚子饿谁知道，骨气当不了饭吃，不管你读过多少书，该饿死还是得饿死。"

邵寂言说着往后一靠，转头望着如玉笑道："你看我现在这模样，定想不到我十五六岁的时候又瘦又小，比同龄的孩子都矮了半头,都是后来那两年下地干活儿才壮实了些。现在已经撂了好几年不做了,原先比现在要黑,下地干活儿又不讲究什么仪容,整日里泥里滚出来似的,人家只笑话说没见过我这样的秀才,又糙又黑,一点儿也没有读书人的斯文。"

如玉道:"才不是呢,白白嫩嫩跟个大姑娘似的才不好。再说了,谁说读书人就不能下地干活儿了?躺在家里吃白食的才没资格笑话你,你卖力气养活自己是好样的。"

邵寂言浅笑道:"只可惜不是人人都跟你一样想……我在刘老爷家做了几年,一边读书一边干活,勉强能养活自己,可总不是长远之计。我是打算参加乡试的,可考乡试又需要盘缠,我有个远房的叔叔,祖母在世时偶尔还周济过我们,我去向他借钱,他说我一个田里干活儿的庄稼汉,祖坟里冒青烟被我蒙上了个秀才,怎还敢起考举人的心思!我被奚落得难受,真想掉头就走,可到底还是忍住了,窝窝囊囊地说了好多好话,他才勉强借给我点儿钱,说怕我不要脸地挨户求钱,丢了邵家的脸面。"

如玉听了生气,脱口道:"呸!大坏蛋!你那个叔叔是坏人!最坏最坏的大坏蛋!"

邵寂言没所谓地笑了笑,没应她的话,只接着道:"后来乡试,我顺利中了举人,还不待我回乡,就有当地的乡绅来送钱、送物。等我回家去还钱,我那叔叔又变了个人,不单钱不要了,还给我置办了田地房产,说他早就看出我有今日,说他当日那些话全是故意说来激励我上进的,把我捧到了天上去,说我们邵家今后便指着我撑门立户、光宗耀祖了。"

如玉听完连连摇头,一脸鄙夷地啧啧道:"狗眼看人低!真是没比他再坏的了!"

邵寂言叹笑一声，道："我初时也似你这个反应，心里把他骂了无数遍，可后来这样的人见得多了，便也想明白了……许多人平日里也是孝敬父母，爱护妻儿，善待朋友，像我那个叔叔那样不论怎么挤对、挖苦，到底还能对我们这样的穷亲戚伸把手拉一下的，已算是心怀善念，人品不错的了。"

如玉想了想，觉得邵寂言的话似是有理，可又总觉得不对，不置可否地耸了下肩，缩了缩身子，抱着膝盖不说话。

邵寂言道："本来嘛……人的心就那么大，能容得下多少人呢，除去家人朋友，怕也没多少善心可分给不相干的陌生人了，如此把旁人分个三六九等高低贵贱，也是情理之中……"他说着叹了一声，又道，"人之贵贱就好比天上的星星与河里的污泥，一个亮晶晶地挂在天上，一个污漆漆地烂在河里，又怎么能怨世人只看得见星星而看不见污泥呢。"

如玉望着邵寂言怔了片刻，垂了头不说话，随手拿了脚边的一根树枝在地上乱画。

邵寂言抬头望天："我想做天上的星星。"

如玉没抬头，只把下巴抵在膝盖上，喃喃低语："你就是星星……很亮很亮的那颗……"

邵寂言转头看着身边缩着身子兀自垂头乱画的如玉，心口一阵酸涩，沉默了许久，低声道："我不想只做你一个人的星星，我想世人皆能看到我的光彩……"

如玉动作一滞，手上不自觉地用力，小树枝"啪"的一声折断了。她握着折断的那节一下一下戳着地面，在脚边戳出了深深浅浅的小洞，好半响方埋着头含糊地"嗯"了一声。

邵寂言不知道如玉听没听懂自己的话，转回头不看她，像她那样抱着膝盖直直地望着前方，开口道："我今日去拜见了王丞相……他很赏识我……"

如玉埋着头，小声道："那很好啊……他是最大最大的大官……他能帮你做最亮的那颗星星，让天下的人都看得到……"

"嗯……"邵寂言应道，"可我与他非亲非故的……他不会平白抬举一个不相干的陌生人……"

如玉一愣，随即把头埋得更深，拿小树枝用力戳着地面，道："也许他是个大好人，天下第一大好人，不求回报地想帮你的大好人……"

邵寂言道："也许，也许真如你所说，他是个求贤若渴的大好人……可也许……他只如世人一般，只把善心施给自己的家人和朋友……"

如玉立时接口道："那他就是把你当朋友了……是叫……忘年交……这个我懂的，我听过这个说法……"

"如玉……"邵寂言打断如玉的话，望着她道，"他若只是想把我当个朋友，不会问我家中还有什么人，不会问我有没有与人定亲，更不会问我的生辰八字……"

如玉怔了一会儿，松手丢开手中的小树枝，歪着头偷偷地瞥着邵寂言，怯怯地小声道："他是要把他那个没出阁的小闺女嫁给你？"

邵寂言故作轻松地道："他什么也没说，我想我现在不过是个会元，他就是再抬举我也不会把自己的女儿嫁给我……大抵是有什么亲戚家的小姐……"

如玉道："是了……这样你就不是不相干的人了，你就是他的亲戚了……"她沉默了许久，浅浅笑了笑，道，"丞相家的亲戚定都是富贵人家，养出来的小姐都是知书达礼的美人儿……你有福气了……"

邵寂言有些意外，道："你不生气吗？"

"我干什么要生气……"

邵寂言眸色黯淡下来，道："气我没有回绝他的好意，气我没有找个自己喜欢的人做媳妇儿。"

如玉弯了弯嘴角，回道："你不是跟我讲过吗，有的时候，喜欢一个人并不一定能娶来做媳妇儿，我那会儿没明白，现在我懂了……就好像你喜欢沈小姐，但是因为他舅舅的事，所以你不能娶她做媳妇儿了……"她说着顿了一下，转回头避开邵寂言的目光，蜷着身子小声道，"就像我喜欢你……但因为我是妖，也不可能妄想给你做媳妇儿……"邵寂言一怔，未及反应，便听如玉吸了吸鼻子，埋头道："我明白了……全明白了……我明天就搬走……"

邵寂言立时回道："谁要你搬走了，我和你说这些话不是为了要你搬走，我只是……"

"我知道你是为我好，是我自己想要搬走的……"如玉打断他的话，垂眸回道，"因为我说了谎话，我说了再不喜欢你了，可我没有说到做到……我好像还是喜欢你……"

邵寂言凝着如玉，心脏似被人用力捏住。

如玉努力挤出笑容，却愈发显得楚楚可怜，只道："我还以为自己可以不喜欢你了，可听你刚刚说的话，我心里还是受不了，很难受……所以，我大概还是喜欢你……我没有说到做到……不能再跟你住下去了，我明天就搬走……"

邵寂言难受，他想留住如玉，要她不要走，可是他开不了口。

他知道他俩终归是人妖殊途,他给不了她任何的承诺,他们之间也不会有什么美好的未来,他这会儿可以自私地将她留住,可将来总会有分开的一日,那会儿或许会伤她更深。

如玉咧嘴笑了笑,道:"不用担心我,其实头先就有朋友说找到新的住处给我留了地儿,只是我自己想跟你在一起,这会儿我可以去找她们。而且还有二牛呢,他也会照顾我,不会让我挨欺负的,你可以放心。"

如玉越是这么说,邵寂言越是觉得跟往他心里钉钉子似的难受。

如玉叹了一口气,抱着膝盖自言自语:"如果我是人就好了……"她想了想,又觉得不对,喃喃道,"也不是……如果我是人的话,可能根本就认识不了你……呵呵……还真是麻烦啊……"话才说完,泪水便不由自主地掉了下来。

邵寂言趴在膝盖上,别过头去。

深夜,四周静悄悄的没一点儿声息,两人各自别着头不看对方,只默默地掉眼泪。

好久,如玉才抹了抹眼泪,吸吸鼻子打破了沉默:"我明天就要搬走了啊,以后大概就再不会见面了,有句话想要问你……"

邵寂言慌忙地抹去眼泪,转过头望着如玉。

如玉鼓足了勇气,假作轻松地微笑道:"你以前说的,说即便我是个人类的姑娘,你也不会喜欢我,是不是真的啊……"

邵寂言心中一涩,摇了摇头,凝着如玉的眼睛,真诚地道:"如果你是个人类的姑娘,我就娶你做媳妇儿。"

如玉想笑,可才一咧嘴笑容却被泪水淹没,一直努力压抑着的情感终于再控制不住,埋头痛哭起来。

邵寂言也跟着流泪，抬手去摸她的头发。她现在在哭，他大抵是摸不到的，可他还是忍不住地抬手过去，哪怕是落得一场空。

他的手一点点靠近，不同于以往的凉凉触感，他碰到了……心口一颤，他轻轻地抚摸着她的头发，抬起她的脸。

她哭得伤心，咧着嘴，泪流满面。

他捧起她的脸，生怕下一刻她就要从他手中消失一般，小心翼翼地为她拭去泪水。

她渐渐止了泪水，却不敢看他的眼睛，只垂着眸子抽噎。

他的手指沿着她脸上的泪痕慢慢向下。她抿了抿嘴，似是在诱惑他似的，他不自觉地凑了上去，在那上面轻轻啄了一下。

她呼吸一滞，下意识地缩了缩。他再凑上去轻啄，想要退开，却又舍不得，复又啄了上去。一下下的浅吻轻啄，一点点地将两人内心深处的情感点燃化开，他终是深深地吻住了那片樱唇。

长久的拥吻，待到分开，两人都似不能呼吸一般，额头相抵，粗重地喘气。

如玉的脑子里一片空白，目光落在邵寂言的唇上。他刚刚亲她了，很用力、很用力地亲她，亲得她都快喘不上气了。这说明他也是喜欢她的吧，一定是的！她不是一个人单相思，他刚刚说了，如果她是活生生的姑娘，他就娶她做媳妇儿，他喜欢她，喜欢她！

直到这会儿，如玉才觉得自己心里突突跳得厉害，他就近在眼前，呼吸打在她的脸上，很热，快把她给热化了。她什么都看不到，听不到，只凝着他的唇，做贼似的，满脸涨红地闭上眼亲了一下：我也喜欢你。

149

她满心羞臊还来不及睁眼,下一瞬便感到他整个人压了上来,比刚刚更用力地亲她,把她压在了地上。他好像跟刚刚不一样了,他亲她的嘴,像要把她吃了一样,她根本不知道怎样去回应,身上跟不会动似的。她的手明明抵在他的胸口,可不知怎么就顺着他的肩膀搂上了他的脖子。他的手也不在她的脸上了,在她肩上……不是……在……在她的胸口上……他在占她的便宜……

不能这样,该推开他的,她是规矩的女孩儿,才不能给男人摸胸口呢……可那个男人是寂言的话……也许……也许可以给摸一下……摸一小下就好了……

他不再亲她的嘴了,像个小狗儿似的亲她的脸,亲她的下巴,亲她的脖子……她该起来的,可是又舍不得……好害羞啊……她的衣服好像松了……

夜,河岸。

邵寂言慌乱地提上了裤子,脸上烧得厉害,羞愧得根本不敢看如玉,哪怕只是偷偷地瞥一眼。

他脑子里发蒙,几乎不会思考了。他做了什么……做了什么……他好像……好像把如玉给强暴了……虽然她没有反抗,甚至还有些迎合的味道……但是,但是她一定是被他吓坏了,就懵懵地顺着他做完了……他这和强暴也没什么区别的吧……

他怎么了?怎么会这样,明明是想跟如玉把二人之间的关系说清楚的,明明是不想她继续陷下去的,怎么就没能控制得了自己的感情,做了这样禽兽不如之事……她吓坏了吧……一定吓坏了……

浑蛋！浑蛋！浑蛋！

邵寂言在心里一遍一遍地咒骂自己，他背着身子不敢动。他自己也是第一次与女子亲热，其实也是羞臊得很。他现在该怎么办？该赌咒发誓一定会对她负责，是是，是该这样的……若如玉是人，他一定立时拉了她拜堂成亲了，可她不是啊……怎么办，谁能告诉他要怎么对一个小妖负责啊……人和妖能成亲吗？能吧，能吧？

邵寂言努力使自己冷静下来，鼓足勇气，扭了扭身子，小心翼翼地抬头瞥向如玉。她蜷坐在一旁，把裙子扯到脚踝遮住光溜溜的下身，抬眸撞见他的目光，登时满脸涨红地垂了头，更加用力地扯了扯自己的裙子。

邵寂言不敢看，慌忙把头扭了回来，脸上也是红得发了烧似的，心口突突跳得厉害。

该怎么办啊……怎么办……该说点儿什么的……不论如何……他该先说点儿什么的……说什么啊……

邵寂言正慌乱无措，却是让如玉先开了口："嗯……我……裤子……你……你压着我裤子了……"她的声音极小，就好似从喉咙深处传出的回声，又因羞臊尴尬而有些微微发颤，只似随时都要哭出来一样。

"啊？啊……"邵寂言怔了一下，想要帮她递过去，可低头却什么也看不见，只慌乱地起身挪了挪。

如玉羞臊地低着头，一边用力扯着裙子遮住下身，一边伸手去地上摸起自己的裤子。

邵寂言望着她有些发怔，见她抱着裤子红着脸不敢动作，才有所意识地转过身去。他僵硬地背着身子坐在那儿，待听到身后没了响动，方缓缓地回头，目光相撞，他俩又是一下一个大红脸，嗓子眼里的话是如何也说不出口了。

不知坐了多久，时入深秋，夜风吹得邵寂言身上一阵阵发寒。他不自觉地缩了缩身子，身后如玉忽地开口："很冷吧……"

"啊？"邵寂言一愣，转身随口道，"不，不冷……你冷吗？"边说边想把衣裳脱下来给如玉披上。

如玉脸上一红，垂头小声道："我不冷……"

"呃……啊……"邵寂言支支吾吾地应道，有些尴尬地把衣裳系好。

如玉抿了抿嘴，喃喃道："很晚了……回去吧……"

"嗯……好……"邵寂言立时站了起来，想要去扶如玉，又有些不好意思，犹豫之际如玉已经站了起来，也不看他，低着头扯着裙角往城里去。

邵寂言连忙跟了上去，来时是如玉小心翼翼地跟在他身后，回去的时候调了个个儿，却是他一路不错眼珠地盯着她，忐忑地跟在后面。

待回到家，如玉没待停留直接钻进了瓶子里。邵寂言站在门口有些发怔，挪着双腿蹭到了床边坐下，探着脑袋往屏风后面瞧，愣了一会儿又起身走到屏风边上，从旁边的缝隙望进去。他张了张嘴，却没出声，踌躇了一会儿又回床边坐好，就这么坐了一个晚上，也没想好该与如玉说些什么。

次日，邵寂言在屋中憋了一天，坐在椅子上望着墙角发呆，只把自己与如玉从相识开始的日日夜夜、桩桩件件全在脑子里过了一遍，越想越窝心。

晚上，天色越来越深，屏风后面却一点儿动静没有。邵寂言不放心地过去看，只怕如玉趁他不注意偷偷从墙角那儿跑走了。他把屏风挪开，借着灯火往瓶子里看，朦朦胧胧的样子，如玉大概是还在。他稍松了口气，却也不敢彻底放心，再不敢把屏风搬回去，只自己坐在一边儿守着。

一更天，二更天，三更天……足足等了一宿，如玉仍然没有出现。他有些不知所措，不知道如玉现在是怎么想的，是单纯的害羞，还是生他的气，又或是害怕他了。阳光照进了屋子里，他又急忙用屏风把墙角挡住，自己又心事重重地在屋子里坐了半天，两宿没怎么休息，他困倦得很，午后终是躺在床上睡了一会儿。

当天晚上，他仍旧如头日那样守了一宿，如玉也仍如头日那般没有出来，很快又是白天了，邵寂言照旧如昨天一样，挡好屏风，趁着天亮在床上眯了一觉。

待太阳落山，定了心思的邵寂言没有如前两日那样挪开屏风，而是在屏风外轻轻地唤道："如玉……如玉，你在吗？"

里面没人回话。

邵寂言柔声道："如玉……我知道你在里面，我知道你一定是生我的气了，或是害怕我，躲着不想见我。可你闷在里面两天了，肯定会很难受吧？你出来透透气好吗？我很担心你……千错万错全是我的错，是我卑鄙无耻地欺辱了你，你打我骂我都好，就是别憋坏了自己……"

里面仍旧没有一点儿回应。

邵寂言滞了片刻，又道："好……我知道你定是恨上我，不想见我了……那我躲开，我出去……我不让你看到好不好？我出去了……你听到了吗……我这就走了……"

如玉蜷在瓶子里，听着外面果真没有动静了，踌躇了一会儿，偷偷地钻了出来，却不敢出去，只躲在屏风后面向外探头，屋子里黑漆漆的没有人，他好像真是出去了。如玉飘出来叹了口气，心里空落落的，也说不出是因为放心还是失落。

　　"如玉……"忽地，邵寂言的声音从身侧响起，如玉吓得一哆嗦，转头一看，他躲在了柜子后面。

　　如玉心里扑通通地跳，脸上一红，慌乱地想钻回去。

　　邵寂言忙抢上两步拦道："如玉！别走！求你了！"

　　如玉站住了，却是面对着屏风背着身子，不敢回头。

　　邵寂言想要过去拉她，又怕把她吓跑了，上前走了两步，便不敢靠近，只声音发颤地道："如玉……别走……我有话想跟你说……"

　　如玉不应声，把头垂得很低很低，两只手无措地卷着衣角。

　　"如玉……对不起……那晚的事，是我对不住你……我……"邵寂言磕磕巴巴地开口，明明想好了的话，可真当着她的面说出来，却又紧张得不行。

　　如玉没等他说完，双手捂了脸用力摇头，呜呜的似是哭了。

　　邵寂言一下慌了，也不管会不会吓到她，忙凑到她跟前，无措地道："别哭别哭，是我错了，我浑蛋、我禽兽，你打我骂我好了，只要你别哭了，要我怎样都好……"

　　如玉捂着脸摇头，颤巍巍怯生生地哭道："不是……是我不好，我勾引你了……我……我是坏女孩儿……我……我是坏女孩儿……呜呜……"

　　邵寂言被她这话说蒙了，愣了一下，忙道："不是不是，是我不对，你是好女孩儿，天下最好的女孩儿……"

如玉听了却是哭得更厉害了："不是……我不是……规矩的女孩儿才不和男人……那……那个呢……我变坏了……我我亲你来着……是我勾引你来着……我坏了……我变坏了……呜呜……你肯定看不起我了……呜呜……呜呜……"

邵寂言听了愈发的窝心，一下从身后将如玉抱住，道："不是……我的如玉是天下最最规矩的好女孩儿，又乖又听话，善良又体贴，再没有比你更好的女孩儿了……"

如玉仍是捂着脸不敢松手，她感到他在亲她的耳朵，痒痒的，她又羞又臊地抽噎着缩了缩。

邵寂言温柔地将如玉转过来，轻轻掰开她的手，捧着她的脸柔声道："谁说规矩的女孩儿不能与男人亲热了，我不是旁的男人，是你喜欢的男人不是吗？"

如玉满脸涨红地闭着眼，根本不敢睁眼与他对视。

他吻了吻她的额头，继续道："和喜欢的人亲热不是什么羞愧的事。你没有勾引我，如玉，是我自己喜欢你，所以会情不自禁地想要抱你，吻你，与你亲热……如玉，想和喜欢的人在一起是人之常情，你不用害羞、自责的……"

如玉终是睁开了眼，抿着嘴望着邵寂言，怯生生地摇头，掉着眼泪喃喃道："可是……可是我不该喜欢你的……你也不该喜欢我……我是妖，你是人……我不能喜欢你的……你说过的，我们人妖殊途是没这个缘分的……既然不能在一起就不该那样……"

邵寂言将如玉紧紧地抱进怀里，道："那是我说错了，我现在不那么想了，我喜欢你，你也喜欢我，为什么不能在一起？你看，原来我碰也碰不到你，现在却能这么抱着你，这说明不是没有办法的是不是？只要咱们有心，只要咱们想在一起就会有办法的……其实不止咱们俩，我就知道好多这样的故事，回头我一一讲给你听，咱们能在一起的……能在一起的……"

如玉吸了吸鼻子，闭上眼依在邵寂言的怀中。寂言说可以，那一定就是可以了……他那么有学问，肯定不会骗她的……

第七章

你就是我娘子。

如玉不明白邵寂言为什么那么喜欢和她亲热，不，事实上，她也喜欢和他亲热，但是，但是是不一样的亲热法。她喜欢他抱她，亲她，喜欢他挠她的痒痒，但是他似乎更热衷于把她压在身子底下……

　　她曾偷看过宜春院的春宫图，曾经不小心撞见人家夫妻房事，也曾经和邵寂言一起趴在床底下从头到尾听了那些羞人的声音。她一直以为那件事一定是让人很开心、很舒服的，但是亲自尝试过之后，她的感觉是：什么嘛！骗人的！完全没有感觉啊！

　　如玉迷茫了，她搞不太懂到底是男人和女人在这事儿上的感觉不一样，还是人和妖的感觉不一样。她觉得后者的可能性居多，因为寂言每次都要很期待地问她有没有感觉，她老实答了，他就很失望的样子。

　　她不愿看他失望的样子，也不忍心让他一直在她身上卖傻力气。于是，他再问她有没有感觉的时候，她就红着脸点点头。他一下子就兴奋了，问她是什么感觉。可是她不知道到底应该是什么感觉啊……想了想，只羞羞地说是"嗯嗯啊啊"的感觉……

　　果真一下就被寂言拆穿了……但是他的表情好奇怪，虽然也有失望，但是弯着眼睛在笑啊，是在笑话她吧……好羞人啊……她只好缩啊缩，想方设法把自己缩到被子里。可是他不许，压住她亲她的鼻子，亲她的脸蛋儿，亲她的嘴，问她这下有感觉了吗？有感觉了，有感觉了，这下是真的有感觉了，是她喜欢的感觉，又羞又甜的感觉。他笑，更用力地亲她，给她更多更多的感觉……

对于如玉没有感觉一事，邵寂言是相当苦恼的。第一次的时候他还没发现，后来回想起来，她那个时候虽然紧张害羞，但是好像一点儿疼痛的感觉也没有，后来他试了几次，她果真还是与人类不太一样。

这对他来说是一个很大的打击，不，应该说是双重打击。首先这世上没有什么事比在与爱人亲热时对方没有感觉更让人扫兴的事了。他挥汗如雨地辛苦耕耘，却只换来她迷茫的眼神，明明该是两个人一起快乐得直上云霄，结果却只是他一个人在自娱自乐，真是要多失落有多失落。更重要的是，如玉的没有感觉也是一次又一次地提醒着他人妖殊途这一事实。

不过好在还有另一个事实不断给着他希望，那就是如玉的身体有了明显的变化，好像越来越趋近于一个活人了。他能越来越容易地摸到她，并不需要她刻意集中念力，他有时会故意趁她没防备在她背后偷袭，最初还偶尔会摸不到，但是后来却从未落空过，而且摸起来的感觉越来越真实，似乎还有了一些些的温度。如玉说是她勤加练习的缘故，他却觉得或许不仅仅如此。

这种变化不单单是能摸到，而且还能清楚地看到，她在他眼中不再是微微透明的了，他似是能隐隐地看出她白白嫩嫩的肤色，看出她今天是穿了红色的裙子还是紫色的裙子，这是他以前从来不可能看到的。

对于如玉这样的变化，邵寂言又新奇又兴奋，他肯定这种变化是与他和如玉的肌肤相亲有关。他想起了当日那个道士的话，他说如玉不是普通的小妖，会不会她的不普通就在于此？

他甚至偷偷地想，也许如玉根本就不是一个小妖，或许，她是个仙女，一个犯了错的仙女，受到了惩罚，必须要找到相爱的人才能恢复真身，而恢复的办法就是……云雨巫山？

好吧，他知道他的这种推测非常的荒谬甚至可笑，但是他还是愿意这么相信。他相信如玉不是什么徒剩元神的小妖，她是上天赐给他的一个小仙女，又呆又傻的小仙女。她马上就要变身了，然后会有神仙下凡破除她身上的禁锢，从此书生和仙女过上了幸福快乐的生活。嗯，一定就是这样。

对于自己身体的变化，如玉要比邵寂言的感受更真切，但是她并没像邵寂言那样偷偷地怀疑自己是个小仙女。她有个更羞人的想法，她在想……她是不是……是不是……有小宝宝了？

可是她不知道人和妖是不是能生宝宝，她如今几乎不出门了，更不敢去问别的前辈这样的事情，踌躇了几日，觉得不管羞不羞，还是该问问寂言，他看了那么多的书，肯定知道的。

夜里，如玉窝在邵寂言怀里，鼓足勇气红着脸怯怯地道："寂言……我觉得……我这两天有点儿不对劲儿……"

邵寂言吻了吻她的额头，笑道："我也看到了，我不是说了吗，这说明咱们是对的，说明咱们能在一起。"

"我不是说这个……"如玉小声道，"我觉得……我的肚子不对劲儿……"

"嗯？哪里？这里？"邵寂言伸手摸到如玉的肚子，捏了捏上面的肉肉，笑道，"是又胖了不是？"

"才不是呢！哼！我才不会胖！"

邵寂言嘻嘻地笑，亲她因生气而鼓起来的腮帮子。

如玉歪头挤开他，拽着被子边儿往里缩了缩，好小声地喃喃道："寂言……你说……我是不是有宝宝了……"

……

好害羞啊……干什么那么看着我……如玉把自己藏在了被子里。

　　他扯开她的被子，眯着眼柔声道："有可能的啊，你有什么感觉吗？"

　　哎？真有可能吗？如玉探出脑袋，认真地点头道："有感觉啊！我肚子热热的，不信你摸。"

　　他用手轻轻抚上她的肚子，如玉满脸期待地道："是不是？是不是热热的？"

　　"是啊……"他点头，又来回摸了摸，认真地道，"兴许真有宝宝了……也许不止一个呢……"

　　"啊？这也能摸出来吗？那你摸摸有几个啊？"

　　他莫测高深地道："有三个，两个男孩儿，一个女孩儿。"

　　"啊？"如玉的眼睛已经瞪得不能再大了。

　　他摸着她的肚子道："明儿我就上街买三个花瓶去，三个宝宝一人一个。"

　　"为什么啊？宝宝可以和我住的……我可以……"她话还没说完，他却已然憋不住地笑了出来。

　　如玉知道上当了，又羞又气之下把自己整个儿蒙到了被子里，闷闷地道："大坏蛋！我不理你了，我跟你说正经事，你就拿我开心！讨厌！我再不理你了！"

　　他嬉笑着扯她的被子赔罪："好如玉，我错了，我亲亲你，算给你赔罪好不？"

　　"讨厌！才不让你亲呢！"

　　"那你亲亲我？"

　　"不亲！不亲！再不亲你了！"

"不亲，不亲，那咱们生宝宝吧……"

"你还说……哼！大坏蛋……啊……不许扯被子啊……讨厌……出去出去，说了不给你亲了……嗯……"

次日，如玉从瓶子里出来的时候，邵寂言正在门口干活儿，好像在往门上挂什么东西。她过去一看，他不知干什么，竟把褥子钉到了门框上。

"你在干吗？"如玉开玩笑道，"可是昨儿夜里尿床了，晾褥子呢？那该晒到外面去的。没关系，我不笑话你。"

邵寂言笑道："你跟我一个被窝儿睡到快天亮，我尿没尿床，你最清楚啊。"

如玉脸上一臊，低低骂了一声："下流坯，不害臊。"

邵寂言嘻嘻笑了，一边用锤子把钉子敲牢，一边道："天冷了，我怕往屋里灌风，想着该挂棉帘子了。我们家乡冬天很冷，家家都挂棉帘子，我还当京城比我们那儿要暖和呢，没想这几天也是一日冷似一日，倒比我们那儿还冷似的。白日我去街上转了一天，竟没有卖这个的，我想着先用褥子凑合凑合吧。"

很冷吗？如玉耸了耸肩，反正她没觉得。

邵寂言看了她一眼，笑道："你知道吗，孕妇最怕受风了，你现在怀了宝宝，可不能冻着。"

如玉捶了他一拳，气道："你还说！你再说，我就不理你了，我，我回去了！"

邵寂言连忙拉了她的袖子，嬉笑着哄道："好娘子，为夫说错了，你别恼。"

如玉登时红了脸，扭捏地小声道："谁是你娘子了……"

邵寂言笑道:"你啊,你就是我娘子。"

"才不是呢……"如玉红着脸嘟囔了一句,转身走到桌边,随手拿了砚台磨墨来掩饰自己的满面娇羞。

邵寂言笑了笑没再说话,收好了工具洗了洗手,走到桌边坐下,向如玉露了个笑容,便拿了书温习。再有不到一个月就要殿试了,这次得中会元让他更加踌躇满志,誓要考取状元。

如玉也不再打扰他,每晚专心地给他磨墨,他偶尔抬头看她,她便羞涩地垂了眸子。

邵寂言弯弯嘴角,复又低了头看书,心里也是说不出的舒坦满足,好像眼前这个就是他新娶进门的小媳妇儿。

他这两天一直在想,王丞相与他说的那些话未必是有那个意思,他定是自作多情了。问他家里有没有人,定没定亲,也许只是客套的问话,至于问他的生辰八字……也许……也许那王丞相是个讲究的,怕他的命格与他相克不适宜收为己用?有可能的吧,很有可能的啊。他一个穷书生,纵是中了状元到底也是个乡下人出身,不论是闺女还是侄女,人家凭什么把千金小姐嫁给他呢?再者,那样的千金小姐他也伺候不起,他就适合娶个如玉这样憨憨傻傻的小媳妇儿,又乖又听话地跟他过日子。反正他将来做了官,白日里定也是不在家,她白天能不能出来也没什么妨碍。至于生养孩子倒是个问题,人和妖大抵也能生养的吧,也不知生出来的是人还是妖了。不过那是以后的事了,将来再慢慢想法子,如今他们两个人这样就很好。

邵寂言想到这些又抬头看了看如玉,她正歪着头抿着嘴认真地磨墨,完全一副好媳妇儿的模样。他越看越觉得可心,贤妻美眷,红袖添香,就是这个样子的吧。

如玉抬头，见邵寂言正望着他笑，红着脸道："看什么看，好好念书。"
　　邵寂言笑，才要应声，忽听院外传来个声音，却似在唤如玉的名字。他怔了一下，但见如玉也似听到的样子停了手上的动作，只在两人发怔之际，外面唤声却是越来越清晰了。
　　"如玉！你给我出来！"是一个女子气急败坏的喊声。
　　如玉手上一松，瞪了眼望着邵寂言惊奇得不行，难以置信地喃喃道："凤儿……"
　　邵寂言闻言，也是一惊，他倒也是听过那个凤儿的声音，这会儿再细听，确是很像，可那凤儿不是说被上仙带去仙界了吗？
　　如玉哪儿顾得多想，听了凤儿的声音立时撂了东西冲出屋去，邵寂言也忙跟着开门追了出去。倒也不用他俩出去多远，才到门口，便见凤儿叉着腰气呼呼地瞪着他们，二牛则唯唯诺诺地跟在她后面扯她的胳膊，似是想要把她往回拉。
　　凤儿扭头拍掉二牛的手，道："放手，我可揍你啦！"
　　二牛立时听话地松了手，抬头看向满脸吃惊的邵寂言和如玉，无辜地耸了耸肩。
　　凤儿转回头望向如玉，大声道："我跟你说什么来着！不让你跟这个贱书生来往，不让你跟这个贱书生来往，你都当耳旁风了是不是！居然还敢搬来跟他住在一块儿！你长本事了是不是！也找揍了是不是！信不信我把你关起来，一个月不许出门？！"
　　如玉怔怔地听着凤儿骂她，心口一酸，冲上来抱住凤儿咧着嘴大哭起来："讨厌！我还当你不要我了！我可是做梦吧！呜啊……"

凤儿被她这么一哭，也受不住地掉了泪，抱着她呜呜哭了起来。一场捉奸的戏码立时变成了姐妹重聚的感人场面，让兀自站在门口搞不清状况的邵寂言看着都觉心酸。

如玉抱着凤儿哭了半天才分开，仔仔细细地打量她，泣道："我可想你了，你知不知道！你不是当神仙去了的吗，怎么又回来了？是上仙反悔，又把你赶回来了吗？"

凤儿轻松地回道："不是，是我自己不去了。"

"啊？"如玉抹着眼泪奇道，"为什么啊，这么难得的机会，干什么放弃？"

凤儿耸了耸肩，笑道："原以为升了仙界是多么了不起的事，真走了一遭，却也觉不过如此。你不知，仙界规矩大得很，与人当个玩宠，哪有我们这儿逍遥自在？况且……我也舍不得你呀！上仙见我对旧时光眷恋不舍，说我是'朽木不可雕'，这不就允我回来啦！如今好了，咱们姐妹又在一起了，你可开心吧？"

如玉听了，趴到凤儿身上又是一通哭。

凤儿拍了拍如玉，道："好了，如今我回来了，再不能让你受人欺负。走，跟我回去吧。"说完拉了如玉便要走。

邵寂言急忙上前抢道："凤儿姑娘……"

他话还没说呢，便被凤儿拦了，把如玉往身后一挡，瞪着邵寂言厉声道："头先你害她的我且不与你算，往后你休想再来花言巧语地招惹她。"

邵寂言道："姑娘呵护如玉之心，我理解也很感动，但我绝非如你所言招惹、玩弄她，我对如玉是真心的……"

"住口！"凤儿打断道，"收起你的花言巧语去骗那些姑娘小姐！你是人，咱们是妖，不是一路上的，井水不犯河水。咱们不想害你，可若你一心纠缠，就别怪咱们不客气！"说完冲二牛使了个眼色。

二牛看了看邵寂言，又看了看凤儿，有些犹豫。

凤儿脸上一臊，跺脚气道："你不听我的是不是？"

"不是不是！我都听你的！"二牛急忙挡在了邵寂言前头，把他推开。

邵寂言没防备，也未料他这轻轻一个动作竟是这么大的手劲儿，直让他向后趔趄了几步险要栽倒。

"寂言……"如玉心疼，想要过去却被凤儿拉住，只得转头央求道，"凤儿，寂言真不是你说的那样……他对我很好的……"

凤儿道："我就知道你被他哄蒙了，可见我非得带你走不可，再与他混下去，只把你哄得连我也不认得了。"

如玉道："不会的，你对我好我知道的，咱们是好姐妹，不论如何也变不了。寂言他……他也对我好……我知道的……所以……所以……"

凤儿道："所以你是铁了心思跟着他，听他的话了是不是？"

如玉回头看了看邵寂言，咬着嘴唇怯怯地点了点头。

凤儿气恼，甩开如玉的手道："好！你跟着他吧！"说完转身便走。

"凤儿！"如玉叫她不应，转头为难地看了邵寂言一眼，没多说什么便追了出去。

邵寂言跟了两步，被二牛拦了。

二牛怒视着邵寂言，十分生气，原因很简单，凤儿因为他和姐妹吵架不开心了。

邵寂言也是郁闷至极。他和如玉感情正好呢，凭空杀出个娘家妖来，非要棒打鸳鸯，偏生如玉对凤儿的感情不一般，万一如玉被说得动摇了可就不好了。只是这会儿，这状况他也不好追上去拦着，且不说这二牛会不会把他暴打一顿，单从情理上来讲，他也不好拦着如玉和娘家妖团聚说话不是。

说到娘家妖……邵寂言转了个心思，回神打量着似要跟他动手的二牛，略思量，行了个礼道："恭喜二牛兄抱得美妖归了。"

二牛愣了一下，随即露了喜色。

邵寂言见状又道："若我猜得不错，凤儿姑娘可是为了你才弃了往仙界的机会？"

二牛听了这话，最后一点儿敌意也没了，摸摸后脑勺嘻嘻笑道："你怎么看出来的？"

邵寂言道："凤儿姑娘一看便是个重情的好姑娘，你对她情深一片，她怎能不感动呢？原先你们常在一起，觉不出你的可贵，头先分别了，心里必是百转千回地放你不下，这才回来找你。方才我见凤儿姑娘对你露了娇羞，便看出她心里定是中意你，如今为了你连往仙界的机会都放弃了，可见情意不浅。"

二牛越听越美，真是句句都说到了他心坎儿上，喜不自胜地道："你还真会看。"

邵寂言道："二牛兄不嫌弃的话，进屋坐坐吧。"

二牛倒也不客气，反正凤儿这会儿和如玉姐妹相聚定要说上好半天，他闲着也是闲着。

邵寂言恭敬地把二牛请进了屋，心道：这二牛也算如玉的娘家妖了，又与凤儿有这层关系，若把他哄好了或还能在凤儿跟前给他美言几句。如此他们三对一，凤儿那儿大概能过关吧。

城南密林。

如玉抱着凤儿,把脸埋在她的肩膀上,像个猫儿似的蹭啊蹭,喃喃撒娇道:"再不许生我的气了,咱们好不容易又在一块儿,你要是不理我,我就要哭死了。"

凤儿才听了她一大堆的好话,这会儿已是气消了大半,只没好气地道:"哪儿是我不理你,分明是你重色轻友,被个油嘴滑舌的贱书生迷了心窍。"

如玉抬头还没开口,凤儿便脑袋一歪指着她道:"我这么说他,你心疼了?你要是给他说好话就免了,纵是你把他夸到天上去,我也不信。"

如玉嘴一噘,不说话了。

两人盘腿坐在地上,凤儿眯着眼打量着如玉道:"多久了?"

"嗯?"如玉没明白。

凤儿直言道:"我问你跟他睡多久了?"

如玉腾地红了脸,下意识地高声道:"才没有呢!我才没跟他睡!"

凤儿哼道:"你骗谁啊?那贱书生好端端地把你骗到他家,不就为了哄你睡觉的吗?我头先听二牛说,你巴巴地跑去跟他学什么集中念力,必是那书生撺掇你的。你如今可学成了,都这些日子了,只你这傻样儿,必被他得手了,若说没有那事儿,我才不信呢。"

如玉心知再瞒不过,恨不得找个地缝钻进去,听凤儿说了这话,低着头压了羞臊怯怯地道:"不是……才不是你说的那样呢……他不是为了那个……"

凤儿道:"那是怎样?难不成他还想养着你给他做媳妇儿

不成？"

"他说了我是他媳妇儿的。"如玉心里嘀咕，只是这话她不敢跟凤儿说，她知道她若说了凤儿定是不信，其实连她自己都不太敢信，却不是不信寂言，而是不信老天爷能这么抬举她，让她顺心如意。

她知道他们一个人一个妖，尤其她还是个连真身都没有的小妖儿，做夫妻什么的只跟做梦一样。但是她就是不死心啊，她喜欢寂言，寂言也喜欢她，她想给他做媳妇儿。她不管旁人怎么想，只要寂言把她当媳妇儿就好了！

凤儿看如玉垂着头不吭声，只怕她再要说下去如玉就要抹泪了，便只叹了一声没言语，坐了一会儿又似想起了什么，拉了如玉的手摸了摸，皱了下眉头，问道："你跟他那个的时候，有什么感觉没？"

如玉没料凤儿竟忽然转问这个，涨红了脸用力摇头羞道："没感觉没感觉，什么感觉也没有。"

凤儿倒不扭捏，只道："我不是说那个的感觉，我是说你身上有什么感觉没有？有没有什么奇怪的地方？或是做过之后身上有什么变化没有？"

如玉羞臊得只管摇头，蜷着身子坐了一会儿，又想起些变化，也不敢看凤儿的眼睛，只小声道："有倒是有点儿，就是觉得身上热热的……还有……就是感觉很容易就能集中念力了，有时候甚至根本就不用专心，寂言就能摸到我……就是这样，没别的了……"

凤儿听了琢磨了一会儿，越想越觉得不对劲儿，扬眉道："你别不是吸了他的精气了吧？"

"哎？"如玉一惊，忙道，"才没有呢！我才没吸他！"才不是呢！她才不会害寂言！

凤儿道："那哪儿是你说不吸就不吸的，我看就悬，你摸摸我手，看有什么感觉？"

如玉迷茫地抓了她的手又摸又看，道："什么感觉也没有啊，还是那样。"

凤儿道："还是那样？没觉得比以前凉了？"

如玉道："那倒是的，这有什么关系吗？"

凤儿道："关系可大了，我告诉你，不是我手凉了，而是你的手热了。"

"啊？"如玉怔了一下，看着自己的双手发呆，她的手热了？倒是有可能……身上感觉热热的，手上大概也比从前热了……

凤儿道："我听前辈说过什么吸人精气的，有些同你一般失了真身的女妖，只要缠了人类的男人跟他睡觉，慢慢就能吸了对方的人类精气，时间长了，便能为自己铸炼出一个真身来，而被吸了精气的男人，身子就会越来越寒，越来越差，被缠得久了，受不住是要丢命的。是以，缠人的女妖也很少只缠一人，就怕闹出人命来，遭上界严惩。"

如玉听得惊恐，拼命摇着脑袋道："不是不是！我和寂言才不是这样，我没吸什么精气，我喜欢他的，干什么要害他呢！"

凤儿道："刚才不是说了吗，这不是你说不吸便不吸的，你只想想，你那个书生可有变化没？身子有没有比从前弱了？或是寒了什么的？"

如玉根本不想，脱口道："寂言身子好得很呢！他是下地做过活儿的，比那些文弱书生好千倍万倍！他才没寒没弱！肯定是弄错了!"

凤儿忧心地道:"我也希望是弄错了,我倒不在乎他死不死的,我只担心你!吸人精气这可不是什么正经路数,那些心术不正的恶妖才做这种事,万一他真有个好歹,上界可是要治你罪的!"

子时过后,如玉忐忑不安地回了家,待到了门口忽然想起适才邵寂言挂棉帘子的事。她心里一哆嗦,心道:这可是说明他觉得身上寒了,她虽感觉不到天气冷热,可这会儿还没入冬呢,大概也冷不到哪儿去,寂言的家乡在北边,比京城要冷,他怎么说这几日京城比他家还冷呢……

如玉愣在门口越想越害怕,邵寂言已在屋内听见动静迎了出来,一边拉她进屋,一边道:"你可算回来了,我还当你听了凤儿的话再不理我了呢。"

如玉没应声,只低着头不言语。邵寂言见状,只当凤儿和她说了什么,便探问道:"凤儿还气你吗?去了这么久,你们姐儿俩都说什么了?"

如玉仍是不回答,只望着他小心翼翼地问道:"寂言,你冷吗?"

"啊?"邵寂言被她问得一怔。

如玉着急,只管追问:"你这几天有没有觉得身上冷了?"

邵寂言没明白,只随口应道:"眼瞅着快入冬了,可不是要冷了吗,怎么了?"他见如玉不答话,又玩笑着逗趣她,"我知了,你可是想做个贤妻给我做棉衣?"

如玉听了却是更急了,带了些颤音地道:"还不到冬天呢,你已经冷得想穿棉衣了吗?"

邵寂言终是觉出了如玉的反常,关切地道:"怎么了?凤儿到底和你说什么了?"

如玉嘴一咧,吧嗒吧嗒掉下泪来,可怜兮兮地道:"寂言,我好像……把你给吸了……"

邵寂言被她说蒙了,一边儿给她擦眼泪,一边哄着问她到底是怎么了。如玉把与凤儿说的话一五一十地讲了一遍。邵寂言听了也有些吃惊、发怔,暗道自己这两日确是觉得身上寒凉,他只当是快入冬天气寒冷的缘故,难道……还真有什么吸人精气之事?再细想如玉这几日的变化,倒更有几分真了似的。

如玉泣道:"对不起,我不知道会这样!我喜欢你,不想害你的,我若知道会这样,说什么也不会勾引你的,对不起,对不起……"

见如玉泪眼涟涟,邵寂言忙哄道:"傻丫头,不是说了不是你勾引我的吗。我知你的心,即便这世上的人都憋着害我的心思,你也是疼我的。莫说这什么吸人精气之事未必是真,纵是真的,也是我心甘情愿地让你吸,你若能真炼出个真身来,岂不是好事,咱们就更能在一起了。"他见她忧心无错,又宽慰道,"你安心,我身上好得很,一点儿不冷。你看,我现在不是壮实得很吗?"

然不管他怎么说,如玉已然落了心事,夜里如何也不敢跟他上床歇着了。若说邵寂言心里一点不怕那是假的,可见如玉怯生生的模样又是心疼,若这晚便与她分开会让她愈发觉得这事是真的,便好言劝了她好久,说凤儿也是听旁人说的,未必是真。如玉最后还是依了他的话,跟他在床上躺着,却是畏畏缩缩的,不敢靠近。邵寂言只把她搂在怀里,吻她的额头,温柔地劝慰了一夜。

次日一早，邵寂言便把棉门帘子摘了下来，又把头天从柜子里翻出来的几件冬衣收了回去，在心中安慰自己，他这两年只顾着读书，身子没以前壮实罢了。待晚上如玉出来，他照旧同她说笑，缠她给他掌灯磨墨。

一连几日下来，如玉见邵寂言真似无事的模样，才稍稍松了口气。邵寂言心里却反而越来越不踏实了，因他瞒得过如玉，却是瞒不过自己。这几日他虽未觉有什么难受的，但身上却是越来越觉得寒凉，甚至午时天气暖和的时候，他在屋子里双手都是凉的。

邵寂言强作镇定地忍了几日，去医馆请大夫给诊脉，大夫只说他身子虚寒，大概是受了风寒，给他开了几服药。邵寂言听了这些反而放了心，心道：那晚他与如玉在河边坐了半宿，还脱了衣裳，深秋时节可不是要着凉了，与什么吸人精气完全不是一回事。他怕如玉多心，也不敢让她看到他生病吃药，把东西都藏好，晚上照常扮作无事的模样。

事情到底还是被如玉发现了，因邵寂言喝了几服汤药下去并未见好，身上仍是一日寒似一日，距殿试仅剩半月的时候，连如玉摸他的手都能觉出凉意了。邵寂言仍然固执地说没事，说是着凉生病而已，没什么要紧。如玉无措地掉泪，他便装作无事的模样笑着哄她开心。

如玉没了主意，她隐隐觉得采阳补阴的事大概是真的，她大概真的把寂言给害了，但是她不敢相信，害怕相信。白日里，她就蹲在瓶子里偷偷地哭，晚上肿着眼不错眼珠地凝望着邵寂言，听他宽慰的话。

她一直在心里怯怯地祈求他说的是对的，他不过是着凉生病而已，很快就会好的，会好的。直到有一晚，她从花瓶里出来的时候未见他如往日那样对她微笑，而是虚弱地盖着被子躺在床上，她才一下子被现实击垮，再也不能自欺欺人了。

如玉蹭到床边，才见了邵寂言的脸色，眼泪唰地落了下来。

邵寂言正昏睡着，听见耳边的哭声方醒了过来。他看见如玉连忙强撑着坐了起来，佯装无事地道："很晚了吗？我下午看书看得困了，想睡一会儿，没想竟睡到这个时候了。"

如玉泣道："你不用骗我，我知道你身上定是难受，全是我害的你。"

邵寂言忙露了笑容，宽慰道："怎么又说这话，我没不舒服，就是才喝了药，想着焐在被子里睡一会儿发发汗，没想竟睡到这会儿。我真的没事儿。"说着便欲掀了被子起身下床。

如玉一把把他按住，哭道："你还骗我，你看你的脸色都成什么样了！"

邵寂言知是瞒不住，只抚着她的脸，柔声道："没事的，不过是着凉了，再喝几服药就好了。你别多心，不是你想的那样。"

如玉伤心地摇头。邵寂言这会儿也不知该如何安慰她，想要探身轻吻她的额头，却被她躲开了。

如玉垂着头，默默地流泪，滞了片刻，低声泣道："寂言……我喜欢你……很喜欢很喜欢……"

邵寂言心口一酸，柔声应道："我也喜欢你，很喜欢很喜欢。"

如玉仍不抬头，她拿开邵寂言抚在自己脸颊上的手，双手握住轻轻地婆娑着，喃喃道："我想给你做媳妇儿，给你做饭洗衣裳；天热了，给你扇扇子，天冷了，帮你盖被子！还想像你喜欢的那样，在你看书的时候，我穿着红色的裙子给你掌灯磨墨……我还想……还想……给你生宝宝……生好几个，男孩儿、女孩儿一屋子，围着你叫爹，围着我叫娘……你教他们识字的时候，我就坐在旁边给他们做新衣裳……"如玉抽噎着说不下去了，泪珠连了线地滚了下来，吧嗒吧嗒地落在邵寂言的手上。

邵寂言觉得手上热，心里也热，热得他难受。他想把她抱进怀里，可她却再次躲开了。

邵寂言心酸地道："可以的，如玉，你说的这些都可以的……咱们慢慢想办法……"

如玉摇头，泣道："没办法的……我是个连真身都没有的妖……不能给你当媳妇儿，不能给你生宝宝……不能和你在一起……"

邵寂言有些心慌，忙道："不是说好了信我的吗？我会有法子的，人妖殊途什么的全是骗人的！上天让咱们遇着就是给了咱们这种缘分，咱们可以去寻些高人隐士……"他说着一顿，眸色一亮，道，"对了，你还记得上次救了咱们的那个道长吗？就是在这屋子里收走那个狐妖的那位。他跟我说过，你不是寻常妖魔精怪。他法力高强，说那话必然是真的，你跟别的妖不一样，咱们能在一起……纵是有些妨碍，咱们去找他帮忙就好了……你若是不放心，咱们可以暂时不睡在一起。你等我几日，等我病好了，考完殿试，就带你去找他……"

"别说了，寂言……"如玉打断他的话，凄凄落泪道，"我知道你是在安慰我呢。我知道我自己没什么特别的，连最简单的法术都不会，又笨又没本事，只会赖着你给你添麻烦……如果当初我没来这屋子遇见你,也不会惹这些事;若是我没痴心妄想地缠着你,你现在也不会躺在床上起不来……都是我不好,是我只顾了自己……你是新科会元,还要参加殿试,你这么有学问,肯定能中状元当大官,我不能再在你身边害你了……"

邵寂言急道:"你这话是什么意思?你是不要我,不想跟我在一起了?"

如玉哭道:"我想跟你在一起,特别特别想……"

邵寂言用力将她抱住,道:"那就别说这些话,我就要你继续赖着我、缠着我!缠我一辈子才好!"

如玉窝在邵寂言怀里,闭着眼落泪。她一直听他话的,他说什么她都信,他要她做什么她都依,这样才是个好媳妇儿呢,可这回她不能听他的了。

邵寂言得不到如玉的回应,却忽然怀中一空,他慌张地去拉她,双手却是空落落地从她身上穿过。

如玉哭着退到门口,邵寂言急忙起身追过去。

如玉吸了吸鼻子,颤巍巍地道:"寂言,等你中了状元,就寻个喜欢的姑娘成亲吧……让她给你洗衣做饭,给你掌灯磨墨……给你生孩子……"

邵寂言慌道:"我喜欢你,你就是我喜欢的姑娘,我不要别人,我只要你。"

如玉抽噎着:"那……那我就乖乖地听话做个好妖,我做好多好事,我每年中秋节都去求上仙恩典,我求上仙赐我一个人类的身子,到时候我再来找你……只要你到时候还稀罕我……我给你做小……"

"不!我不要你做小,我就要你做我的媳妇儿,别说这话,如玉，别说这话！"邵寂言慌乱地喊出这话时，已是泪流满面了。

如玉却泪眼婆娑地望着他，泣不成声地道："寂言，咱们说好了，你好好考试，做大官、娶媳妇儿、生儿子……我乖乖做好事，求上仙垂青……我到时候来找你……你……你别把我忘了……"

邵寂言的视线被泪水模糊了，心里的苦一直蔓延到嗓子眼儿，疼得他一句话也说不出。他只是用力地摇头，去拉她抱她，可什么也碰不到。她流着泪转身飘了出去，他紧抢着开门去追，她却不知钻到哪儿去，已然没了踪影。

"如玉……如玉……"邵寂言绕着房子转了一圈儿，又追出巷子，在街上漫无目的地跑了好久，直到体力不支瘫在了地上。

第八章

你为他冒这么大的风险,值得吗?

"如玉……如玉……"

如玉迷迷糊糊中听见邵寂言喊她的名字，她睁开眼，愣愣地躺了好久，心口又似被撕裂了一样。

她不记得这是第多少次这样惊醒了，好像自那晚从他那儿离开，便一直是这样……有多久了？好像……有好几个月了……她记不得，只知道有好久好久了。

她躺在床上发了一会儿呆，起身下地，又在椅子上呆呆地坐着……耳边又响起了他的声音，又想起了那一晚，她躲在暗处偷偷地看着，看着他满大街地寻她，叫她的名字，然后瘫在地上流泪。

那一幕好像就在昨天似的，可她明明已经离开他好久了……

如玉从椅子上起来，痴痴地蹭回到床上，身子一沉，向后仰倒。

睡觉……睡着了就不会想他了……睡着了心口就不会疼了。

屋外，凤儿和二牛趴在门缝上偷偷地往里看。见如玉翻了个身，又把身子蜷成了一团，他们对视一眼，叹了一口气，蹑手蹑脚地走开了。

待到走远，二牛皱着眉道："你说，如玉是不是傻了？"

"呸！"凤儿剜了二牛一眼，"胡说八道！"

二牛挠挠头，道："我这不是担心她吗！她从姓邵的那儿回来都快两个月了，怎么一点儿不见好啊？"

凤儿瞪眼道："你当谁都跟你一样没心没肺啊。"

179

二牛立时道："谁说我没心没肺了？你上回走了，我可比她还难受呢！我苦得都不想活了！"

凤儿脸上一臊，道："那你怎么还在我眼皮子底下晃悠，怎么不死去？"

二牛嘿嘿乐道："我不是怕你舍不得吗，我就知道你喜欢我，舍不得我，我等着你呢。"

凤儿羞臊地啐道："你什么时候也学得这么油嘴滑舌的，可是被那个姓邵的带坏了？我可告诉你，不许你跟那人来往！"

二牛忙摆手发誓道："不会不会，我最听你的话了！除了上回按你的吩咐跟他说如玉已经离了京城去别处了，我就再没见过他了，你不让我跟他来往，我绝不跟他来往！"

凤儿道："哼，你只会说，初三夜里柱子找你说了什么，别当我不知道！"

二牛见被拆穿，忙道："那个不关我的事，我告诉你，你别生气。那天柱子告诉我说，那个新任探花郎到处打听我的住处，我猜他定是为了如玉。我知道你肯定不让我见他，我很听话的，我没去，真的。我让柱子他们都别理他，不许跟他说我的住处，头先他寻来这附近，我还让柱子他们把他打跑了呢！真的！凤儿，我最听你话了！真的！"

凤儿一撇嘴，道："这还差不多！我告诉你啊，别以为我这次回来就跟定你了，你要不听我的话，我回头就拉着如玉一起走，再不理你了。"

二牛紧道："不会不会！肯定不会，我听话！"

凤儿放心地舒了一口气。

二牛唯唯诺诺地看了看她的脸色，愣了一会儿，小声试探道：

"凤儿……其实……我觉得那个邵寂言也挺惨的……"

凤儿又是一瞪眼。

二牛道："我不是向着他。我是想起你上次走了我那个苦……他听了如玉走了……也挺苦的……"

凤儿道："苦也是他活该，谁让他招惹如玉的，他再苦能有如玉苦吗？你看看她现在都成什么样了？你认识她这么久，她哪时候不是笑嘻嘻、乐呵呵的，这回可被那姓邵的害惨了。他苦？哼，他如今中了探花，当了大官，还搬进了大宅子，不定有多少大姑娘乐意嫁给他呢！他未必还能记得如玉多久！我昨儿还听小香说了，说城里王丞相可抬举这个探花郎了，要把小闺女嫁给他呢！他这回可美了，功名也有了，媳妇儿也有了。他苦什么啊？苦的还是咱家如玉！"

她这么一通说，二牛耷拉着脑袋不说话了，凤儿又道："我告诉你啊，这些事儿不许跟如玉说，她要知道了，不定哭成什么样儿呢。"

二牛用力点头，待他俩叹了口气转过身来，却发现如玉不知何时已经站在他们身后，正歪着脑袋呆呆地望着他们，小声道："我才听见动静，以为你们吵架……我想劝劝来着……"

凤儿也来不及自责，忧心地道："如玉……我才说的……"

如玉眼神发直，弯着嘴角嘻嘻傻笑："我听见了……他中了探花了啊……他该中状元的，若不是我害他生病，他指定能中状元……不过探花也很好，他做了官，搬了大宅子，太好了，太好了……还要做丞相的女婿了，太好了……真的……真的好……"

凤儿被她这样子吓住了，连忙过去扶她，道："如玉，对不起，我没想你能听见，你没事吧……其实……你知道了也好，他都有他的好日子了，你也别痴心了，你还有我，还有你二牛哥呢。"

二牛也上前道："是啊，妹子，咱们别想他了，他娶媳妇儿就让他娶去，咱们不稀罕他。"

凤儿瞪眼捅了二牛一下，二牛意识到自己说错了话，自抽了下嘴巴。

如玉愣愣地道："没事儿，我没事儿的。他该这样的，我们说好的，他好好考试，做大官、娶媳妇儿、生儿子，这是我们说好的……"如玉扯了扯嘴角，神色黯淡地转身离开了。

看着如玉走远，凤儿急得跺了脚，二牛拉了她的手安慰道："没事儿，她早晚得知道，早知道早好。"

入夜，两个月以来，如玉第一次进了城。自她离了邵寂言便一直跟凤儿住在二牛家，这还是她第一次出来。

她知道她不该出来，可是她就是受不住了，听了他中探花、当大官、娶媳妇儿的话，她就受不住了。明明是她跟他说的，可听了这些事儿，心里就是委屈得要命。她想见他，想知道他还想不想她，喜欢不喜欢她，若是真的喜欢她怎么能这么快就娶媳妇儿啊？如玉觉得自己好坏，该替他高兴的啊，干什么心里还酸溜溜地受了委屈似的。

她在街上飘荡了一会儿，才发现自己根本不知道他搬去哪儿了，只神情恍惚地回了西柳巷。她站在巷口往里张望，最里面的院子黑漆漆的，没有一点儿亮光，她心下一寒，捧着心口飘了进去。

飘到屋门口的时候，她还有一丝期待，待忐忑地进了屋子，这一丝的期待也化作了失落。屋里空荡荡的没有人，他果真搬走了。

屋里的家私摆设还是旧时模样，想是他走得急还没来得及搬，又或是他根本不想要了吧。是啊，他是大官儿了，有了新宅子，床柜桌椅、笔墨纸砚也都得换新的了，用不着这些旧东西，也要有新媳妇儿，用不着她这个假媳妇儿了。

如玉鼻子一酸，掉下泪来，她用力抹了两把，可眼泪还是不住地往外冒。她索性不去理，泪眼涟涟地在屋子转，在床上坐一会儿，摸摸曾和他一起盖过的被子，又到桌边翻翻书，一歪头，他好像就在旁边笑着说教她识字。

"不用你教，我本来就识字！不信你考！"他摇着头笑，一脸的不相信，偏要指给她那些奇奇怪怪复杂的字，她不愿意学，他就说她是"孺子不可教"，什么可教不可教的，不认识那几个字也没什么大不了的，反正她有他呢，他认得就行了……

如玉抹了抹眼泪，坐在桌边拿了邵寂言给她的那本书，这书她还没看完呢，才看了一半就练功去了。不知道她这会儿偷偷地拿走，他会不会介意？应该不会吧，反正他也不要了。

她把书捧在手里婆娑着，一页一页翻开，放在桌上用手压平，拿了镇纸压住，趴在桌子上继续看下去。可望着书页发了半天呆，却是一个故事也没完，有个碍眼的生字她不认得，明明可以跳过去的，可她就是卡在这里看不下去了。她垂着头，喃喃道："寂言……这个字怎么念啊……"

屋子里静悄悄的，没有回应，只有眼泪打在书页上吧嗒吧嗒的声音。

如玉托着腮帮子，望着眼泪一点点浸湿了书页，她吸了吸鼻子，用手去擦，怎么也擦不干净，上面的字好像被弄花了。如玉着急，这不能弄花的！这是寂言的东西，是寂言给她的，里面夹着他们的回忆。

如玉一边抽噎，一边慌乱地擦，但她越擦哭得越厉害。这会儿，忽闻屋外"吱呀"一声，不知是谁推开了院门。

是他吗？

如玉觉得自己的心一下子蹦到了嗓子眼儿，着慌地四下看了看，钻进了柜子里。

她蹲在柜子里，透过柜门的缝隙偷偷地往外看，只觉心口跳得越来越厉害。她用力地捂住自己的口鼻，生怕急促的呼吸声被人听了去。

门外的脚步声越来越近，房门终于被人推开，月光一下子洒了进来。

是他，果然是他！

眼泪唰地掉了下来，她只好更用力地捂住嘴，任由泪水不受控制地往外涌，顺着她的手指缝浸湿了她的膝盖。

他站在门口，幽幽地道："如玉，我回来了。"

她吓了一跳，以为被他发现了，下一刻，却发现他的目光并没有在柜子上做任何的停留，只是轻轻地叹了口气，转过身把房门关上了。随后，他走到墙角，推开屏风，望着她曾经住过的花瓶，柔声细语道："如玉，你在吗？"等了一会儿没听到回应，好似不死心似的，弯着身子往花瓶里看，站起身子愣了一会儿，忽又拿起花瓶轻轻地摇了摇。

讨厌，我又该从床上掉下来了……

如玉咬着嘴唇不让自己出声，心疼得厉害。

他终于失望地把花瓶放回了原处，又小心翼翼地把屏风推了回去。他退了几步，一屁股坐在了床上，深深地叹了一口气后，便愣愣地坐在那儿发呆。

如玉知道自己该走了,可她就是舍不得,想要多看他几眼。她不出去不说话,只在这儿这么偷偷地看着他就好了,或许今后再没有机会了。

忽地,他似是发现了什么,腾地站了起来,几步冲到了桌边。

完了,完了,那本书……

他站在那儿望着桌上的书,难以置信地伸出手摸了摸,怔了一刻,猛地转身环顾四周,声音颤抖地道:"如玉……如玉!你在,是不是?你出来!我知道你在!"

如玉捂着嘴摇头,不在不在,我不在!

她在心里大声地骂自己,干什么要被他发现那本书啊,否则还能多看他一会儿的!怎么办?必须要走了,不能让他发现的。

如玉闭了眼,向后退,从柜子后面穿墙而出,在她退出来的那一刻,她好像听到了柜门被用力打开的声音。

对不起啊,寂言,我不能再见你了。

如玉失踪了,一连几日不见踪影,凤儿急得直掉眼泪,不住地埋怨自己嘴快。二牛也着急,把所有的兄弟朋友都叫了来,城里城外寻了好几日,一点儿消息也没有。

起初,凤儿和二牛怀疑如玉许是受不了心苦,去找邵寂言了。他们让个脸生的兄弟去偷偷打探,发现邵寂言那儿没有任何的异样,仍会时不时地在夜半无人之时回到西柳巷等着如玉回去找他。

知道如玉没与邵寂言在一起,凤儿害怕了。如玉现在心神恍惚,万一在外面溜达过了时辰,天亮之前来不及躲起来就糟了。

二牛从旁安慰，只说如玉纵是痴痴傻傻的，但阳光射在身上还能觉得出疼，甭管是密林还是城里，寻个能藏身的角落还不算难。凤儿哭着说，万一她是故意的呢？万一她就是想化烟化灰呢？二牛想，如玉那个一根筋的傻妮子还真是说不好，但是这话他不敢跟凤儿说，只说如玉或是心里苦得不行，又不愿让人看见，自己躲在哪个角落里藏着呢。凤儿如今没了分寸，也只期盼着是这个样子。

凤儿和二牛为如玉的失踪心急如焚之时，邵寂言却浑然不知，可这些日子，他没有一日心里不苦的。

他如今也算是如愿以偿，中了探花，入了翰林院，也得了王丞相的赏识抬举，前途一片光明。然而他心里却空了，一日日虽称不上行尸走肉，可总也是提不起精神来。他想如玉，想得紧。

他曾找过二牛，二牛跟他说如玉离开了京城。他不信，如玉离了京城能去哪儿，无依无靠的，她是在躲着他呢。他猜她大概会住在二牛家，他回忆着她以前跟他说的话，就到二牛的栖身之地附近去找，却被一群妖怪缠上，凶巴巴地赶了他出来。这让他更加确信如玉就在那儿，他稍稍放了些心，有二牛和凤儿在旁贴心地照顾着，她至少不会受人欺负。可那个傻丫头离了他，定是难受，肯定会躲在角落里偷偷地哭，他甚至在梦中都能看到她伤心落泪的样子，可怜兮兮的惹人心疼。

有了功名又入了翰林院，他不能再住在那个破旧的小院儿了。他搬去了北城，但是旧宅中的东西一概没动，他凑足了银子把这个院子买了下来，他想如玉肯定舍不得他，早晚还是会回来看他。他总会在夜半之时回来这儿，盼着某一次推开门撞见如玉就在屋中坐着，看着他们曾经用过的东西掉泪，他就走过去温柔地把她抱进怀里；又或者，她想他想得紧，会偷偷搬回那个花瓶里住。他每次都满怀期待地去看，落空之后仍是小心翼翼地把屏风挡好，遮住白日里的阳光，等着她某一天会回来。

那天晚上，他终是等到了！他看到了他给她的那本书摊在桌上，上面的泪痕未干，模糊了字迹。他叫她的名字，她却不应。他知道她就藏在某处看着他，可到最后，她还是走了，狠心没有见他。他虽然难受，但总算是知道她还躲在暗处偷偷关注着他。

这让他欣慰的同时又有些不安，他不知道如玉会不会知道王丞相想把小女儿嫁给他的事。他原以为王丞相有意许给他个亲戚家的小姐，未承想竟是他的女儿，这让他感到很吃惊。虽说王丞相的小女儿是庶出，可他一个才入翰林院的小小探花，说什么都是高攀不起的，他不明白王丞相为什么这么抬举他。

若是往前推三四个月，他必然会惊喜万分，管他是什么缘故，能成为一品权臣的女婿，他几乎可以看到自己未来的风光了。但是现在他却高兴不起来，他不能娶那个王小姐，他有如玉了。

他知道他和如玉之间几乎没有任何在一起的可能，除非如她说的，等着一个虚无缥缈的机会。可这要等多久他不知道，也许十七八年，也许三五十年，也许是一辈子。他不敢说自己能等她那么久，但至少现在他不愿违心地随便娶一个女人，像她说的那样生儿育女，然后安心地等她来给他做小。他不能想象如玉怎么和另一个女人相处，她肯定会被欺负的；他也不能想象自己怎么跟如玉以外的女人相处，他现在能想象的最美好的日子就是和如玉两个人，或许还有他们的孩子。

但是要如何回绝王丞相的美意却是一个难题，他早前已经明明白白地跟人家说自己没有娶亲，也没有定亲，这会儿自然不能凭空冒出个娘子来。他也不好跟王丞相说自己喜欢上了一个女妖,并且情不自禁地与她暗度陈仓做了夫妻。

好在王丞相并未把这件事情捅破,只是话里话外地暗示过他,大概的意思是,等半年后他在翰林院立住了脚跟,可请掌院学士做个婚媒。

他现在心里很矛盾,既希望得到王丞相的看重抬举,又希望他别太过于抬举他了,最好在这半年里王丞相自己变了卦,把女儿嫁给别人才好。不过世事往往就是这样,有时候你处心积虑想得到,上天偏偏要为难你;而当你不存这个妄想了,上天偏又要掉个大馅儿饼给你,也不管你是不是想吃。显然,他现在的处境属于后者。

王丞相三五不时便把他叫到府上提点,有时是介绍些近派的同僚,有时是闲谈一些时政要务,也是在探他的底。对于这些,邵寂言倒是应对自如,他知道王丞相是个保守派,在一些不触及自己原则底线的事上顺着他说便罢了。果真一个多月来,他愈发得了王丞相的欣赏。

这一日,他又被王丞相叫到府上,说是给他介绍认识吏部的两位同僚。他不敢马虎,吏部可是管着官员的升迁调度,自该多多结交。只是他去得早,王丞相和那两位大臣似还有些旁的事情要谈,管家把他引到中厅,上了茶点,请他稍候片刻。

邵寂言坐好,请管家尽管去忙不用照顾他。因他已是府上常客了,管家倒也不客套,留了两个丫头斟茶倒水地伺候,便退了出去。

邵寂言兀自在堂中吃茶,等了一会儿不免又出神乱想起来,脑子里也没有想别的,仍是如玉和王家这门亲事。他端着茶杯,望着浮在水面上的茶叶发呆,心想:如果王丞相把事情挑明了,他是说自己不举好呢,还是说断袖好……他认真地琢磨了一下,扬眉舒了口气,只觉自己是疯了,竟冒出这么窘的想法来。

邵寂言放了茶杯,起身走到窗边,把窗子打开,想着赶紧透透气才好,再这么想下去,保不齐一会儿真的头脑发热说了什么傻话。

时已入冬,外面除了山石便是光秃秃的树木,没什么好景致,不过视野倒是开阔得很。邵寂言随意望出去,便见一处假山后面藏了位女子,正往他这边探头张望。他觉得有些失礼,才要收回目光,见那女子竟然在向他招手。

邵寂言一怔,下意识回头看了看,只见屋里的两个小丫头正在厅堂里面规矩地站着,看也没看这儿,可见外面那女子并不是冲她们招手。他再转回头往外看,那女子竟然还在招手,而且神色慌张,好像就是在叫他。

不可能,怎么可能呢?邵寂言觉得自己是眼花了,又向窗外四周看了看,一个人也没有,再望过去,那女子居然还不死心地挥手唤他,好像是叫他过去。

邵寂言心里一慌,连忙关了窗子回到原位坐好,心里直打鼓:怎么回事儿?那女子是谁?干什么叫他?王丞相这府里他来过不止一回了,看这府里的奴才一个个都规矩得很,怎么会有这么没规矩的丫头?

可是,看那服饰打扮,却也不似个丫头,倒像是个小姐……

邵寂言越发糊涂了。这可更奇了,丞相府的小姐更不可能有这个举动了。

他坐了一会儿,甚至开始怀疑自己刚刚是不是生了幻觉,犹豫了一下，到底禁不住好奇，瞥了那两个丫头一眼，只做无事地又走过去把窗子推开。那女子竟然还在，见了他又喜又急地挥手。

邵寂言努力让自己冷静下来，他脑子里头一个想法是：这会不会是王丞相设下试探他的把戏，试探他是不是个见色起意、心怀不轨的伪君子？但是这个想法很快被他否定了。王丞相纵是有这个心思，在外面寻个女人贴上他观察便是，何必费这个心思，在自己家里弄上这么一出，倒是给自己脸上抹脏了。

既然不是这样，那便真是那个女子自己有意唤他。可这儿离得虽远，但只看个大概轮廓，他也能确定自己并不认识那个女人。她叫他做什么？如何都透着蹊跷。

邵寂言知道眼下最稳妥的做法便是假装没看到，但在好奇心的驱使下，他并没有这么选择。他踌躇了一下，跟那两个丫头说要出去方便，那两个丫头也不好跟着带路，只与他说了方向，他便趁机出了屋来。

邵寂言出了屋，并未立时往那女子的方向过去，而是只做去小解的模样，堂而皇之地往相近的方向走，目光根本不往女子那儿瞅。待到快近了，他方假作一转头偶然见了那女子的模样。

那少女躲在山石之后，与他相距二十来步，刚刚在屋中站得远看不清楚，这会儿走近，方看清此女子的容貌，却是个柳眉杏目、弱质纤纤的少女，衣着打扮不俗，一副千金小姐的模样却一点没有大家闺秀的端庄矜持，倒贼儿似的向他招手，又突然开口唤道："寂言……寂言……"

邵寂言吓得愣住，再不敢靠近，慌忙地四下看了看，随即做出恭敬的样子行了个礼，回道："小姐有礼，在下误闯冲撞了小姐,还望小姐见谅,只是……刚刚似是听见小姐唤'寂言'二字,却不知小姐如何知道在下名字的……倘若是在下听差了,还望小姐恕罪……"

那少女戚戚欲泣,颤巍巍地道:"寂言……是我……我是如玉啊……"

邵寂言被这突如其来的状况惊得呆住,再看眼前少女虽容貌陌生,然神色、表情可不就是活脱脱的如玉吗?他一下回了神,转看四下无人,慌忙上前把如玉拽到山石后面。不等他开口呢,如玉便一下扑了上来,抱着他低声哭道:"寂言,你可来了,我可等到你了!"

邵寂言惊魂未定,也顾不得安慰她,连忙把她抬起连声问道:"如玉……你……你怎么……你可是上人身了?是来找我?怎么回事?你怎么在这儿?"

如玉抹了把眼泪,转泣为喜道:"寂言,我现在好了,我现在有肉身了!我能和你在一起了,我不会再吸你的精气了!"

邵寂言更糊涂了,一脸迷茫地道:"什么肉身?是这个身子?到底是怎么回事儿?"

如玉猛点头道:"就是这个身子,是王小姐的,就是你未来媳妇儿的,她不要了。"

"不要了?"邵寂言怔了一下,惊道,"难道……难道她?"

如玉道:"是,王小姐前几日投湖了。她不要这身子了,她不要我要!我给你做媳妇儿。"

邵寂言大惊失语,王小姐投湖自尽了?

如玉抑制住激动的心情,讲道:"那天我在西柳巷见了你,我知道你还想着我呢，我想我不能再缠着你了，可想到你要娶王小姐做媳妇儿，我心里就难受，我只想来看看王小姐长得什么样，可比我好看吗。谁想正撞见这府里在闹事，我去近处一看，吓了一跳，原是有人投湖了，死的就是你媳妇儿……我当时也是吓蒙了，突然就想，她既然不要这身子，可不可以送给我……我就试了一下……没想到真的进来了！我想马上去告诉你来着，可又想我可能是借着王小姐才死的热乎气儿才进来的，万一出去就不一定能进来了……我只好在这儿等着你，都等了好多天了，今儿终于把你盼来了。寂言，你去跟王丞相提亲把我娶走吧？我不敢在这儿待了。"

邵寂言乍听此事惊得慌乱无措，脑子里一片乱，根本不知该怎么办好了。

如玉见他不说话，委屈地道："你是不是不高兴娶我？"

邵寂言回了神，忙道："怎么会不高兴，我巴不得立时把你娶回家去！只是这事儿太突然，我脑子里有点儿乱……王小姐……真的死了？"

如玉道："那还能有假？我眼看着她躺在那儿死过去的，她娘哭得可伤心了。我不骗人，她要是没死，我也不能抢她的身子啊。"她见邵寂言仍是一副迷茫惊诧之色，又道："王小姐不愿嫁给你，她好像是恋着沈少爷呢。"

"沈少爷？沈墨轩？"邵寂言又是一惊。

"是啊，就是他。"如玉叹道，"沈少爷也怪可怜的，无端端被他那个舅舅连累，这会儿喜欢的姑娘又死了……我听王小姐丫头那话，这王小姐和沈少爷好像好了很久，但是她爹不许她嫁给沈少爷。头先沈少爷又离了京，她一心要等他，可她爹却看好你,想让你当女婿……结果王小姐就看不开了……王小姐也是可怜人……"

我不杀伯仁,伯仁却因我而死。邵寂言立时生了愧疚之感,再想起沈墨轩,心里更是难受。细想他比自己还年长两岁,竟是至今未娶,据说连侍妾都没有,想来或真是对这王小姐痴心一片,两人的父亲是政敌,可想情路艰难。如今斯人已逝,他若知道了定要肝肠寸断……

如玉和邵寂言手拉着手正为沈墨轩和王小姐扼腕叹息,忽闻不远处传来脚步声。邵寂言一下警觉起来,探头往外看了看,见是管家正往中厅过去,想来是王丞相那边事情谈完叫他过去。

邵寂言着慌,转身扶了如玉的肩膀,叮嘱道:"我该走了,你来这儿半天了,眼下这光景,必有人小心地在你身旁看着,你还须快回屋,别让人发现了……记得千万别轻举妄动,等着我,我定设法再来见你。"

如玉扯了他的袖子,小声急道:"寂言,别走,我害怕……这几天,我都快吓死了。我总觉得他们看我的眼神儿怪怪的,或是发现我是假的了……我害怕,我害怕……"

邵寂言安慰道:"安心,不过是你自己心虚多想罢了,他们万万不会想到你是假的。你只听我的话乖乖在这儿待着,给你吃就吃,给你喝就喝,少说话少走动,尽量别与人接触,才投过湖的人幽闭一些,旁人也当是正常的。"

如玉仍是拉着他不撒手,可怜兮兮地道:"那你什么时候再来啊?什么时候接我走?你现在就找王丞相提亲去吧,好不好?"

邵寂言着急,只怕去晚了被人撞破,可见如玉慌乱无助的样子他又担心,捧了她的脸在额头上亲了一下,哄道:"乖,听我的话,安心等着我,我定想法子把你接出去……你只想着挨过这一时,咱们就能长长久久地在一块儿了。"

如玉咬着唇点头,终是恋恋不舍地松了手。

邵寂言捏了捏她的肩膀,转身出去了。如玉扒着山石探出头去,怯怯地目送他离开,极低声地道:"快些来接我……我等着你……"

如玉慌慌张张地回了屋子,见未被人发现心下松了口气,可心里仍不踏实,不住地安慰自己:寂言这就去提亲了,明儿就把我接走了,快了快了,就快好了。

接下来这一日,她都按照邵寂言的叮嘱没敢出屋。其实早前那几日她也是如此,整日闷在屋里不敢与人接触,好在这王小姐原也是个好静之人。且如邵寂言所说,她才投过湖,旁人只当她心情抑郁更加寡言罢了。

晚上,如玉很早便上床歇着,其实她根本睡不着,只是把自己蒙在被子里好躲过丫头们的"监视"。丫头们前两天是寸步不敢离的,这两日见小姐安安分分的没有异样,才放心她独自在屋里歇着。

如玉耳听着丫头们都出了屋,才是暗暗长出了一口气,轻轻地翻了个身,想着白天里邵寂言吩咐她的话。未多时,忽听门口有细小的声响,她吓了一跳,赶紧翻了个身假装睡去。

她竖着耳朵细听,忽闻身后有人轻唤:"如玉……"

如玉吓得一激灵,待反应过来掀了被子转身,屋里站着的可不正是凤儿和二牛!

"凤儿……"如玉激动得喊出声来。

"嘘！"凤儿做了个噤声的手势，指了指门外。

如玉立时捂了嘴。凤儿给二牛使了个眼色，二牛会意，道："你们姐儿俩聊，我在外面看着，有人过来叫你们。"说完便飘了出去，不一会儿又探个头进来道，"现在没人，你们说话小声点儿。"

凤儿这才转头望着如玉，叹了一口气，眉毛一竖道："好啊你，长本事了！你可知道这些天把我们吓死了！"

如玉道："对不起对不起，我想告诉你们来着，可是又不敢出去……你们怎么寻来的？"

凤儿哼了一声道："是你那个宝贝书生告诉咱们的。"

如玉喜道："我就知道，寂言肯定是有什么主意让你们来告诉我是不是？"

凤儿蹙眉道："怎么着，你还真打算这么着跟他过下去了？"

如玉点头道："自然了。我好不容易有了肉身，这可是上天可怜我赏给我的。"

凤儿道："胡说，你这是疯了！你知不知道，但凡借人肉身都应得上界允许。像你这样可是犯了规矩，万一被发现，不定要怎么罚你呢！"

如玉听了有些害怕，可想到和邵寂言的缘分，又道："也许……也许我得了允许呢？都这么多天了，上界也没派仙差来抓我，或许上界早就知道了……或许已经同意了呢！"

凤儿道："你也会说或许，万一不是呢！到时候仙差抓你问罪，你怎么办？"

如玉道："那我就求求他，我从来没做过一件坏事，上界肯定是知道的……王小姐死了，这肉身葬了也怪可惜的，怎么就不能给我用用了？我一定不做坏事，我替王小姐孝敬她爹娘；我做好多好事，我日日给王小姐念经，超度她往生极乐。"

凤儿无奈叹了口气，道："邵寂言就那么好？你为他冒这么大的风险，值得吗？"

如玉望着凤儿道："你不也为了二牛放弃了千载难逢的好机会吗，你觉得值吗？"

凤儿一怔，失了底气。

如玉央求道："好凤儿，好姐姐，你就成全了我吧。"

凤儿不说话，只蹙眉望着她，眸色已是软了下来，半晌方是一叹，道："罢了，谁让我摊上你这么个好姐妹呢，我就跟你疯一回吧……"

在接下来的日子里，凤儿和二牛几乎每晚都过来和如玉做伴儿，为她和邵寂言传话。如玉把她在府里见到、听到的事传给邵寂言，邵寂言便教她与什么人该说什么话，做什么事。加之如玉本是个天真醇厚的性子，日子长了，与这府里的人相处得便愈发融洽了。

这王小姐是王丞相的小女儿，前面还有三个姐姐，她虽是庶出，却深得丞相夫人的疼爱，跟嫡出的没两样。王小姐的母亲本是丞相夫人的陪嫁丫头，后来被王丞相收了房，却很多年没有生养，好不容易怀上了孩子，女儿才一落地，这亲娘便难产死了。丞相夫人便把这女孩儿带在自己身边养着，她自己生的大小姐早就出阁了，是以对这个小闺女宠爱有加，倒跟自己的亲骨肉无二。头先王小姐跳河，把她哭得昏死了过去，后见闺女缓了过来，又把她喜得不行，比以前更疼了几分。

如玉早已不记得自己的往事，忽然有个娘来疼她，直叫她受宠若惊，心暖得很。不多日相处下来，她与丞相夫人的感情越来越深，倒真跟母女似的，如此也少了初时的紧张。丞相夫人见小闺女言谈间渐渐多了笑脸，悬着的心也放了下来。邵寂言便趁机让如玉跟家里提，说是此番大劫不死，看开了许多事，又惹了爹娘跟着操心累了身子，心里万分难受，想要去寺里拜佛烧香，一来给父母求个安康长寿，二来自己也可借机透透气，换换心情。丞相夫人见闺女懂事看开，无有不准的，派了一众嬷嬷丫头左右伺候着，选了个好天气允她出门。

　　进香当日，如玉寻了时机支开众人，在个僻静的庭院假作看景。待丫头们都出了院子，邵寂言方悄悄从藏身之处出来。

　　两人又是月余未见，虽有凤儿和二牛从中传话，但一些私密的情话总是不好说的，这会儿见了面，欢喜得立时抱在了一块儿。

　　如玉扎在邵寂言怀里用力地蹭，只感觉这些日子的忐忑不安，这会儿才算是得了依靠。

　　两人默默地抱了好一会儿才分开，邵寂言自是不放心地嘘寒问暖，只怕她在丞相府有个什么闪失，如玉一一答了。他这些话早先凤儿已传了无数次，她一直乖乖地按他说的做。

　　邵寂言如释重负地舒了口气，拉着她进了一旁的廊子。

　　如玉挨着邵寂言坐下，见他不错眼珠儿地望着自己笑，开口问道："可好看吗？"

　　"嗯？"邵寂言怔了一下，随即反应过来如玉的意思，还没开口呢，如玉便直勾勾地睨着他质问道："是我好看还是王小姐好看？"

邵寂言立时回道："自然是你好看,你比王小姐好看千万倍。"

如玉噘着嘴道："那你干什么色眯眯地看着我的脸？"

邵寂言无语,笑道："那你让我看哪儿？难不成要望着天跟你说话？"

"哼……"如玉觉得自己这话说得好像有些没道理,可心里就是别扭。

邵寂言笑着哄道："我跟你起誓,我这辈子只对你一个人色眯眯的。"

如玉脸上一红,又甜又羞地低了头。她这羞答答的模样勾得邵寂言心里痒痒,抬手捏了她的下巴。

如玉知道他要亲她了,羞涩地闭了眼,有些期待地微微仰头。

邵寂言慢慢凑上去,可越到跟前儿越觉得心虚,望着"王小姐"近在咫尺的脸,恍惚觉得自己是要轻薄别人媳妇儿似的……

什么别人媳妇儿！这是我媳妇儿！是我家如玉！邵寂言在心里大吼了一嗓子。可眼前这张脸美则美矣,可哪有半点儿如玉的模样。

如玉闭着眼等了一会儿,仍未感到邵寂言的唇贴上来,悄悄地睁了眼,但见他望着自己发呆,以为自己会错了意,他并不是想亲她,立时大窘,满脸涨红地拍掉了邵寂言的手,扭过身去。

邵寂言急忙将她扳回来,如玉窘迫得有些恼羞成怒,低着头鼓着腮帮子不看他。见她这副模样,邵寂言才觉果真是他的如玉了,略释然地笑了笑,在她鼓起的腮帮子上亲了一口。

如玉仍是羞窘未消,使性子似的抬手用力擦了擦他亲过的地方。邵寂言笑了,柔声细语道："想我没？"

"才不想呢！"如玉扭过头不看他。

邵寂言笑道:"那是哪个那日拉着我不许走,非要我立时提亲娶她的?"

如玉愈发羞窘了,红着脸起身道:"才不是我说的……我……我那是同情你来着,我看你那么喜欢我,才勉强考虑嫁给你的!"

邵寂言最爱看她这样子,只似又看到如玉圆嘟嘟的小脸气呼呼、红扑扑的模样,心里说不出的舒坦欢喜。

如玉见邵寂言不说话只是看着她笑,只觉他必是在笑话她呢,气道:"哼,我告诉你啊,我现在做了人了,不一定嫁给你的!丞相夫人可疼我了,我回头就跟她说,给我寻个更俊、更有学问的相公去!"

邵寂言笑着,起身拉住她道:"这世上有比你相公我更俊、更有学问的吗?"

如玉撇嘴道:"呸呸呸!不害臊!"

邵寂言笑意却是更浓了,只道:"我问你呢,怎么不答?在你心里这世上可有比我更好的男人吗?"

如玉被点破心事似的羞红了脸,嘴硬道:"谁说没有?有好多呢!二牛!二牛就比你好!还有……还有……还有王丞相……还有丞相府的陈管家,园子里种花儿的小丁巳,看门的阿福阿宝,还有……还有……"如玉仔细地想,她还认识什么男人来着?啊,想到了!

"还有刚刚给我送斋饭的小和尚!法号叫念……念……"

邵寂言望着她笑,俯头吻了上去。

如玉轻轻地打他,挣扎了两下便在他的热吻之下缴械投降,猫儿一般顺从地闭了眼。

邵寂言闭着眼,想象着没有什么别人的身子,自己吻的就是本来那个如玉，可双手在她身上抚摸到的每一处都在提醒着他：不对……不对……这不是他的如玉，肩膀、腰肢、翘臀，哪一处都跟他的如玉差得好远，心里总似蒙着什么东西，别扭得很，让他根本无法提起更大的热情，只得悻悻收了热吻。

如玉却不知邵寂言的心思，情动之后，红着脸扭捏地道："不知羞，大白天就捏人家屁股。"

邵寂言凑到她耳边低声调笑道："我捏我媳妇儿的屁股碍着谁了？"

如玉羞得连耳根子都红了，邵寂言又叹了口气，调侃道："再说了，你现在这个身子瘦巴巴的，哪儿有屁股给我捏？我还是喜欢你的屁股，肉嘟嘟的捏着才舒服。"

"呸呸呸！"如玉满脸涨红地骂道，"越说越不害臊了，这是在寺里呢，亵渎神灵佛祖要罚你的。"

邵寂言嘻嘻地笑，抱着如玉凑到她耳边轻声道："那我小声点儿，只说给你一个人听，回头把你娶回家，咱们躲在被窝里说，谁也听不见。"

如玉只觉心里溢满的甜蜜与羞涩都要把她涨破了，再说不出话，只伸手在他腰上拧了一把。邵寂言嬉笑着揉了揉，半认真半玩笑地道："我说真的，你回去好好养养身子，身上这么瘦，我看着都心疼，跟受了委屈人家不给你饭吃似的，回头咱们还吃得白白胖胖的，那才是我的如玉呢。"

如玉抢道："我哪里胖了？我才不胖！我那才是最合适，最好看的呢！"

邵寂言笑道："是是，我哪里嫌你胖了，我这可不是喜欢你那样不是？"他说着忽又想起了往事，笑道，"我家如玉是最好看的美人儿，顶顶好看，天下第一好看，你相公我就喜欢你这样的美人儿！"

如玉羞得才要开口骂他，忽又意识到这话好像是自己说过的，怔了一下便想起当日自己从那狐妖手中救他的场景，顿生感慨，痴痴地笑了。

两人这番偷偷见面也不好待太久，互诉了衷肠便依依不舍地分开。

待如玉回去之后，丞相夫人看她容光焕发、精神更好了的模样，便愈发放心了。如玉又照邵寂言的吩咐，趁机央求了日后隔段时日再去庙中上香，甚或去别处走走散心。丞相夫人哪里肯依，只说闺阁中的姑娘，不宜四处走动，可见小闺女嘴一撇、不太高兴的模样又心软了。这小闺女自十二三岁之后，就再没在她面前如小孩子似的撒过娇，近段时间忽然性情大变，倒让她母性大发，只得依说日后若憋闷了，可去庙里上香且作散心，别处是万万不能去的，以免丞相知道怪罪。不管去哪儿，只要能让自己偶尔出门去和邵寂言见面，如玉已是欢喜万分，丞相夫人教导的话，自没有不依的。

接下来的日子，每隔十天半个月，如玉和邵寂言便要约到华安寺见面。邵寂言每每除了细细询问如玉在府中的生活细节，便是监督检查她有没有好好吃饭，有没有长胖一点儿。可两三个月下来，她却一点儿未见变化，总觉得还瘦了些似的。

如玉苦着个脸，委屈地道："我有好好吃饭！可这王小姐的肚子也不知是什么做的，才吃了那么一小碗就饱了……我再硬撑着吃些就难受得要命，没多会儿全吐了……倒把之前吃的也给吐出来了……"她边说边捏捏自己的杨柳细腰，为难地道，"结果……好像又瘦了……"

邵寂言听她这言语倒似跟自己道歉似的，无奈发笑，如玉仍不甘心地辩解道："其实我能吃的！真的！我觉得要是我自己的身子，我怎么着也能吃两大碗饭！"

邵寂言笑得更开怀了，如玉却认真地道："你不相信啊？我真能吃的！"

邵寂言笑道："我信，我信，回头我把你娶回来咱们慢慢调养，把这胃口给养起来，每顿指定能吃两大碗。"

"嗯！"如玉点头跟着笑，笑了一会儿，又觉得不对劲，眯着眼道："你是不是又笑话我呢？"

邵寂言憋不住大笑起来，如玉气呼呼地大声道："我不吃了！我回去一小碗饭也不吃了！我就要饿瘦，特别特别瘦！气死你！哼！"

每隔一段时间，邵寂言都要约如玉在华安寺见面，虽然每次说不了一会儿话就匆匆分别，但多少能慰藉一下相思之苦。他以为事情做得瞒天过海，没想还是被发现了。当王丞相冷着脸质问他时，他才意识到自己似是有些大意了。可不是嘛，王丞相是什么样的人物，怎是轻易瞒得过？

他心下着慌，怕王丞相已经察觉如玉的身份，转又一想，此事离奇得很，王丞相未必会想到那儿去，或许只是恼他私下幽会他的"女儿"。如此一想，他便只满面愧悔地认错，说自己偶然在庙中遇见了四小姐，倾心思慕，一时失了分寸才着意打听了小姐上香的日子，又说了许多自责的话。说完，他只做恭敬愧悔之色，等着王丞相训话。

果然，王丞相并未做他想，只声色俱厉地斥他枉读了这么多年圣贤书，竟做出这等败俗之事。邵寂言急忙说自己与四小姐是发乎情止乎礼，未做什么苟且逾矩之事，又说自己对四小姐是一片真心，绝非孟浪不羁之徒，还望丞相成全。

王丞相一番申斥、威吓之后倒也信了邵寂言的话，只斥责提点他做事要讲分寸，若有倾慕之心，大可以光明磊落地提亲，何必做那自辱之举，又意味深长地说枉费自己一心看重提携他，倒是自己看错人了。

邵寂言听出王丞相话中之意，连忙行大礼，只说万万不会辜负丞相的提携抬举，这次是自己做错了，还请丞相给机会改过，日后必不负丞相厚爱。王丞相没应，只捻须点了点头。邵寂言见色又趁机提了与"王小姐"的婚事。王丞相又是一番说教，只说年轻人怎能只顾儿女情长，自己闯出一番事业才是根本。邵寂言自是恭敬点头称是。

然王丞相心里到底也是有事的，自己女儿头先才为沈家小子投了湖，他只当这门婚事便此作罢，未料下人报说小女儿竟与邵寂言偶遇生情了。他自是恨女儿不矜持，可她这个年纪从未见过什么男人，见了这些所谓才子，确是难免动情，头先可不就是偶尔识得了沈墨轩，才惹出那些事来。这邵寂言是新科探花，亦是才貌俱佳的人物，和沈墨轩倒有几分相似，小女儿移情也在情理之中。且他自己也原本属意这门婚事，如今把邵寂言敲打一番，让其日后莫要自作聪明地瞒骗他，或是做些有失体统的事便罢，毕竟是他看中的可塑之才。

因着这番心思，王丞相训了邵寂言一顿，终归还是松了口，说自己倒也有心收他这个女婿，既然两人有情，那便成全了他，等过两个月，可请翰林院掌院学士来做婚媒提亲。邵寂言大喜，立时改口称了岳父大人。

邵寂言从丞相府离开，整个人似踩在云彩上一样轻飘飘的，万没想到这回倒是因祸得福，几个月来的忐忑，终于见了曙光。如今，如玉是王丞相女儿的身份，如此他既娶了心爱的女子，又不用驳了丞相的美意。之前他只想老天爷掉个他不愿吃的馅儿饼给他，如今看来，或者一切都是冥冥中自有定数，连老天爷都在厚待他，婚姻仕途两全其美，真是没有更如意的了。

晚上太阳一落山，邵寂言便赶去找凤儿和二牛，请他二位将这好消息告诉如玉，为了婚事顺利，接下来的几个月可能无法见面了，让她再忍耐些时日。

二牛听了这婚事成了，跟自个儿嫁妹妹似的欢喜异常，迫不及待地要讨他们的喜酒吃。邵寂言笑说一定一定，等他将如玉娶回来，乐意他们常来坐坐。凤儿本看邵寂言不太顺眼，但如玉一心恋他，她也无话可说。这段日子，她见邵寂言果真是一心一意想娶如玉为妻，对他的态度倒也缓和了不少。

如玉从凤儿那儿得了消息，跟天下所有待嫁的姑娘一样，欢喜又羞涩地缠着凤儿说了一晚上的私房话。

第九章

你去成全他们,谁来成全咱们!

沈墨轩回京了。

邵寂言初听这消息吓了一跳，心道：不管他是耐不住相思之苦，还是听了王丞相有意招自己为婿的风声，此番回京定会想办法见王小姐一面。

他怕如玉无措，便想请凤儿先去给如玉传个话，让她不论如何只乖乖待在家中，那沈墨轩断不会闯进丞相府去见她。没想到他这边的话还没传过去，如玉那边却传了话出来，说是要见他。

邵寂言惊诧，问凤儿是什么事，凤儿却也不知，只说看如玉的神情不似什么好事。邵寂言听了，怕是沈墨轩早他一步找到如玉，也顾不得会不会被王丞相发现申斥，约了如玉在华安寺见面。

华安寺，甫一见面，还不及邵寂言开口，如玉便两眼红红地将他抱住。

"怎么了？"邵寂言有些着慌，"可是哭过了？让我看看。"

如玉不答也不起来，只管抱着他摇头，闷闷地低声道："寂言，我想与你成亲。"

邵寂言道："我知道，咱们不是就快成亲了吗？你再等等，下个月我就请人提亲去。我求王丞相把咱们的婚期定得早些，早些娶你过门。"

可如玉听了这话，非但没有舒缓过来，反而靠在他怀里，低声哭了起来。

邵寂言觉出不对，忙将她抬起来，一边给她擦泪一边道："别哭，到底是怎么了？可是沈墨轩找你去了？你见过他了？"

如玉抹了眼泪，摇头道："不是沈少爷……是王小姐……"

"什么王小姐？"邵寂言一时未反应过来如玉在说什么。

如玉道："就是真的王小姐，她回来了。"

邵寂言这会儿听明白了，却是惊得说不出话，怔了好一会儿方道："你是……见着王小姐的魂魄了？"

如玉点头："是，我原以为她死了，可她没死……她是想死来着，可是没死成……如今她的魂魄又回来了，我不能再当她了……"

邵寂言呆住，几个月忐忑换来的憧憬，转瞬化为泡影，只似被人迎头泼了一盆冷水，胸闷至极。

如玉脸上也没了神采，耷拉着脑袋，道："王小姐是个好人，她没怪我，还应允宽限我两日……"

邵寂言回神，脱口道："什么叫宽限你两日？"

如玉道："宽限我再借用她的身子两日。我知道你跟我一样盼着咱们成亲的日子呢，我如今不能当王小姐了，该先告诉你一声的……"

邵寂言突然高声道："她凭什么宽限你！"

如玉没听懂他的话，却以为是在说她不该强占人家身子呢，只怯生生地道："我求她来着……她同情我就应了……我知道我该马上还给人家的……我只是放不下你……"

"不是。"邵寂言道，"我是说她这身子不是她的了，她没资格说什么宽限你的话！"

如玉愣了一下，瞪了眼好似没听明白似的。

邵寂言面无表情地道:"她已经死了。"

如玉摇头道:"不是,是我弄错了,当时她魂魄不在肉身,我只当她是死了……"

"如玉……"邵寂言用力捏住她的双肩,一字一句地道,"你听好了,王小姐已经死了。"

如玉道:"不是,她只要回来就能活过来的。你看,我进她的身子都没事,她自己的魂魄就更没事了,她还是没死,她能活的。"

邵寂言手上不自觉地用力,捏得如玉有些疼,她缩了缩肩膀,无辜地望着他。

邵寂言知道自己的这个念头很卑鄙,尤其面对单纯善良的如玉,他更是不知道该怎么说出口。可让他就这么放弃即将得到的幸福,他真的舍不得,错过了这一次,他和如玉或许真的只能等下辈子了。

邵寂言滞了一刻,认真地道:"如玉,你喜欢我吗?"

"嗯。"如玉点头。

"想嫁给我,给我做媳妇儿吗?"

"想。"如玉更用力地点头,又道,"可是……"

"那就没有什么可是!"邵寂言斩钉截铁地打断她的话,深深地凝着她,"那王小姐就必须死了,你明白吗?"

如玉怔了一会儿,终于听明白了他的话,瞪大了双眼,受惊似的颤巍巍地道:"你,你是让我……霸占王小姐的身子?让我……害……害……害她的性命?"

邵寂言知道自己吓着如玉了,连忙把她抱进怀里。他不敢看她此刻质疑的眼神,连声道:"没有,我不是这个意思……"

"那是什么意思？"如玉心里突突直跳，才这么一想就吓得失了分寸，跟自己真做了恶事一般慌乱无措。

邵寂言心里也是乱得很，为自己心生的恶意贪念而害怕羞愧，但是私欲的火苗已在他心里燃了起来，明明知道是错的，但还是难以将它熄灭，反而越烧越旺。他只能用力抱着如玉，好似这样能给他些力量。

如玉得不到回答，想要推开邵寂言看着他的眼睛，可是他不许，只把她用力地禁锢在自己怀里，在她耳边喃喃道："如玉……我喜欢你……想跟你在一起……"

"我也想……可是这身子是王小姐的，就该还给她……"

"她都不要了，她自己放弃的，怨不得咱们。"邵寂言抱着如玉，像个耍赖的孩子。

"可她又回来了啊！"

"那我们怎么办？"邵寂言放开如玉，凝视着她道，"我们就要成亲了，好不容易挨到今天，你不想嫁给我了？"

如玉闻言愣住了，心里酸得很，眸色黯淡地道："我想……可那也不能去害人啊……王小姐还有沈少爷呢，她为了不负沈少爷都想到死了，纵是剩了魂魄也念念不忘，千里迢迢地去找他。沈少爷和你不一样，他的眼睛看不见她，若非遇到好心的高人相助，王小姐早就魂飞魄散了。王小姐是吃了不少的苦头，才得和心上人相聚……他们很可怜的……"

邵寂言抢道："那咱们呢？咱们就不可怜了？你去成全他们，谁来成全咱们！"

如玉掉了眼泪："可怜，咱们也可怜……咱们可以想别的法子……"

邵寂言道："你那个等上仙垂青的法子？"

如玉垂眸不说话了，眼泪不住地往外涌。

邵寂言道："如玉，我不想等，我等不了，我现在就要跟你在一起！"

如玉道："可我不行，我是妖……"

"不是！"邵寂言高声道，"只要你想，你就能做人，咱们就能终成眷属、白头到老！"说着语气一软，又道，"咱们可以像你说的那样过日子，你可以为我补衣裳、盖被子，为我生一大堆的孩子……如玉，那样的日子不远了，等下个月掌院学士办差回来，我就请他提亲去，也不要什么定亲了，咱们马上就成亲，到时候咱们就能光明正大地在一块儿，日日夜夜不分开……明年的这个时候，咱们就能生个白白胖胖的宝宝了，你说好不好？"

如玉越听越窝心，泣道："别说了，寂言，别说了，我难受……寂言……我想跟你成亲，你说的这些我做梦都想……可我不能害王小姐，她是好人……她还同情我可怜我来着，她不计较我占了她的身子，我不能恩将仇报，我不能害她……寂言，求你了，别让我害人，你让我做什么都行，我都听你的……别让我害人，别让我害人……"

邵寂言复将如玉抱进怀里，心疼自责得要命，连声安抚道："不会不会，我不会让你害人，咱们不害人……"

如玉依在他怀中嘤嘤地哭，邵寂言轻抚她的头发，想了想，道："若是真的王小姐，咱们自然不能害她，可她若不是呢？"

如玉起身，泪眼婆娑地道："怎么可能不是，我亲眼见的，模样身段儿和我这身子一模一样，我还和她说话呢。"

邵寂言道:"那也可能有假,或是什么妖魔假扮故意吓唬你的。"

如玉抹了把眼泪,天真地道:"为什么要吓唬我?"

邵寂言道:"好把你的肉身骗走啊,就像你现在这样,可不是上当了吗?"

如玉想了想,摇头道:"不可能的,一定是王小姐!她还跟我说了许多话呢,还说了沈少爷,她若不是真的王小姐,怎么会知道沈少爷的事?还有,沈少爷确实回京了啊,你刚刚还说了,你也知道他回来了是不是?肯定是沈少爷和王小姐一块儿回来的……她肯定是真的王小姐。"

邵寂言哄道:"所以说是妖魔啊,既是有心骗你上当,自然要扮得像些。沈墨轩是回来了,但未必与这事有关。你想,若真是如此,他干什么不去告诉王丞相说他的女儿被别人占了肉身?"

如玉皱了皱眉,想一想也是啊,她若是沈少爷的话,肯定要去告诉王小姐的家人啊。

邵寂言见如玉的神色,忙趁机道:"再者,你也说了,沈少爷不能见着王小姐的魂魄,王小姐又如何找着他,还把他带回来的?"

"王小姐说她是遇到了一位道长高人,是那位高人帮她……"

不等如玉说话,邵寂言便道:"不管她怎么说,一定是骗你。那妖魔必是想来抢这个肉身,她知道你是个心善姑娘,便扮作王小姐的模样来吓唬你,骗你自行离开!你可愿上她的当吗?"

如玉懵懵地摇了摇头,愣了一会儿,又道:"可是……

万一不是假的呢,我看着……真的像是王小姐……"

邵寂言道:"好,也有一点点可能是真的,但是这会儿真假未明,你千万不能草率地把这身子给了她,平白断送了咱们的婚事不说,或许还给丞相府招来恶事呢!"

如玉道:"那怎么办啊?怎么知道是真是假?"

邵寂言道:"路遥知马力,日久见人心。咱们慢慢等等看,如果是真的王小姐,那她必是个心善的大家闺秀,有容人的气度雅量,定能理解咱们的一片苦心,到时候咱们再把肉身还给她也不迟;若是假的,那必然受不住要对你恶语相向,甚至威胁伤害你,这样你就万万不能把这身子给她了!"

如玉仍有些踌躇,邵寂言又道:"如玉,咱们这也是为王小姐好,你也不想她的肉身被妖魔霸占不是?听我的话,就这么办。你记着,你心软,容易被骗,所以不管发生什么事儿,没有我的话千万别擅作主张,听见没?"

如玉被邵寂言这一番话说得没了主意,只忐忑不安地点头应了。

几日后,如玉约了邵寂言见面,她的气色显然比上一次差了许多。邵寂言猜她大抵是为了王小姐的事寝食难安。

果不其然,如玉一上来便连声道:"寂言,我看出来了,那个就是真的王小姐,咱们把身子还给她吧,好不好?"

邵寂言道:"你是怎么看出来的?她又去找你了?"

如玉道:"我就是看出来了。她都生气了,她说我是恶妖。我不是恶妖,我从来没害过人,我很乖的!寂言,咱们把身子给她吧……"

邵寂言抚着她的肩膀安慰道："我不是说了吗，若是真的王小姐必有容事的雅量，她那么骂你，定是妖魔扮的，她不是王小姐。"

如玉摇头，神色慌乱地道："不是不是，我知道的，我知道她就是王小姐，要不然她不会那么理直气壮，如果换作我被人占了身子，我也会生气的。"

看到如玉有些动摇，邵寂言也有些着急，只怕她受不住，背着他把肉身让出去，扶着她的肩膀道："如玉，你是信我还是信她？"

如玉不说话了，怯生生地望着邵寂言，犹豫了好久，小声道："我当然信你了……"

邵寂言道："那就别被她蛊惑了。"

如玉反过来抓着邵寂言的胳膊道："那她要是找法师来捉我怎么办啊？我害怕，我肯定会被抓走的，他会把我扔进黑漆漆的小葫芦，和一群罪大恶极的妖魔关在一起！他们肯定要欺负我，我打不过他们的……或许还会把我扔到大鼎里去炼丹炼药……那我肯定完了，我再也见不到你了……"

邵寂言安慰道："她真请来法师咱们也不怕，你还记不记得我跟你说过的，头先救了咱们那个道士说过你不同寻常。之前我只跟你说是我求他放了你，其实不是，他说你有真神护体，所以他收不了你！你放心，道士不能拿你怎样的。而且还有我呢，我会护着你的，安心，安心……"

邵寂言把如玉搂在怀里说了好多安慰的话，让她再等几日，等他们成亲后他就求个外省的官职，远远地带她出京去。如玉仍是不能安心，待要多说，邵寂言又说她连着出来两次不好跟府中交代，亲了她好几口让她等着他来娶她。如玉最后只好一步三回头战战兢兢地离开了。

邵寂言与如玉分别后，才回到家门口便被人叫住。他转头一看，从角落里走出来的不是旁人，正是沈墨轩。

邵寂言知来者不善，心中提了十二分的小心，强作镇定道："沈兄，好久不见。"

沈墨轩走上前，道："'沈兄'二字愧不敢当，如今邵大人是丞相跟前的红人，前途不可限量，日后沈某怕还要仰仗邵大人呢。"

邵寂言听出他在讽刺自己，心虚之下也无立场反击，只勉强扯了一抹笑容，道："沈大人说笑了。"

沈墨轩道："旧友重逢，邵大人不请沈某进去坐坐？"

邵寂言道："沈大人此番回京想也待不了多久，邵某不敢耽误您办正事……"

沈墨轩道："沈某要办的事，邵大人心中明白。"

邵寂言拉了脸："邵某不知，沈大人慢走不送。"说完便欲转身进院。

"寂言！"沈墨轩忽然叫了他的名字，直让邵寂言动作一滞，却并未转身。

沈墨轩道："寂言，我舅舅的事我不记恨你，他自己犯了法就该遭此劫数；我父亲也好，我也好，都是朝堂斗争的牺牲品，你不过也是一颗棋子罢了，我也不怪你。"

邵寂言听他语气诚恳，心中一动，微微侧了头。他很感激沈墨轩能原谅他过往做的错事，可越是这样越让他觉得愧疚，不敢回头面对他。

沉默了片刻，沈墨轩开口道："如玉姑娘的事我从静瑶那儿知道了，听说她是个单纯的姑娘，又对你痴心一片，你怎能忍心利用她满足一己私欲？"

邵寂言闻言，立时转身睨着沈墨轩，怒道："我利用她？你凭什么说我利用她！"

沈墨轩道："这会儿没有旁人在场，你不必在我面前做戏，你和我妹妹的事我已经知道了。"

邵寂言脸色一赧，无言以对。

沈墨轩劝道："寂言，你有才华、有能力，凭自己的本事就足以闯出一番事业，何必攀附权贵，做那些不义之事？如玉姑娘虽是个妖，却很是单纯，你又怎么忍心欺骗她的感情？我劝你放过如玉姑娘，莫害得她入了魔道，也为你自己积些阴德。"

邵寂言闻得沈墨轩竟把自己对如玉的感情说得如此不堪，愧疚之情立时被恼怒取代，冷语道："多谢沈大人提点，邵某的事不劳费心！不送！"说罢转身进院，将沈墨轩关在了门外。

然他这神情、言语落在沈墨轩眼中，却是被戳穿后的恼羞成怒，沈墨轩望着紧闭的大门眉头紧蹙，只叹这邵寂言大好青年却如此心术不正、冥顽不灵，看来，是不能从他这儿取得什么进展了。

如玉从华安寺回来没多久，便被丞相夫人叫去训话，问她是不是又私下去见邵寂言了。如玉自是矢口否认。丞相夫人说已从丞相那儿知道了，又说你父亲已然允了你们的婚事，何必急在这一时，头先沈墨轩的事他已是恼了，如今可别再惹出别的事来。

如玉心里有事，只唯唯诺诺地听着训话，待回了屋子也是坐卧不安，尤其天黑之后更是紧张，只缩在床上把自己蒙在被子里。

子夜时分，外面有了声响，如玉颤巍巍地道："凤儿？是你吗？"

一个熟悉的身影飘进了屋子，却不是凤儿，而是王小姐王静瑶。

王静瑶飘到床前，却也不靠近，只默默地凝着如玉，一脸的委屈。

如玉坐在床上抱着被子缩了缩，忽地哭了，怯生生地道："我不是坏人，我不是恶妖……我没有作恶……"

王静瑶也掉了眼泪，凄婉地道："若不是恶妖做什么占着我的身子不还？头先说只借两日，这都多少日子了？你这不是作恶又是什么？"

如玉低头抱着被子嘤嘤地哭。

王静瑶道："我知你是个心善的……你是被那个邵寂言骗了，是那个坏人教你做的，对不对？"

如玉立时抬头反驳道："不是不是，他不是恶人！他是好人！我不许你冤枉他！"

王静瑶道："好人能叫你抢占别人的身子吗？"

如玉辩解道："没有，他不是，他是好心，他是怕我被你骗了。"

王静瑶摇头叹笑道："亏他有脸说，他自己油嘴滑舌把你哄住了，却来说我是骗人的？我只问你，你自己认为我是真的还是假的？"

如玉不自觉地攥紧了被子，避开王静瑶的目光，小声道：

"我……我不知道……我笨,我看不出来……寂言说……"

王静瑶气得打断她:"寂言说,寂言说……他在骗你呢!他就是欺负你笨,欺负你单纯!他在利用你,你怎么看不出!"

如玉急道:"才没有!寂言他喜欢我,才不会骗我、利用我!"

王静瑶道:"你怎么肯定他是真心喜欢你?"

如玉道:"我就是知道,他亲口对我说的,说过好多好多次,我知道他是喜欢我。"

王静瑶道:"他对沈家小姐也这么说,也说喜欢她,倾慕她,到最后又如何?"

如玉道:"他那是没有办法,他和沈小姐没有缘分。他喜欢沈小姐,可是因为沈小姐舅舅的事,他们不能在一起,他也很伤心、很难过的。"

王静瑶叹道:"你怎么能这么傻?他喜欢沈小姐?他根本是在玩弄沈家妹妹的感情,他是想攀附沈尚书,做尚书女婿!"

如玉抢道:"才不是!他才不是那样的人,他是真心喜欢沈小姐的!"

王静瑶道:"他若真心喜欢沈小姐,怎能这么快就有了新欢?怎么又和你牵扯不清?"

如玉语塞,想了想,小声道:"这个不关他的事,是我喜欢他,勾引他来着……"

王静瑶望着如玉,无奈得失了言语,叹道:"你真是个傻姑娘。"

如玉吸了吸鼻子,道:"是,我是傻,可寂言他不嫌弃我,他喜欢我,愿意娶我做媳妇儿。"

王静瑶道："他想娶的不是你，他想娶的是我爹的女儿，他是想做丞相女婿。"

如玉摇头道："不是不是，才不是！他想娶的是我，我没进你身子之前他就说喜欢我，想娶我做媳妇儿了，他还说我是他娘子，还要我给他生宝宝呢！他是真心喜欢我的，才不是你说的那样！"

王静瑶闻言愣了一下，踌躇了一会儿，有些尴尬地试探道："他说了……生孩子的话？你们……难道……做了那种事了？"

如玉才觉说错了话，羞臊得缩了缩身子，把涨红的脸埋在抱着的被子里。

王静瑶见她这光景也觉羞臊尴尬得很，一时沉默不语，愣了一会儿突然意识到什么，急道："你，你上我这身子后……可……可……"

如玉急忙道："没有没有，我们规矩得很，没做过那事的，只是拉拉手，亲亲嘴……"

王静瑶急哭了，跺脚泣道："怎么能这样啊？那是人家的身子啊，太无耻了……"

如玉慌了手脚，扔了被子下床，凑到她身边道："对不起对不起，是我不对，我……我以为你已经死了，我以为你不要这身子了……"

王静瑶抹着眼泪儿，红着脸委屈地道："我都没给墨轩亲过呢……"

"唉？"如玉道，"沈少爷……从来没亲过你？"

王静瑶脸上更红了，扭捏地摇了摇头。

"脸蛋儿也没亲过？"如玉瞪了眼睛。

王静瑶复又摇了摇头，羞涩地看了如玉一眼，蚊子似的小声道："只亲过额头……在他离京之前……"

如玉道："你们好了很久吧？"

王静瑶道："有两年，但是不怎么能见面……每次身边都有好多人，只能偷偷看上一眼……"

如玉奇道："那你们平时怎么传情的？"

王静瑶："写信，可也要很小心才行。他爹和我爹关系不好，若被家里人发现了，可不是闹着玩儿的。"

如玉想了想，恍然大悟道："你那个蝴蝶花纹的盒子里装的那些信，都是沈少爷给你的？"

王静瑶羞道："你怎么偷看人家的信……"

如玉道："对不起，我不小心看到的。"见王小姐不高兴，她又道，"你放心，我看不懂的。"

王静瑶道："你不识字吗？"

如玉道："我识字啊，不过沈少爷有学问，写的都是诗吧？那些字我都认得，可连在一块儿就不太明白了。"

王静瑶打量着如玉，心道：原来她是个没什么学识的姑娘，难怪被那邵寂言骗了。再又想沈墨轩提到邵寂言时也说他确是有真才实学之人，文采风流，又是本届探花，单论学识，没什么可质疑的。这样的人又如何能真心喜欢个不通诗书、貌不惊人的呆憨女妖呢？更可证明，他对这如玉姑娘不是真心了。再想他轻易和人家姑娘行了周公之礼，可见不是个君子，必是个金玉其外、败絮其中的下流无耻之徒，亏得沈家妹妹早早与他分道扬镳，没被他败坏了名誉。

王静瑶愈发对如玉同情了几分，便拉着如玉坐在椅子上，柔声道："我上次与你说过我和墨轩的事，对你与邵寂言的事却不甚清楚，你可介意给我说说吗？"

如玉见王小姐并不恼她，又这么温柔地和她说话，便把自己和邵寂言的故事说给她听了。王小姐听完叹了长长一口气，道："你真是当局者迷了。我从旁听着，却听不出他对你有多少真心，倒是你那个叫凤儿的朋友说得是，这邵寂言可是个孟浪之辈，拿你消遣解闷儿呢，你怎能信他的花言巧语，助他行这不义之事？"

如玉闻言急道："是我嘴笨，没给你讲明白，他对我很好的，不是你说的那样。"

王静瑶道："我说句话你别恼，若他真是真心待你，怎能随随便便便与你行周公之礼？"

如玉咬着嘴唇摇头，也顾不得羞臊，没甚底气地道："寂言说他是因为喜欢我，所以才……那样的……他说喜欢的人做那种事是应当的……"

王静瑶啧啧叹道："所以才说他这种登徒子油嘴滑舌，这等伤风败俗之事却被他说成天经地义了。说句不知羞的话，我与墨轩相识三年了，互表心意也是两年有余，他对我一直是发乎情止乎礼，从未做过逾矩之事。纵说是我们不得时常见面，但我相信真正的君子断不会如此轻薄怠慢心爱的姑娘。你和邵寂言才识得多久，统共不过三五个月，他便这般轻浮无礼，可见他既非君子，也未把你放在心坎儿上敬重、疼惜。"

如玉被说得心虚，只不住地摇头。

王静瑶道："我看你单纯憨厚，遇到那样的登徒子，又是个满腹诗书能说会道的，也难免上当受骗，怨不得你。"

如玉已没了刚刚的理直气壮，只下意识地小声嘀咕："不是，他是好人来着……"

王静瑶诚心劝道："我知你对他情根深种，我说什么你大抵都是不信的。可沈姑娘的事你也知道一二，她是墨轩的妹妹，我断不会拿她的声誉做文章编些谎话哄你。确是沈姑娘亲口与她哥哥说的，当日邵寂言红口白牙地跟她承认自己对她并非真情实意，这还有假？"

见如玉垂着头不说话，王静瑶又道："之前科考舞弊案，他举报陈亭焕自然没错，可他若是实心实意地珍爱沈姑娘，便该先将此事告知沈尚书，请沈尚书出面劝陈亭焕自首。如此或能减轻些罪名，也免得陈家上下几十口的流放之苦。他既能揭发舞弊一事，沈尚书也会领他这个情，算是给他自己和沈姑娘留了退路。退一步讲，即便他是担心沈尚书徇私护短，可那么多衙门他不去告，非要跑来告诉我爹，他不会不知我爹和沈尚书关系不好，他这可是成心落井下石呢。他是看着我爹比沈尚书位高权重，想攀更高的去处，如此便就狠心地把沈姑娘弃之不顾了。"

如玉慌乱地摇头，语音发颤道："我不知道，我听不懂，什么沈大人陈大人的，你说的这些，我都听不懂……"

王静瑶道："你听得懂，你这是自欺欺人呢，你心里已经明白了是不是？他是把你当作第二个沈小姐了。他知道我爹想把我嫁给他，可我投湖了，他这丞相女婿的美梦就做不成了，所以便让你强占了这身子扮作是我的模样，好成全他的野心！"

如玉道："不是！我进你这身子他不知道的，是我当时自作主张，不是他教的！"

"那现在呢？"王静瑶质问道，"现在我回来了，他是不是叫你不要把身子给我？他必是说如何爱你，没了你便活不下去，想要跟你白头偕老，做一对真正夫妻。说什么怕我骗你，怕我是假的，全是他骗你上当的谎言，他是欺负你单纯，把你当作他青云路上的踏脚石了！"

"不是不是不是！"如玉捂着耳朵用力摇头，眼泪已掉了下来，泣道，"他是真心喜欢我的，不是骗我！他也不是你说的那样的人，他是好人，他是真心想娶我做媳妇儿的……"

王静瑶也着急，道："你别再犯傻了好不好？你会被他害苦的！他只让你做这种抢人身子的恶事，万一事发，有法师前来拿你，他只要假作被蒙蔽了推你去死，自己则置身事外。纵是让你们蒙骗过去，你当他就能真心实意地对你一辈子？将来我父亲若也有沈尚书一般逆水行舟的日子，他必要弃你于不顾，再寻第三第四个沈小姐去！"

如玉被逼得心慌意乱，脑子里一团乱麻，许多往事忽地就涌进了脑子，她想起了邵寂言曾与她说过的话：

他说，有时候娶来做媳妇儿的并不一定是自己很喜欢的人；

他问她，如果他做了伤人的坏事，她还愿不愿意理他；

他说王丞相很赏识他，又说王丞相不会平白抬举一个不相干的人；

他说他不想做她一个人的星星，他要做所有人都看得到的星星……

王静瑶适时拉着如玉的手，柔声道："别再跟着他错下去了，你是个善良的姑娘，将来必能遇到真心疼爱你的良人……"

华安寺，邵寂言到的时候，如玉已经在老地方等他了。他四下看了看,急匆匆地赶上去,道:"出什么事了?不是说了王丞相那儿已警告我两次了吗?你再忍耐几日就好,只三五日了。"

如玉没像前两次那样哭哭啼啼地扎进他怀里寻求安慰,只望着他委屈地道:"王丞相的话就那么重要吗?他不让你见我,你就不见我了?"

邵寂言怔了一下,道:"怎么说这话?我这不是为了咱们的婚事,怕他那边有什么变数吗?"

"是为了咱们的婚事,还是为了你的婚事?"

邵寂言蹙眉疑道:"你怎么了?这话是什么意思?什么我的咱们的,可不都是一样的吗?"

如玉道:"不一样,我想知道……你是想娶我,还是想娶丞相的闺女?"

邵寂言终于明白出了什么问题,紧张地道:"是沈墨轩找你了?还是王小姐跟你说了什么话了?"

如玉不答,只追问道:"你告诉我,你是真心想娶我,还是想做丞相的女婿?"

邵寂言道:"你别听别人胡说,他们那是故意说来蛊惑你的,我对你是十二分的真心。我想娶的不是什么王小姐,不是什么丞相的女儿,我想娶的就是你,就是如玉。"

"那沈小姐呢?你对她也是真心的吗?也曾真心想娶她做媳妇儿吗?"

邵寂言神色一滞,说不出话了。

如玉道:"那一次我上了翠竹的身,我偷听到了你和沈小姐的话,你说第一次见她就喜欢上她了,还说等高中之后要去找她爹爹提亲……你是真心的吗?"

邵寂言一脸赧色，实在不知该如何答话。他想要矢口否认，告诉如玉他从头到尾都只喜欢她一个人，没有什么沈小姐王小姐，他只喜欢她。可这样就承认了他当日那些卑鄙的心思，让她怀疑他对她的感情是否也掺了假。可他又实在不愿继续欺瞒她，更别说在心爱的女人面前谎称对别的女人如何真心了，她肯定也会伤心。

如玉见邵寂言面露愧色，微微垂头不敢看她的眼睛，只觉心里一阵寒凉，双手紧紧地搅在一起，凝视着他道："你是说谎的对不对？你不是真心喜欢她，你是想做沈尚书的女婿？你是想利用沈小姐，是不是？"

邵寂言下意识地去握如玉的手，道："如玉……你听我说……我以前是错了……我知错了……"

如玉道："你只需告诉我是还是不是？"

邵寂言愣住，他从没见过如玉这个模样质问他，他有点儿怕，他觉得只要他承认了，下一刻，她就要甩开他的手决绝而去。

如玉等不到邵寂言的答话，心中愈发难受。她很想听他说话，承认也好，不承认也好，只要他肯开口，她都会乖乖地听着。可是他不说，他连她的眼睛都不敢看，这让她觉得他这是对她的心虚愧疚，或许真的被王小姐说中了……

如玉努力地想忍住，可眼泪还是不自觉地掉了下来。她没去理，只颤抖地道："那我呢？我也同沈小姐一样吗？说要娶我做媳妇儿的话也是骗我的吗？你是假装喜欢我的是不是？"

邵寂言摇头，急道："不是，如玉，我是真心喜欢你的……"

"如玉姑娘，别被他骗了！"一个声音从二人身后传来，二人转身望去，只见沈墨轩径直走进院中，身后还跟着个道士。

邵寂言大惊,这道士可不就是当日那位道长吗?只不知怎的和沈墨轩在一起,心道这一切或都是沈墨轩设计好的圈套!他暗道不妙,本能地将如玉挡在身后。如玉见有道士,也顿生恐惧之心,抓着邵寂言的衣裳往他身后缩了缩。

那道士神色坦然地道:"姑娘不必惊慌,贫道法力微弱,若是姑娘不愿,贫道是万万没有本事收你的。"

邵寂言闻言稍稳了心,却怕他们耍什么花招,只想拉了如玉赶紧离开。如玉已然吓得没了主意,只下意识地贴在邵寂言身后跟着他走。

沈墨轩抢上两步拦住二人,却不理眼前的邵寂言,只越过他望着如玉道:"如玉姑娘,你还要跟着这种小人错下去吗?"

邵寂言恼怒地抓了沈墨轩的衣襟,咬牙切齿地道:"沈墨轩,你太卑鄙了,有什么只管找我,干什么要为难她?"

沈墨轩也是一脸怒色地道:"今日这一切全是你为满足私欲一手造成的,不是我要为难如玉姑娘,是你欺骗利用她的感情,是你在为难她!你不单害了她,还伤害了我妹妹,害了我和静瑶,你这卑鄙小人,有什么资格说我!"

邵寂言挥起一拳,打在沈墨轩的脸上。沈墨轩向后趔趄几步,也激起了胸中郁愤,上前扯了邵寂言便打。两人都被愤怒冲昏了头,素日的斯文全都抛开了,你一拳我一脚打得凶狠。

如玉在旁吓得直哭,无措地喊邵寂言的名字,只是邵寂言这会儿哪儿又听得见。

"住手!"那道士一声高喝,声音并不很大,却极具威慑力,厮打在一起的两人这才分开。

那道士来回看了看二人,叹笑道:"二位一位是前科榜眼,一位是新科探花，都是饱读诗书满腹经纶之士，这会儿竟若市井莽夫一般大打出手，真真是让贫道开了眼。"

两人被奚落得面露愧色，可抬眼见了对方，仍是横眉冷对气愤难消。

道士摇了摇头，不理二人，只转而望向一旁惊惶无措的如玉，和颜悦色地道："姑娘，适才贫道已经说明，贫道法力微弱不得强收姑娘离开，这会儿贫道只问姑娘，可愿跟贫道走吗？"

如玉踌躇了一下，怯生生地道："你要带我去哪儿？"

道士笑道："去姑娘该去的地方。"

邵寂言慌忙挡在如玉身前道："如玉，别听他满嘴胡言，你哪儿也不许去，跟我在一块儿，咱们就要成亲了……"

一旁的沈墨轩插话道："卑鄙！你怎能牺牲别人来成全你自己！"语毕，他又对如玉道，"如玉姑娘，我知我没资格求你这个，可我与静瑶真的是好不容易才走到今天，请你发发慈悲成全我们吧，何必为了这个卑鄙小人的虚伪感情行那不义之事？"

如玉垂了眸子。

"不用听他的话。"说这话的却非邵寂言，而是那道士。

三人闻言，全都怔住了，那道士接着道："姑娘可以为了自己的幸福做你想做的事，这没什么好羞愧的。"

"云清道长……"沈墨轩傻了。

云清并不理他，只对如玉道："姑娘不必听沈公子的话，也不必听邵公子的话，你只听你自己心里的声音。你想留，没人赶得走你；你想走，也没人留得住你，一切只凭你自己的意愿。"

如玉迷茫地望着云清，看着他对自己善意地微笑。她有些出神，眸中渐渐蒙上了一层迷雾，思绪似是飞到了别的地方，好像根本就听不到邵寂言在她耳边的声声呼唤，许久之后，那迷雾慢慢从她眸中散开，她似是了悟了什么似的轻轻点了点头。

邵寂言慌了，拉着如玉的手，几是乞求地道："如玉，别走！我知道错了，我全都不要了，什么都不要了！我听你的，咱们把身子还回去，我做许多许多的善事弥补我的过错，只要你别走……你信我，我没欺骗你的感情，我是真的喜欢你！"

如玉弯了嘴角，柔声道："我也喜欢你。"

邵寂言用力地抱住如玉，这样她就走不了了，哪儿也去不了了。她信他了，她终归还是信了他的真心。

如玉同样用力地抱着邵寂言，把头靠在他的肩膀上，紧闭的眸中滑下一行泪水。

云清不动声色地打开了手中的葫芦嘴，一缕芳魂进，一缕芳魂出。

邵寂言仍紧紧抱着怀中之人，忽觉怀中一沉，还不及反应，便被用力地推开，紧接着一个大嘴巴甩在脸上。

他怔住，眼见着"如玉"看也不看自己，转身扑进一旁的沈墨轩怀中，哭哭啼啼地唤道："墨轩……"

沈墨轩紧拥佳人安慰道："静瑶，我再不离开你了……"

邵寂言似是痴傻了一般愣在了原地，好半晌才回过神来，转头望向云清，几步抢上前扯了他，高声喊道："你把如玉怎样了？她信了我了！你听到的！她信了我了！你为什么还要捉走她，你把她放出来！放出来！"

云清道："邵公子，贫道刚刚已经言明，自己没那个法力强收如玉姑娘，一切都是她自己的意愿。"

"你胡说！"邵寂言发疯似的抢了云清手中的葫芦，一边拔了葫芦嘴拼命地往外倒，一边喊道，"如玉，你出来，咱们回家……我不做官了，我带你回家……咱们回西柳巷去，咱们还像从前那样过日子！我什么都不要了！就咱们两个人过一辈子……你出来！如玉！你出来！"

到最后，他的喊声变成了哭声，如玉仍是没有出现。

一旁的沈墨轩和王静瑶看到渐渐失去理智的邵寂言，怔住了。

云清只从旁淡淡地道："缘起缘灭，自有定数，你二人缘分已尽，何须强求。"

邵寂言身形一垮，失魂落魄地呢喃："你胡说……是你把她藏起来了，如玉舍不得我……她不可能不要我……不可能不要我……"

第十章

人家是赴任来的,不是娶媳妇儿来的。

两个月后,京南三十里,清风道观。

近午时,戌道从山下打水回来,见邵寂言站在门口,便像往常一样放了水桶,舀了一瓢水递给他。

邵寂言接过喝了,将水舀还给戌道,行了个礼。

戌道把水舀扔回水里,复又担起水桶往上走,待要进门,又转头看了邵寂言一眼,叹了口气,进了院去。然后做完饭食,摆好了桌椅,便请师父和几位师兄用饭。

饭间,众人若往日一般默默不语,忽地,云清开口道:"多少日子了?"

众徒弟面面相觑,一时没反应过来师父在说什么。坐在桌尾的戌道想了想,回道:"师父可是问门口站着的那位公子吗?自那日随您回来,已经一个多月了。每日天不亮就在那儿站着,直到夜里才离开,第二日仍是那个时辰过来。初时还嚷嚷着要见您,这一个月,连话也不说了,给他吃的就吃点儿,给喝的也接着,不给也跟不知道饥渴一般干站着一整天,看着怪可怜的……"

云清道:"只问多少日子,可让你说这么多了?"

戌道吐了吐舌头,不再言语了。

云清放了碗筷,起身离开,走到门口,淡淡地道:"让他进来吧。"

戌道怔了一下,欢喜地应了一声,急忙跑了出去,推了院门,笑道:"公子,快进来吧,师父答应见你了。"

邵寂言大喜之下有些发愣,才一抬脚便身形一晃,险要栽下去，亏得戌道上前将他拉住。

邵寂言定了定神，与戌道道了谢，跟着他进了道观。两人一路来到云清的房中，甫一进屋，便向云清行了大礼，拜道："多谢道长成全。"

云清道："贫道不能成全公子什么，然修行之人，实不愿见公子长久作践自己的身子。该说的贫道早与公子说了，你与那姑娘缘分已尽，不得强求，自奔前程去吧。"

邵寂言道："晚生从前被权欲所蔽，如今思来追悔万分，还望道长给我机会改过。"

云清道："欲念自在人心，公子如何不与贫道相干，与自己交代便罢。"

邵寂言想了想，行礼道："晚生明白了。"

云清道："既如此，公子请回吧。"

邵寂言仍是躬身行礼道："还望道长成全。"

云清道："贫道初识公子之日，便曾劝过公子，人妖殊途。今日之果，全是公子意欲所致，盼公子放下执念，早得解脱。"

邵寂言道："有了此番经历，晚生始觉荣华富贵皆是无常之物，如今自不敢说视功名利禄如粪土，却也淡了素日执念。然富贵可断，情难消，晚生一介凡夫俗子，终归无法超脱世间情缘，请道长念在相识一场，成全我与如玉这段缘分。"

云清道："公子学识渊博，才思敏捷，如何听不懂贫道之言？并非贫道不愿成人之美，实因人妖殊途，有违天道。贫道法力微弱，爱莫能助。"

邵寂言道："晚生明白道长所言人妖殊途，奈何情丝难断。若失了如玉，即便年活百岁也若枯木一般，求道长成全……"

云清没有答话，只蹙眉望着他，许久方是叹道："公子痴情可鉴，只是如玉姑娘早已不在此处了。公子可还记得王姑娘之事吗？"

邵寂言脸色一赧，道："晚生当日心存私欲，却忘了己所不欲，勿施于人，实在愧悔难当。"

云清道："不错，己所不欲，勿施于人。若如玉姑娘的肉身被他人侵占，如今亦没机会归位了。"

邵寂言愣了一下，大惊过后明白了云清话中之意，却是喜至极处而不得出声，双唇开开合合，就是说不出话来。

云清道："如玉姑娘并非人间精怪，实为仙界精物，她为报恩才来了人间，化作恩人之女。只因遭意外元神出窍，又不知何故离了家乡，游荡至京，因元神离开肉身太久，致使前尘往事尽忘罢了。"

邵寂言这会儿才得出声，惊喜道："这么说，她现在寻回自己的肉身了？她再不是什么妖，她有人身，她是活生生的人？我们不再是人妖殊途了？"

云清道："如玉姑娘因恩情未报，肉身尚在，确实并未返回仙界。她与公子的相遇实乃偶然，并非命定姻缘，是以贫道才屡屡奉劝公子，你二人缘分至此，不可强续姻缘。"

邵寂言激动地道："怎么不是命定姻缘！道长说她不知何故离了家乡，游荡至京，怎知这不是上天注定只为我们相遇！当日王小姐魂魄得遇道长，是机缘，可若道长无这善心相助，她又何以还阳与沈公子团圆？这可不就是人定胜天吗！纵我与如玉当真缘薄，可上天既让我二人相遇，便是给了我二人一个机会，只要道长愿意成全告诉我她如今身在何方，又如何知道这缘分难续！"

云清似是想了想，道："罢，既然公子执着，贫道也非无情之人。如玉姑娘为程川省安平县人，如今元神归位，贫道只得助公子至此，余下只凭公子了。"

"多谢道长成全！多谢道长成全！"邵寂言连磕了几个响头之后，匆匆离开了。

戌道站在门口看着邵寂言飞奔着出了道观，转而望向自己的师父，小声嘀咕道："师父不厚道。"

云清道："为师如何不厚道了？"

戌道道："师父头先明明跟徒儿说，他二人之缘是天命，您帮如玉姑娘寻到肉身，还答应了如玉姑娘早些指引情郎去寻她，人家如玉姑娘这会儿必是日盼夜盼地等着心上人呢。可您让人家公子在外边站了一个多月，平白耽误了这些时日，如今好不容易见了，却又故意不告诉他，却又说什么有违天道、并非命定姻缘的话来诓骗人家，可不是不厚道吗。"

云清道："并非为师故意刁难。他此番下界，注定要历尽人间劫数，这段姻缘亦是劫数之一。若他心志不坚，又或贪欲难消，就算寻得如玉姑娘，亦难渡劫。再者……"云清捻须道，"为师与他也算旧相识，当年我于他门前站了三年，才讨得一杯清茶，如今只让他站了一个月，已是大厚道了。"

戌道想了想，道："徒弟悟了。"

云清道："你悟了什么？"

戌道说完又狡黠一笑，道："师父常说我们心中杂念难消，妨碍修行，师父自己可不也是个记仇的。当年被上仙刁难考验，如今可得了机会，这是来报仇了。"

云清:"山路不稳,明日开始你把上山的台阶重新修葺一遍吧。"

戌道:"……"

邵寂言得了消息仿似垂死之人又得了生机一般,匆匆回京收拾行囊,恨不得立时飞到如玉身边儿去,可人才入京,却被大理寺来人扣了下来。

原来当日云清携如玉而去,邵寂言一路追去了道观,京中之事一概撂了不理。律法有言,为官者不得擅离职守,否则以渎职枉法论处。而在京官员欲要离京则需逐级请示,纵是获准离京,除非父母亡故回乡守孝,否则,按例不得超过一个月。而他不仅擅自离京,且两月未归,已是触犯了律法。

邵寂言被关在大理寺,心急如焚,连上了三封请罪折,肯请罢官免职,只求早些离京,却都如石沉大海,毫无音讯。他被押了近一个月,连越狱的心思都有了,忽然得了一纸圣谕,却非罢官免职,而是降两级贬往程川任安平知县。

邵寂言蒙了,这安平县可不恰恰是如玉的家乡吗!他自然知道这一切绝非上天眷顾的巧合,沈墨轩来大理寺接他出去之时,才明了缘故。

邵寂言也不知如今自己和沈墨轩到底算是个什么关系,说朋友,怕早就谈不上了;若说敌人,似也不甚恰当。当日相识,他虽有攀交之心,却也是真心欣赏沈墨轩的才华学识,而沈墨轩对自己亦是赞赏有加,两人却似有惺惺相惜、相见恨晚之感。后来出了科考舞弊案,他对沈墨轩更多的是愧疚,之后得知他与王小姐的情事又生了同情与唏嘘,再后来,是恼恨他与王小姐挑拨他与如玉的感情,设圈套生生把他和如玉拆散。如今时过境迁,再回头看过去，却是如梦方醒，这些心情全都淡了。

沈墨轩对邵寂言的心情大抵也是如此，是以两人在大理寺见面之时，均有些莫名的尴尬，怔了一刻，却也只相视一笑。

两人似寻常同僚一般，寒暄了几句便一起出了大理寺。无言并行了一段路，邵寂言开口道："这次多亏沈兄了，邵某做了那些对不住你的事，这次你还能鼎力相助，实让邵某惭愧。"

沈墨轩道："言重了，其实若非我当日自作聪明，在诸多成见之下，妄揣了你对如玉姑娘的心意，又对你二人诸多相逼，也不会惹得你们生了误会，更不会让你们有这分离之苦。"

邵寂言道："也不是这么说，邵某曾经的所作所为确实不甚磊落，因果循环，也难怪被人当作卑鄙小人。若非经历此事，邵某或还执迷于功名利禄，看不见身边最值得珍惜的东西。此次与如玉分离，也是峰回路转，亦是上苍对邵某垂青，重新给了我一次机会……"他说完便站定，郑重地向沈墨轩行了礼，道，"安平知县一事，沈兄用心良苦，邵某感激不尽。"

沈墨轩还礼道："愧不敢当，其实这一次沈某实在没做什么，全是静瑶的心思了。"

邵寂言疑道："王小姐？"

"正是。"沈墨轩道，"那日看了你因失了如玉姑娘而失魂落魄、痛苦万分，我与静瑶便知之前是误会你的心思了，只是事已至此，追悔晚矣。静瑶还阳之后日日为此忧思自责，头先听说你因迟迟不归而被大理寺拿了，她更觉寝食难安，让我去寻云清道长询问情况，这才听说如玉姑娘竟也得还阳。她欢喜之余，只想为你二人尽一份心力，便去求了丞相大人，请其上奏皇上，若要降职万请任你安平知县一职。"

邵寂言惊道："我这官职……是王丞相？"

沈墨轩摇头道："王丞相的脾气，想来你也摸清了几分，因借尸还魂一事对你气愤难消，不落井下石已是对你的宽仁了，他若是能被静瑶说动，我和静瑶之事也不会至今步履艰难。"

邵寂言点了点头，又问道："那究竟是怎么个缘故？"

沈墨轩笑道："是静瑶想得周全，丞相那边求不成，便去求了丞相夫人。丞相夫人是个慈悲心肠，又最是疼爱女儿，听了你们这故事又生了同情之心，再念及与如玉姑娘到底有几个月的母女缘分，便就应了静瑶的请求，带着她进宫见了自己的胞妹辰妃娘娘。静瑶只把你与如玉姑娘的事儿假托个借尸还魂的故事告诉了辰妃娘娘，又请辰妃娘娘将此事讲与了太后和皇后娘娘。善良姑娘、多情书生，可不惹得太后和皇后动容吗？及后得知这竟是件真事儿，太后便开口和皇上要了这道圣旨。"

邵寂言闻得此事竟连太后都惊动了，忙道："为了邵某之事，劳王姑娘忧心费了这么一番周折，此等大恩邵某不知何日能还。"

沈墨轩道："寂言不必挂怀，其实若要算来，还是如玉姑娘对我和静瑶有恩在先，不论是何缘故，若非当日如玉姑娘入了静瑶的身子，静瑶的肉身早已被家人下葬，静瑶也不会有还阳一事。如今我们能为你与如玉姑娘尽些绵薄之力，也是情理当中的。"未等邵寂言答话，他又郑重地行了个礼，道，"这一拜是沈某拜谢如玉姑娘的，还望代为转达。"

邵寂言连忙拦阻，沈墨轩道："当日我离京之前，只与静瑶匆匆见了一面，许多事情未交代便离京了。我以为我二人情深义重，终能冲破险阻，却未想过她一弱女子独留京中要受到怎样的煎熬。因为我一时未想周全，却把她逼得起了轻生殉情的念头。

若非有如玉姑娘这段机缘，我实在不敢想象今日会是怎样一番情景。"说完长叹了一声。

邵寂言未再多言，沉默了片刻，开口问道："那如今呢？你与王姑娘的事可出现了转机？想来你们这故事或也可照法与辰妃娘娘说说？"

沈墨轩叹道："难了。静瑶曾经投湖一事哪是能随便外传的，若让王丞相知道了，非但我们婚事难成，只怕其还要责恼静瑶。当时述说你与如玉的故事时，这借尸还魂也是假托了别的名字人家。况且，王丞相和我爹已是多年宿怨，甚至牵扯了党派之争，辰妃娘娘也不好开口，处理不好恐有干政之嫌。"

邵寂言蹙眉道："确是难办了，你有什么打算？"

沈墨轩道："目前也是走一步看一步。我爹那边好说，近半年有隐退之心，我之前探过口风，阻力不大，唯王丞相这里有些难办。不过经历了这番故事，丞相夫人那爱女心切是现了些曙光。我想着王丞相再固执，对女儿终归留存了慈父之情……不论如何，我再不会留静瑶一人面对这些了……我想好了，这一次若不得王丞相点头，我便留在京城不走了。"

邵寂言提醒道："外省官员长久滞留京城可是要获罪的吧？"

沈墨轩笑道："你不也是为了如玉姑娘甘心获罪罢官吗？怎的许你痴情，就不许我效法了？"

邵寂言笑了笑，道："那我祝你早日得偿所愿，与王小姐终成眷属。"

沈墨轩亦回以笑容："也祝你早日寻得如玉姑娘，共偕白首。"

邵寂言不愿在京城多耽误一日，与凤儿和二牛告别之后便离京了。在凤儿的眼泪和二牛的威胁下,他发誓一定会找到如玉,并且这辈子、下辈子、下下辈子都要对她死心塌地、忠贞不二,否则就要肠穿肚烂、五雷轰顶而死!当然了,最最重要的是,要经常带如玉来京城看他们,最好是他好好当那个县官,哄得皇帝老爷开心,有朝一日再调他回京,这样他们仨就可以一家团圆了。

邵寂言很想说"如玉是我媳妇儿,不是你俩的闺女,为什么是你们仨团圆,而把我排除在外",自然,他这话也只在心里默默地嘀咕而已。

程川离京城不近,邵寂言轻装简从,日夜兼程也用了十来天。他不禁心生疑惑,如玉一缕芳魂,没车没马,又要躲避白日里的阳光,是怎么千里迢迢地游荡至京城的,实在是匪夷所思!他琢磨了许久,最后断定这是上天的安排,如玉就是特意从安平县不远万里地跑去京城给他做媳妇儿的。

有了这个想法,他更是思妻心切,心想:如玉这会儿必是备好了嫁衣,眼巴巴地等着他八抬大轿地接她过门呢,可要命的是,他根本不知道如玉是哪户人家的。安平县也算是个大县,要寻个不知道姓氏的姑娘家实非易事。且如今他是个县令,唯恐给如玉家惹来什么是非闲话,他也不好向旁人打听得太细,最好不声张地便能寻了去提亲拜堂。

邵寂言琢磨着如玉离魂的时间不短,肉身却能一直被家人小心照顾着,且她能识字会看书,又没有乡村野姑的豪放泼辣,应该来自安平县城里比较富庶的人家。

如此,邵寂言到了安平县后,上任的第一件事便是摆了酒宴,派人把城中的士绅商贾全都请了来,心道这其中必有如玉的父亲,自己未来的岳父大人。他盘算着自己不识得岳父,可岳父必会从如玉那儿听说了他。他在宴上当着众人自报家门，岳父大人必然知道自己就是他的好女婿了，待众人散去之后，岳父大人自会欢喜地前来相认。

他怀着这样的心思，宴会之上但凡有个对他露了笑脸的，他都觉得会不会是岳父相女婿呢，半点儿不敢怠慢地恭恭敬敬地跟人家行礼。一场酒宴下来，众人都赞这新任的知县大人不愧是新科探花郎，非但一表人才、学富五车，还亲民得很，没一点儿官架子，倒跟自家子侄一样亲切。

邵寂言一上任便赢得了安平士绅商贾的心，可他自己却郁闷得很。酒宴散后，他一个个赔着笑脸地送到门口，之后的几天又乖乖地等在家里，可根本没有什么岳父大人和蔼可亲地过来认女婿。

难道是他想错了？邵寂言觉得有两种可能：一种是岳父大人有意考验他，看他是否把如玉放在心上，是否会端着官架子不把他这老丈人放在眼里。另一种便是，如玉羞于启齿自己与男人私定终身，所以岳父大人根本不知道有他这么个女婿。不论是哪一种，等着岳父大人来认女婿怕是行不通了，只能他自己费些心思去打听。

若说打听事儿，邵寂言第一个想到的便是县衙里的捕头程志远。此人黑黑壮壮，拉着脸不说话的时候倒有几分慑人，一旦开口却彻底变了个人，眉飞色舞、口若悬河，跟酒楼茶馆里说书的艺人一般，全不似个捕头了。他自幼长在安平县，人脉甚广，没事儿的时候就爱跟手底下那几个衙役胡侃。看那样子，这安平县大大小小的事儿没有他不知道的。

这一日，程志远带了手下一班衙役来帮邵寂言收拾新居。

邵寂言见众人干得七七八八了，便挑了个空儿走了过去。

程志远正坐在台阶上招呼着衙役们把院子扫干净，见邵寂言走了过来，便起身道："大人在屋里歇着，这儿交给我们就得了。"

邵寂言道："劳烦兄弟们忙了这一日，实在过意不去，我看也干得差不多了，一会儿干完了都别走，我请吃晚饭。"

程志远笑道："谢大人。"说完他又冲院子里的众人喊了一嗓子，"听到没，麻利点儿，今儿晚上大人请喝酒！"众人嬉笑着高声应了。

邵寂言道："我看咱们这些个兄弟倒是感情好得很。"

程志远笑道："那是，都在一块儿三四年了，跟亲兄弟没两样。"

邵寂言引着话题道："可都是在这县城里长大的？"

程志远道："要说县城里土生土长的就我一个了。"

邵寂言道："如此，想必这城中大大小小的事儿，程捕头都清楚了。"

程志远笑道："那是没错，别说这县城，十里八村的，没有我程志远不知道的！大人刚上任，想必有好多事儿不熟悉，有什么想知道的您只管问我，我定知无不言言无不尽！"

邵寂言欣喜，道："那今后可是少不了麻烦你。"

程志远道："没的说！小人听凭大人使唤！"

邵寂言点头笑了笑，只做闲聊地试探道："对了，前些日子我倒是听说了一件新鲜事儿，说是咱们这安平县有户人家的小姐起死回生……可也不知是不是真的……"

程志远闻言一怔，脸上闪过一丝不悦，这瞬间的神色自然没有逃过邵寂言的眼睛，暗道：看来问对了，这程志远必是知道什么。

程志远却道："大人问这个做什么，也不知是什么人乱嚼舌根子，哪儿有这档子事儿，属下从没听过。"

邵寂言只做不在意的样子，随口道："那倒是我轻信人言了……"说完他又看着程志远的脸色，叹道，"其实倒也不是我好事，这世上哪有什么起死回生的事，我想必是那家的小姐得了什么重症，如今寻得神医得以病愈。我有个远房叔叔，如今躺在床上，人事不知已半年有余了，我头先是想向那户人家打听个神医所在，请回家去给亲人治病的。如此看来……怕又是我空欢喜一场……"说完又摇头浅叹，一副伤心失落之色。

程志远闻言松了戒备，复又露了笑脸，道："原是这样……我还以为有人跟您乱嚼舌头呢……若这样，那我跟大人说说倒是无妨，我估计您说的那个什么小姐或许就是我妹子。"

邵寂言惊住，他……他妹子！如玉……是程志远的妹妹？

程志远道："我妹子前年栽了个跟头，不小心撞了头，睡在床上有两年了，家里一直细心照顾着，这不头些日子终于醒了，如今一点儿事儿没有。那些什么起死回生的胡话，纯是长舌妇胡说八道！我妹子好着呢，不过是睡的时候长了些，哪儿就说得上什么死不死的了！您那叔叔是不是也跟我妹子似的碰了头了？若这样，我只劝您两句，别担心，没事儿，等脑袋里的瘀血散净，自个儿就醒了。"

邵寂言哪儿听得什么叔叔不叔叔的，听程志远这话音，起死回生之说也不是空穴来风，却似是如玉了，只是他仍不敢肯定，也顾不得是否唐突，急忙道："竟是你妹子？可真有这么巧的？或是弄错了吧……我听说那家小姐的名字里有个玉字……不知……"

程志远倒没那么多讲究,随口接道:"那准就是我妹子了,可是如玉不是?"

邵寂言怔怔地点头,心里"咚咚"就跟打鼓似的。他费尽心机摆个什么酒宴啊!人就在身边却不知道!

邵寂言只觉激动之情难以言表,他十六岁便没了亲人,这会儿看着眼前这个才识得几日的程志远,竟跟见了亲人似的,心里发酸,都有点儿想哭了,恨不得立时喊上一声"大舅哥"。

这当口儿,旁边不知何时凑过来的一名衙役,插嘴道:"程哥,你老娘不是只你一个儿子吗,啥时候又蹦出一个妹子来?"

旁边又围上来三两个,也是搭茬儿说没听过他有个妹子。

程志远挠了挠后脑勺儿,憨憨笑道:"表妹,表妹。"

邵寂言一怔,觉得自己是不是眼花了,怎么从这个粗汉子脸上看到一抹温柔似的?

一定是他眼花了……一定是……

"什么表妹,是你媳妇儿吧。"

当一名衙役笑嘻嘻地说出这句玩笑话的时候,邵寂言的眉头一下子拧在了一块儿了,在考虑今后是不是要使劲给这不开眼的衙役穿小鞋之前,不安地凝着程志远的反应。

还好,程志远没有满面笑容地承认,而是一手拍在了那名衙役的后脑勺上,骂道:"呸!我啐你一脸狗屎!那是我妹!比亲妹子还亲!"

那衙役被带了个趔趄,撞在了一旁的廊柱上,却也不恼,仍是嘻嘻地笑，只道："哥，敢情您那嘴里能啐出那玩意儿啊？"

众人闻听哄堂大笑，邵寂言也跟着乐了。不过他笑是为了程志远对如玉的心思，心想刚刚或真是自己眼花多想了。

这会儿众人也都围了上来，一衙役笑着插话道："哥，若不是你媳妇儿，给小弟说说呗，我可还没讨媳妇儿呢。"

程志远打量着那衙役，笑着奚落道："就你这德行，这辈子能娶上媳妇儿就烧高香去吧，还敢惦记我妹子。我告诉你，不是哥哥看不上你，我妹子别说咱们安平县数第一，就是程川府怕也寻不着比她更好的了！"

众人听他这话都生了好奇之心，吵嚷着非要让他把妹子带出来给大伙儿瞧瞧，程志远睐着众人道："你们也配！你们当我妹子是乡下土丫头呢，说出来就出来，大家闺秀懂不懂！哪儿是随便给人看的！"

名唤张顺的衙役笑着打趣道："行了，我说你这牛皮吹到天上去了！他们不知道被你唬住，我可是知道的，你这表妹不就是溪水村颜老爷家的姑娘吗？还说成天仙了……她和我妹子是同年，我妹的二小子都会叫娘了，你那妹子还没嫁出去呢。这两年，你妹子病在床上不说，头先也得二十了吧，你看哪个好姑娘二十还嫁不出去的。"

程志远不屑地道："你懂什么啊？我们那是不乐意嫁，我告诉你吧，打小有人给我妹子算过命，说是不宜早嫁，还说我妹子仙女下凡，是大富大贵的命，将来是要当诰命夫人的！你瞅咱安平县，近三十年就出了我姨夫这么一个秀才老爷，如今这些公子少爷，有哪个是能当上大官的面相？"

张顺笑道："这么说安平要不考出个秀才，你妹子还就不嫁人了？别明儿我闺女都嫁人了，你妹子还在那儿盼秀才呢！"

众人嬉笑着乐了，程志远却也不恼，反是笑道："秀才算什么，我妹子至少得嫁个举人老爷！"

张顺笑道："还举人老爷，你怎么不说你妹子要嫁状元爷啊！"

众人又是一番哄笑。

邵寂言从旁听着，心里忽然恨了起来，只恨自己当初怎么就没考上个状元，赶明儿八抬大轿地迎娶如玉进门，也打打这些人的嘴！再又一想，他如今这探花的身份，大概也不给她丢脸，这大舅哥只说个举人，那他倒是绰绰有余了。看样子，如玉二十了还没出嫁，或是岳父大人秀才出身，非要寻个有学识有功名的女婿了⋯⋯若如此，他岂不是正和岳父大人的意了！

邵寂言越想心里越欢喜，也不管众人的说笑，对程志远道："我刚刚听你说，咱们安平近三十年只出了一位秀才⋯⋯是你姨夫？就是你这表妹的爹吗？"

提起自己的姨夫，程志远挺了挺胸脯，道："正是了。我姨夫姓颜，名世卿，是咱们安平近三十年唯一的秀才。"

颜⋯⋯如玉姓颜⋯⋯颜如玉？邵寂言想起如玉那憨憨的模样，不自觉地弯了嘴角。

程志远仍自顾自说得得意："不瞒大人，我姨夫当年要不是自愿弃了前程，那是一准儿能考上举人的，没准儿还能中了状元呢，那今儿当朝的丞相没准就是我姨夫了⋯⋯我姨夫那学问真不是我吹，咱们这安平县提起他来没一个不佩服的，咱们县城的大户人家生孩子，都得请我姨夫给起名儿。您听我这名字怎么样？那就是我姨夫给起的，只可惜我不争气，也没捣鼓出什么大志来，倒是对不起他老人家给我起的这名儿了……"

邵寂言打断越说越起劲的程志远，问道："那不知上次酒宴他可有出席？却不知是哪一位，我怎么记得没有个姓颜的老爷啊？"

程志远道："您上次不是说请县城里的大户吗，我姨夫好静，不住城里，他在溪水村有百十几亩地，在那儿安的家。"

邵寂言心道：难怪上次没见岳父来人，竟是漏掉了。

邵寂言道："我想去拜望一下颜老爷，却不知颜老爷何日得空？"

程志远吃了一惊，道："这个……我姨夫倒是日日闲着……只是哪能让大人说什么拜望的话。大人若是想见，我回去跟姨夫说，该是我姨夫来这儿拜见您才是。"

邵寂言忙道："不敢！不敢！"哪儿有老丈人拜见女婿的说法，他这媳妇儿还想不想讨了！

程志远露了迷茫疑惑之色。

从刚刚那些话听来，邵寂言便晓这程志远怕是并不知晓他与如玉之事，这会儿当着众人的面，他也不好说明，只道："我与颜老爷虽有官民之别，但颜老爷是早前的秀才，是我的前辈，哪有前辈拜晚辈的道理，自该是本官登门拜望才是。"

程志远听着有理，便道："大人这么说，属下也无话了。大人您看您什么时候有空，属下提前让家人准备。"

邵寂言道："就明早吧。"

"啊？"程志远愣了，"这太急了吧，怕是准备不好，怠慢了大人。"

很急吗？不急了吧，他恨不得现在就去。可大舅哥这话倒是提醒了他，这登门提亲怎能不带东西，明天一早是不行。

邵寂言想了想，道："那就后天吧，后天一早咱们就去。"

程志远得了邵寂言的话，次日一早便赶去了溪水村传话。颜老爷听了，倒也没露什么惊色，只当是寻常拜会，又道这新任的县令倒是个识礼之人。

程志远道："是了。我这些天瞅着这邵大人，可比前边儿那个刘大人好了不知多少倍，人随和得很，从来不跟我们端官架子，倒跟对待自家兄弟似的，连城里几个老顽固都夸他，果真人有学问就是不一样。"

颜老爷道："别说得太早，新官上任未必不是做做样子，对士绅下属好不算数，对百姓好才是好的。"

程志远连连称是。正此时，颜夫人从后面端了茶点出来，程志远忙上前去接，道："姨妈您歇着，咱自家人您还招待我干什么啊？"

颜夫人道："你不是爱吃姨妈做的这点心吗，我后头还给你包了些，一会儿走时拿上。"

程志远嘻嘻笑道："是，还是姨妈疼我。"说着拿了个点心便咬。

颜夫人道："你先别忙着吃，我倒问你，上次我让你打听的那事儿可打听了？"

程志远道："如玉的事儿我能不上心吗！我托人打听了，那个什么陈公子根本不是那么回事儿，家里头虽干净，外头却养了好几个了，真不是个正经的。"

颜夫人神色一黯，叹道："那孙媒婆还跟我说他多好多好，得亏你给打听着，要不我还就被她骗了。"

颜老爷插话道:"也只有你才信那三姑六婆的话,这种人嘴里可能有句实话吗?无赖也能给说成才俊。"

颜夫人呛声道:"那你要我怎么办,眼瞅着如玉这都二十二了,我能不急吗?"她说着又嗔怪道,"只怨你,从她十四五开始有人登门说亲,你就这个也不行,那个也不行的,到现在生生被你给耽误了!"

颜老爷气道:"可是我一个人吗?是哪个嫌人家这个鼻子塌,那个脑门儿窄的,又不是皇上选妃子哪个好看挑哪个!"

颜夫人道:"我这不是为了如玉吗,这相公得对着一辈子,挑个丑的日夜看着多烦心。再说了,咱家如玉长得这么标致,万一嫁个模样儿丑的,生了孩子像他怎么办?"

颜老爷道:"那我就不是为了闺女了?我告诉你,这男人啊,模样都在其次,最重要的是人品、学识,咱们如玉这么乖巧可人的,万一给了个光有模样的浑蛋,那才是受一辈子苦呢!"

程志远见姨夫姨妈又要为这事儿开闹,急忙从旁劝道:"这怎么说的,您二老都是为如玉好不是,要我说如玉才醒了没多少日子,先把身子养好要紧。咱家如玉这么好,还愁嫁不出去怎的?只要咱们乐意,那提亲的人得排他几里地。您二老踏实了心,如玉这事儿包我身上了,我保准给我妹子找个学识高、人品好、模样又俊的相公。"

颜氏夫妇均是叹了一口气,颜夫人道:"喀,这样的人物哪儿容易让咱们遇上。"

程志远想了想,忽地眸色一亮,道:"怎么不容易,我看我们大人就挺好的,探花出身学识自不必说,人长得也是一表人才,人品嘛……我现在看着倒没觉得有差的。"

颜夫人听了，紧道："是吗？这么好的早成亲了吧？"

程志远道："没有，一个人来上任的，肯定是没成亲，却不知有没有定亲了，回头我问问，若真没有亲事，那给我妹妹说说。"

颜夫人喜道："那敢情好，你上心些。"

颜老爷听了，蹙眉道："你们俩这儿一唱一和的，倒跟真事儿似的，人家是赴任来的，不是娶媳妇儿来的，没怎么着就惦记上了。"

颜夫人呛道："当官儿的就不娶媳妇儿了？我就给我闺女惦记上了，你能把我怎么着！"

颜老爷无语，道："说归说，我可告诉你，明儿人家大人来了你别失了礼。你不怕人家笑话，我闺女还怕呢！"

颜夫人道："行了，我多大岁数了，还不知个分寸！"

颜老爷又道："还有，也别老和闺女说这事儿，她才好了，惹她忧愁。"

颜夫人道："只你知道疼闺女，我就不知道了怎的？"

程志远见他二人你一言我一语，不定要说到什么时候，插话道："那个……姨妈，如玉呢，我看看她去。"

颜夫人道："在她屋里呢。正好，她这些日子精神一直不大好，你陪她说说笑话什么的。"

"哎！"程志远应了一声去寻如玉，留下这对夫妇在这儿继续对峙谁才是最疼闺女的那个。

屋内，如玉端端地坐在梳妆台前发怔：到底是什么来着？是有什么事儿她给忘了？不会啊，她醒了之后亲近的人都见着了，也没把谁落了，怎么总是觉得忘了什么人似的……

如玉蹙眉，再要细想脑袋就疼得厉害。她索性不再去想，只望着镜中自己的小脸，细细打量，喃喃自语道："真可怜啊……下巴都尖了……"

如玉叹了口气，拿了盘子里的馒头咬了一大口，心道：也不知得吃多少个馒头，自己才会变回从前那么好看。

"咚咚"两声敲门声，程志远从外唤道："如玉，是我，我进来了啊。"

如玉扭头应道："嗯，进吧。"

程志远笑着进了屋，见如玉这光景便道："馒头有啥好吃的，哥给你带好吃的了。"说着他从怀里掏出个纸包递给如玉，道，"小陈记的肉包子，你最爱吃的。"

如玉接过隔着纸还能摸着温乎劲儿的包子，咧嘴笑了："谢谢。"

程志远道："跟哥客气什么，刚才尽顾着和姨夫姨妈说话，倒把这个给忘了，还好我一直揣着，趁着还热乎，你赶紧吃吧。"

如玉不客气地咬了一大口，边吃边道："你跟我爹娘说什么来着？"

程志远道："这不是来了个新上任的县太爷吗，说是想来拜望一下姨夫，让我提前过来说一声。"

"哦。"如玉随口应了一声，她并不关心什么县官老爷，只踌躇了一下，垂眸道，"我还以为……是说陈公子的事儿呢……"

程志远道："陈公子算什么，哪儿能配得上我妹！"

如玉有些尴尬地扯了扯嘴角，只做无所谓地道："其实……我倒不着急……只是我爹娘着急……我觉得我现在挺好的，能醒过来就是老天爷疼我，我往后只想着在家孝顺我爹和我娘了……"

程志远道:"这说的什么话,姑娘大了自是要出阁,哪有一辈子不嫁人的。回头哥给你说个好的,我妹要嫁人,那绝不能含糊!"

如玉低了头,望着捧在手中的肉包子,落寞地道:"我这个岁数,哪儿还能找到好人家……"

程志远道:"岁数怎么了?我妹能活到两百岁,这二十来岁嫁人,我还嫌早了呢!"

如玉抿着嘴儿笑道:"哪个能活到两百岁,那可不成老怪物了。"

程志远一本正经地道:"纵是老怪物,我妹也是最好看的那个!"

"呸呸呸!"如玉笑着骂道,"你故意绕着弯儿骂我不是?你才是老怪物呢!"

程志远凝着如玉笑道:"是,哥跟你一块儿当怪物,等到了两百岁,你还嫁不出去,哥就娶你,天天给你买小陈记的包子吃。"

如玉嗤嗤地笑,咬了一口包子,道:"行,一言为定!"

与此同时,邵寂言正在县城四处置办聘礼,想着明天就能和如玉团聚,他真是走在大街上都忍不住笑出声来。

第十一章

你是不是……认错人了？

次日，程志远从衙门牵了两匹马，到了邵寂言府外时，见他已然院门大敞地站在门口等他了，他急忙上前道："属下失职，让大人久等了。"

"没事，是我起得早。"邵寂言道，"我准备了一点儿礼物，你帮我放马上吧。"

程志远一边应声进院，一边道："其实大人能去就是咱们的荣幸了，哪儿还能收大人的……"这个"礼"字还没说出口，程志远便愣住了，只见院子里堆的那些哪儿是"一点儿"礼物，他甚至险些脱口而出"大人您是去提亲的吗？"

邵寂言见程志远看着礼物发怔，有些紧张地道："怎么？有什么问题吗？是有不合适的？我昨天准备了一天……或是颜老爷文人雅士不喜欢这些俗物……可我一时也没处寻些字画古玩……"

程志远忙道："不，不是，我是觉得这礼物也太多了吧。"

邵寂言松了口气道："不多，合适，我还怕少了。"

程志远一头雾水，却也不好再问，既然大人要送，他也不能拦着，只是这两匹马似乎驮不了这么多东西……把两匹马换作了一辆马车之后，两人才算上路了。

一路上，邵寂言一直都兴奋于马上就要见到如玉，待到了门口才开始紧张起来。见程志远要上去敲门，他忙一把拉住，小心地问道："你姨夫的脾气怎么样？"

程志远笑道："大人放心，我姨夫和您一样是读书人，都是识礼之人，纵真有些脾气也不能和您发不是？"说着便要抬手敲门，却又被邵寂言按了下来。

程志远一脸莫名地看着邵寂言，见他深呼了两口气后，方松开了他的手，目光坚定如上战场，只道："好了，敲吧。"

这回却换作程志远变得紧张了，心道：这邵大人是怎么了？怎的不像是普通拜会啊？难道……是来找麻烦的？程志远又上下打量了一下邵寂言，暗自提防了些，也不知这邵大人安了什么心思，姨夫又是个率直脾气，一会儿万一有个什么不对，他还得见机行事赶紧打圆场才好。

二人各怀鬼胎地敲了门，便有家丁过来开门，见是县太爷来了，连忙请了进去。

颜老爷整了衣冠出来相迎，邵寂言见一风度翩翩的长者迎来，便知是如玉的父亲了，连忙恭恭敬敬地上去，还不待他敬拜，颜老爷已是躬身深拜道："草民颜世卿，见过知县大人。"

邵寂言瞬间有些呆滞，被吓住了。在他的预想中，岳父大人肯定早听如玉说过他了，不过是等着他亲自上门拜见，怎么这会儿竟给他行了大礼？他也来不及多想，连忙更深地行礼道："不敢不敢，晚辈邵寂言给前辈行礼了。"

颜老爷忙上前扶起他，引至前厅，待众人坐定后吩咐上茶，对邵寂言道："知县大人莅临寒舍，令寒舍蓬荜生辉，草民这寒屋漏舍，无甚好茶招待，还望大人不要见怪。"

邵寂言忙赔笑道："颜老爷客气了。"他说这话时脸上虽是带了笑容，心里却是愈发紧张了，心道：这是怎么了？难道如玉并未和父母说过他们的事儿？看来车上那些聘礼还是稍后再提……先看看情况。

正这会儿,颜夫人从后堂亲自端了茶出来。

邵寂言一看颜夫人就愣住了,眼前这女子抛去岁数大些,体态更丰韵些,可不就是活脱脱的一个如玉吗!

颜夫人也留心打量了一下邵寂言,暗道:还真是个俊后生,安平县没一个后生及得上,跟我闺女真是太登对了!这么一想,眼角不自觉带出了几分笑意。她这一笑,更似足了如玉,让邵寂言愈发觉得亲切。

颜老爷从旁引荐:"这是内子,李氏;这位是咱们安平新任知县,邵大人。"

邵寂言被这声音拉回了神,自觉失礼,连忙起身行礼道:"有劳颜夫人亲自倒茶,晚辈实不敢当,颜夫人快请坐吧。"

颜夫人正愁怎么能留在这厅上细细打量打量这位才俊,听邵寂言这么一让,便毫不客气地行了个礼坐下了。

颜老爷在一旁给她使眼色:还真坐啊你,快下去!

颜夫人也瞥了颜老爷一眼:我相看相看怎了?人家叫我坐的。

颜老爷无奈,怕被知县大人看出来,也不好再去暗示。只是两人这细小的眼神交流,到底还是被眼尖的邵寂言捕捉到了,他心思一转,忽地欢喜起来,只道明白了其中的用意,心道:这颜老爷刚刚定是在做戏试探他呢,而这颜夫人的反应才是真的,做丈母娘的忍不住来相看女婿了。邵寂言这么一想,便下意识地又直了直身子,展了一个自认为最优雅谦逊的笑容。

颜夫人看了很合意,忍不住问道:"大人今年多大了?"

颜老爷瞪她:你干什么呢?!瞎问什么啊!

颜夫人故意不理他,满脸堆笑地望着邵寂言。

邵寂言愈发肯定了自己的猜测，忙道："晚辈乙亥年生人，今年二十有五。"

大三岁，非常合适啊！颜夫人眼睛眯得更弯了，又道："二十五了啊，听说大人一人赴任来的，想是还没有夫人吧。"

"喀！"颜老爷忍不住清了下嗓，对颜夫人道，"妇道人家莫要多嘴！"他随又对邵寂言道："内子无礼，大人莫怪。"

邵寂言这会儿已经从颜夫人的眼中看出了丈母娘相女婿的光彩，心道：此时不提更待何时，晚了不但岳父大人见怪，只怕连岳母大人也要不悦了。如此一想，他便恭敬地回道："不瞒颜夫人，晚辈确实尚未娶亲，不过已经有中意之人了。"

颜夫人听了前半句才要开心，这后半句又把她打到了谷底，心里好一声长叹：这么俊的小伙子……可惜了啊……

她正暗自唏嘘，邵寂言又话音一转，道："晚辈此次就是为了提亲而来，请二老将如玉许配给我。"

屋内忽然就沉寂了下来，颜夫人和颜老爷看着深拜在前的邵寂言愣了半天，再转过头来互相看了看，从对方惊诧莫名的神情中确定自己没有听错，最后一起把目光投向了一旁的程志远。

程志远这会儿也是呆若木鸡，摊手耸肩，一副无辜迷茫的神情。

三人完全被这突如其来的提亲惊住了，半晌，方是颜老爷先从惊诧中回过神来，迷茫地道："大人……大人刚刚是说……想迎娶小女？"

邵寂言把这话说出口，心里紧张得不行，也不管三人是个什么神情反应，站起来深深地行了个礼，道："正是，晚辈知道忽然提起此事或是有些唐突了，但是晚辈与如玉当真是情投意合，还望二老成全。"

情投意合？

"大人说和小女情投意合？"颜老爷惊道，"是说小女如玉？"

邵寂言道："正是令爱颜如玉。"

颜老爷左看看夫人，右看看外甥，那两人的神情却是比他还要吃惊。颜老爷回望向邵寂言，奇道："大人可是与草民玩笑呢？大人初来本县，而小女自幼生长于此，从未离开草民身旁，如何能与大人相识，又哪儿来的什么情投意合？"

见了三人震惊的面孔，又听了颜老爷这番话，邵寂言方意识到自己唐突了，原来如玉竟果真没与家人讲。也是，二人从相识到相爱是有太多让她一个姑娘家难以启齿的话。也罢，她不好意思说，让他来说也是一样的。

邵寂言道："晚辈与如玉是去年于京城相识，算来已有十个月了。"

颜老爷怔了一下，随即叹道："若如此，那大人定是认错人了。草民才说了，小女自幼未离开安平县半步，绝不可能与大人在京城相识。况且小女两年前不慎碰了头，躺在床上两年有余，更不可能与大人有这缘分了。"

邵寂言道："正因为如玉昏迷了两年，才能与晚辈有了这段缘分。不瞒二老，晚辈是与如玉的魂魄相识并结了情缘，一直苦于不得结为夫妻。几个月前，得遇高人指点，方知如玉并非亡魂，而是肉身遇险昏迷，只要魂魄归位便可还阳。此次晚辈来安平任职，便是追随她而来的。得天庇佑，两日前，晚辈从程捕头处得知了如玉的身家所在，这才急匆匆地赶了来。只是之前误以为如玉已将我二人之事告知二老，唐突之处，还望二老莫要怪罪。"

厅上三人面面相觑，好像听明白了，又好像更糊涂了，一个震惊连着一个震惊，跟做梦似的。

邵寂言见状，便将自己与如玉之间的故事细细讲来。这其中有好多是不能说的，他只大体说了个闲书上讲的那些离奇故事，又添了些能讲的他与如玉的真实细节。

待他说完又是好一阵的沉默，其余三人才仿似回过味儿来，一个个均是震惊不已，只觉这事儿实在是透着悬乎，可看知县大人说得头头是道，条理清晰，却也不似个疯子。难道这世上当真有这般奇事让他们遇上了？

颜氏夫妇吃惊发怔之际，邵寂言忽地跪在了他二人面前，不待二人反应，便开口道："晚辈姓邵，名寂言，泽州武城人士，乙亥年生，今年二十有五，自幼丧父，十六岁时祖母和母亲相继病故，至此，世上便再无至亲。晚辈幼年开始读书，十六岁中秀才，二十一岁参加省试，中举人，二十四岁考秋闱，会试头名入殿试，得圣上钦点为探花，入仕初蒙皇恩入翰林院，后因擅离职守且逾期未归获罪，幸得友人相助官降八品往安平任知县。若关于晚辈的出身经历，二老还有什么想知道的，晚辈定无隐瞒。"

颜老爷这会儿全没了主意，见他一直跪在地上，急忙道："大人有话起来说吧……"

邵寂言并未起身，反而叩首在地，道："晚辈知如玉定是二老的掌上明珠，若二老不弃将如玉许配给晚辈，晚辈定会待她如珠如宝，绝不让她受一点儿委屈。晚辈父母双亡，此后二老就是晚辈的父母，晚辈定像孝敬亲生父母一般侍奉二老，若有半分急慢,便叫天地不容。"

颜老爷连忙起身上前扶他起来。

邵寂言道:"您可是同意了?"

颜老爷道:"不论如何,你先起来说话。"

一旁的颜夫人早被邵寂言讲的这段故事感动了,眼泪直在眼眶里打转,恨不得立时拉了邵寂言叫几声"好女婿",见自家相公竟然还不松口应下这门亲事,忍不住唤道:"老爷……"

颜老爷道:"你们都别急,若这事情果然如你所言,那可当真是天赐的缘分了,我也不是那迂腐顽固之人,自然乐见美事。"他说着转对颜夫人道,"去把如玉唤出来。"

"唉。"颜夫人抹了把眼泪,急忙进屋去了。待匆匆赶到如玉的闺房,见她正坐在窗前绣花儿,便含着泪地喜道:"快别弄了,还不紧着随我出去,你的知县老爷来了啊!"

啊?我的……知县老爷?

如玉愣在那儿不明所以,见母亲满面欢喜的模样,忽地脸上一红,心道莫不是给她安排相亲呢?

颜夫人见如玉红了脸,只当是她闻听心上人来了而生的羞涩,也不多说,拉着她便走。

如玉慌乱地跟在后面,心道:怎么这么着急,她还没打扮换衣裳啊!

如玉被颜夫人拉到前厅,见除了父亲和表哥,还有个陌生男子,只匆匆瞥了一眼,便急忙低了头。一时间,众人的目光落在如玉身上,邵寂言更是恨不得马上把她拉进怀里,只是碍于岳父岳母都在,不好造次。

颜夫人把如玉拉到邵寂言面前,柔声道:"如玉,快看谁来了？"

如玉红着脸俯了一俯，略显扭捏地道："民女见过知县老爷。"

知县……老爷？

邵寂言愣住了……如玉叫他"老爷"？

周围的三个人也都呆住了，感人肺腑的重逢场面……大概不该是这样的吧……

如玉垂着头，半晌未得回应，心里突突地跳了起来，心道：完了，我可是叫错了吧，难道不该直呼"知县"二字？便又慌忙改口道："民女见过县太爷。"

县太爷……太爷……太爷……

其余三人面面相觑，扭头去看邵寂言，这就是所谓的情投意合？

邵寂言根本不理旁人的质疑神情，只瞪了眼，望着如玉道："如玉，是我，我是寂言啊！"

如玉吓了一跳，抬头望了一眼邵寂言，又无措地转望亲人：怎么回事儿？

邵寂言急道："你看着我，你别那副神情好吗？你不记得我了？"

颜老爷看着闺女一脸惊慌失措的模样，便道："大人可是认错人了吧。"

邵寂言忙道："不是，我没认错人，她就是如玉，就是我认得的如玉！她是消瘦了许多，但我不会认错的！她……她大概是才还阳不久记忆不清……不错不错，一定是这样！当日她也曾忘了身家姓氏，不过没关系，如今我来了，她能想起来的！您信我，我没说谎！"

如玉被吓住了，她完全搞不懂众人在说什么，只隐隐觉得和自己有关，想是刚刚自己说错了话，惹县太爷生气了？她怯生生地退了两步，再不敢开口。

邵寂言望着如玉，转对颜老爷恳切地求道："伯父，我能和如玉单独待一会儿吗？"

颜老爷皱了眉才要拒绝，颜夫人却立时答话道："好。"

颜老爷不悦要说话，却被颜夫人拉住，又对邵寂言和如玉道："你们俩慢慢说吧，我们就在后面，有什么事儿就叫我们。"说完便用力扯了颜老爷离开，又给傻在一旁的程志远使了眼色，程志远懵懵地回了神，看了看邵寂言和如玉，跟着离开了。

如玉目送着家人离开，心里急道：别走啊，别把我一个人留下，你们没看到吗？县太爷好像是生气了啊！

初时的震惊过后，邵寂言渐渐冷静了下来，难受委屈仍是有的，只是这会儿眼见着如玉活生生地站在自己面前，心中的温暖与满足慢慢涌了上来。

他没想过她会失去那段记忆，但与二人曾经的人妖殊途相比，这会儿的情况却是好太多了。至少他们生活在同一个世界里，他们如今重聚了，剩下的只是时间问题。他相信她对他的感情不会说忘就忘，只是不小心被她放忘了地方，只要他耐心地引导，她就会找到放回脑子里。

此时此刻，他只想好好地看看她。

如玉紧张地低着头，偶尔抬眸偷偷地瞥他。她不知道自己的心口怎么跳得这么厉害，她以前也被母亲拉着相过两次亲，虽也紧张，可从未像现在这样。她想大概是因为他是县太爷，又或者因为他刚刚说了奇怪的话,还可能是因为他现在看自己的眼神烧得她脸上一阵阵发烫。

这是相亲吧?是吧……如玉不太肯定了,双手没意识地卷着衣角。

邵寂言见了她这熟悉的小动作,窝心地弯了弯嘴角,凝着她柔声道:"你瘦了……"

如玉抬眸看着他,不假思考地回道:"是,我之前碰了头,一直躺在床上有两年了,所以消瘦了些。"她说完才觉得有些不对,"咦"了一声,瞪大眼睛好奇地问道,"你怎么知道我以前什么样子?"

邵寂言没答,望着如玉微笑,眸中的柔情让如玉的心跳得厉害。她红着脸,复又垂了眸子,低头想了一会儿,似是了悟了似的小声问道:"是我表哥告诉你的吧?"

邵寂言道:"有些是他告诉我的,有些不是,还有些我比他知道得清楚。"

"哦。"如玉羞涩地应了一声。

"不想知道我为什么比他清楚吗?"邵寂言道。

如玉抬眸,忽闪着一双大眼睛,很听话地问道:"那你为什么比他清楚啊?"

邵寂言望着如玉,忽然就说不出话来了。

他本想像刚才一样将他二人的故事从头到尾讲给她听,引导着她忆起过往。可当她一副天真的神情向自己发问的时候,他却说不出口了,只觉心里堵得难受。他可以对着颜氏夫妇,对着程志远,对着任何一个人平心静气地讲述他们的往事,独独面对她却说不出来。

他要怎么跟她说两人初遇时的尴尬？怎么说他们相处时的趣话与温情？怎么说她曾为自己做过的那些傻事？怎么说他曾无情地伤过她的心？怎么说他痛定思痛，今生再不愿放开她的手？

无数个相守的夜晚，以及夜半无人之时在他们之间慢慢滋长的情感，他要怎么跟她说？那样百转千回的柔情，怎是一张嘴能说得清的？

一时间，心酸、委屈、不甘齐齐而来，邵寂言压抑着呼之欲出的情感，声音微颤地低声道："你当真不记得了？"

他没在生气，他好像在伤心。如玉迷茫地望着邵寂言，有些自责，有些心疼，却又不知这感觉因何而生。她心想不论如何，大抵是她做错了什么，便很诚恳地回道："对不起……"

邵寂言心口一酸，道："我不想听你说对不起，我想你记得我。"

如玉怔了一下，望着邵寂言的脸，疑问道："我以前认识你吗？"见邵寂言不说话一副伤心的模样，她又急忙道，"对不起啊，我碰了头，可能有些事情不记得了。你跟我说说咱们何时认识的，我许就想起来了。"

邵寂言嘴唇翕动两下，仍是一句话也说不出。

如玉自责地安慰道："你别着急，我用力想，肯定能想起来的……要不，你提醒我一下呗……"她说着缩了缩脖子，竖起一根手指，"就一小下……"

邵寂言凝着她，终于开了口，应道："好，我提醒你一小下……"语毕，不待如玉展了笑容，忽地吻了上去。

如玉被邵寂言用力地搂在怀里吻住樱唇，瞬时之后，她才反应过来发生了什么事儿。

上当了啊！坏人！他是坏人！采花大盗登门了！如玉的脑袋轰地一下炸开了，瞪大了眼睛呜呜地挣扎。怎耐她越是挣扎，邵寂言就越是用力地将她禁锢住，好似她一挣脱就会彻底跑掉，彻底忘了他似的。

　　如玉被按得紧紧地贴在邵寂言身上，脑子里渐渐有些恍惚……她挣扎的动作越来越轻，瞪大了的眼睛也慢慢眯了起来……好像有什么东西从远方跑了过来，越来越近……心里有个声音似是在呻吟……又好像是在柔柔低唤谁的名字……寂……

　　"浑蛋！放手！"忽地一声断喝，将如玉一下子惊醒。邵寂言也若遭雷击一般瞬间恢复了理智。如玉慌忙抹着嘴后退，像受惊的猫儿一般贴到了墙上。

　　颜氏夫妇和程志远不知何时听了厅中动静赶了过来，那声音正是颜老爷乍见女儿被人无礼轻薄后的怒喝。

　　三人神情各不相同，若说颜夫人和程志远脸上还挂着震惊或是其他的情绪，那么颜老爷脸上却是除了愤怒，再没其他的了。

　　邵寂言已然恢复了理智，慌忙无措地上前解释："伯父……我……"

　　"别叫我伯父！"颜老爷怒斥道，"方才是我们昏了头，才信你那一派胡言，没想却是引狼入室来羞辱自家女儿！志远！送客！"

　　邵寂言急道："不是，伯父，我刚刚是一时失控……我没有半分侮辱如玉的心思，我是，我是太着急了……"

　　颜老爷怒道："别以为你是朝廷命官，我就不敢叫人打你！我这会儿客客气气地送客，是给彼此留了情面！你是咱们安平的父母官，但在我颜府，却容不得你放肆！"

邵寂言仍是急着要辩驳，一旁的程志远了解颜老爷的脾气，看姨夫真动了怒，只怕闹下去不好收拾，连忙拦了邵寂言将他往外拖，一直把他拖出了大门。

邵寂言一边挣扎一边急道："志远，我真没存心侮辱如玉，我是一时情绪失控，我没有编故事骗你们，她只是暂时把我忘了。你信我，我没骗人，我是真的喜欢她，她也喜欢我，我们真的是两情相悦！"

程志远看到刚刚那一幕其实也很恼怒，可这会儿看着邵寂言又急又慌的模样，又觉得他很可怜，蹙眉道："我看，您还是先回去吧。"

邵寂言央求道："不行，我若这会儿回去，就当真是说不清了。你帮我进去说说，我知道我刚刚莽撞了，我真的不是故意的。"

程志远道："我姨夫的脾气我知道，他平时和气得很，一旦动了怒，不是一时半会儿能好的。别说你，这会儿连我进去也得遭骂，怨我把你带了来。"

邵寂言心中又慌又寒，这可怎么办啊，如玉已然不记得他了，这会儿又把岳父大人惹恼了，真真是雪上加霜。如此今后怎能有机会再见如玉，若两人不能见面，如玉却不知何年何月才能记起他了！

程志远见邵寂言执意不走，便道："今天这事儿实在是太突然，要我说，倘若你说得果真没错，如玉未必把你忘了干净，一切都不急在一时。可你若赖着不走，当真叫我姨夫烦了你，可不更糟了？"

他这么一说，邵寂言倒是害怕了，心道：万一真被岳父大人厌弃了，他日如玉就算恢复了记忆，他二人的婚事怕也难办，如此一想只好忐忑地离去。

院内，前厅。

如玉缩着脖子紧贴墙根儿站着，满面羞臊地看着爹爹。

颜老爷气恼未消，睨着她喝道："进屋去！"

如玉吓得一哆嗦，提了裙摆小耗子似的顺着墙边哧溜跑了进去，边跑心里还边委屈：干什么吼我，是他亲我来着，又不是我要他亲的……

颜夫人这会儿也没了刚刚的主意，想要去安慰女儿，却又慑于相公的威吓，只是不安地看着他。

颜老爷望着颜夫人，忽地神色一换，不放心地叹道："你倒是跟进去看看啊！"

颜夫人一怔，瞪了颜老爷一眼，赶紧跟了进去。

是夜，如玉躺在床上望着床幔发呆。

白日里，母亲把邵寂言说的故事跟她讲了一遍，她才算明白他当时说的那些奇怪的话是什么意思。

原来不是相亲，原来他俩早就相好了。

可是自己怎么不记得了？如玉愣神想了好久，每每像是忆起了什么，可再细想下去却又什么都想不到了，脑子里只不停地绕着白日里被他强吻的光景。她抿了抿被他亲过的嘴唇，翻了个身蜷成一团儿，偷偷地想：他说的要是真的就好了……

如玉连日来心事重重，回忆的时候长了，脑子又不舒服。可巧县城里的薄云楼请了个大戏班子唱戏，程志远便说要带她去看戏散心，颜氏夫妇欣然准了。午饭过后，歇了晌觉，程志远便带着如玉进了城。

下午，颜老爷在小院儿里侍弄花草，见颜夫人从廊子里若无其事地走过，沉吟道："刚干什么去了？"

颜夫人站住，有些做贼心虚地道："要你管我？"

颜老爷直了腰，蹙眉道："你不说我也知道，你可是又让他进后院儿了？可是去告诉他如玉进城了？"

颜夫人被拆穿，索性理直气壮地承认道："就是去了，你能把我怎样！人家这几日天天来，你摆着张臭脸不见，总不能老让人家在外面站着吧？"

颜老爷气道："你怎么敢告诉那个混账小子！头回在咱们家中无人看见，若他这回闹到街上去，如玉还要不要脸面了？"

颜夫人道："他哪儿能那么没有分寸，志远不也在吗，能出什么事儿？再有，什么混账小子混账小子的，咱姑爷好歹也是知县大人，这话若让人听见，还不得失了他的身份啊！"

颜老爷瞪眼道："你别一口一个'咱姑爷'，谁是咱姑爷？那不讲礼数的登徒子，我可没认他！"

颜夫人呛声道："你不认我认！不是咱姑爷，是我姑爷还不成吗？我姑爷哪点儿不好了？要模样有模样，要学问有学问，最难得的是，对咱们如玉一往情深！什么登徒子，他那不也解释了吗，是一时冲动。两人本来感情好好的，说不认识就不认识了，换谁都得急。"

颜老爷道："你还真信了他说的话了？"

颜夫人道："怎么不能信，我听着就觉得真得很。他头先没见过咱们如玉，可她的模样、性情，他说得都是真真儿的。他若不是真的与咱们如玉有那段经历，怎能说出这些？再有，他编这个故事骗咱们作甚？咱们家在安平县算个大户，出了安平又算得上什么，人家是在京城做过官的，还在乎咱家这些产业不成？

何必使这诡计来骗！"

颜老爷道："你懂什么，我不是疑他有什么旁的歪心，他说的那故事虽是离奇，倒也能自圆其说，未必全是编纂。只是我听着有些不对，越听越像书中的故事了，有些地方我这两日回忆着竟是在什么书上读过似的，可见他未必全说了实情。如今如玉一点儿事儿记不得，他自是说什么是什么，万一有什么对不住如玉的地方他也不提，怎能让他这般糊弄过去！"

颜夫人道："书中写了便是有人遇过这事儿，经历相似的大有人在。再者说，小姑娘小伙子谈情说爱的话，人家难道一句句学给咱们听不成？自是有些不好意思说的地方。"

颜老爷道："罢罢，反正你只看他有个好皮相便被哄住了。总之，这种没名没分便轻薄良家女子之徒，人品未必可靠，或就是个金玉其外，败絮其中的孟浪之辈！"

颜夫人闻言忽地笑了，哼了一声，不屑地打趣道："是了，我只是个重皮相的，若不是这样，当日怎能便宜了你这白面书生？还说人家没名没分的怎么样，你自己当初就是个老实的了？"

提及旧事，颜老爷老脸一红，心虚地道："那怎么一样，你怎能把我和那种混账小子相比！"

颜夫人笑道："是，是，不能比，许你轻薄我爹的闺女，不许人家轻薄你的闺女。"说完瞪了颜老爷一眼，趾高气扬地走了。

颜老爷讪讪跟了上去："我怎么轻薄你了……当初是你同意的……是你先看上我的，你别耍赖……"

县城，薄云楼。

台上戏子们的扮相红红绿绿，一招一式伴着锣鼓点儿打得精彩，楼上楼下人头攒动，男女老少一个个看得聚精会神，叫好声络绎不绝。

程志远和如玉来得早，程志远又是县衙捕头，有些人脉，让老板给他们留了两个前排的座位，挨着台子。如玉坐得近，台上青衣抖水袖都能飘到她眼前。

程志远扭头看她，笑道："坐那么近，你上去唱得了。"

如玉没应，好像没听见似的，手里捏着咬了一半的酥皮点心，微微歪头仰脖，不错眼珠地盯着台上。程志远见她入迷的模样，不禁笑了笑，招手让小二再上两盘点心。

"是邵寂言吧……"如玉忽然开了口，声音似问似答有些缥缈，两眼仍直勾勾地盯着台上。

堂中吵闹，程志远没听清，凑到她跟前问："你说什么？"

如玉怔了一会儿方转回头，望着程志远眨了眨眼，问道："县太爷……是叫邵寂言吗？"

程志远一愣，点了点头，小心地问道："你想起来了？"

如玉垂眸摇了摇头，随即露了个笑脸，憨憨地道："没有，我听我娘说的。"

程志远不置可否地笑了笑，道："想不起来，慢慢想，别着急。看戏吧。"

如玉笑着点头，把手中剩了的半块儿点心塞进了嘴里，转回头继续看戏，跟着大伙儿一块儿鼓掌叫好。

她并不知道台上演的什么，也不知自己为什么鼓掌，她说谎了。她娘跟她说了好多，却没说过县太爷的名字。这名字其实是她夜里做梦时梦到的，白天一醒她又不记得了。刚刚她看戏看得痴了，不知怎的这名字就蹦进了脑子里。她知道县太爷姓邵，便想这大概就是他的名字吧。

门口，邵寂言穿过人群望着如玉和程志远，心里这个气。

他这几日天天往如玉家跑，偏生岳父大人打定了主意不见他，也根本不给他见如玉的机会，还是丈母娘疼他，不但耐心听他说话，还给他说如玉的近况。刚刚他只听说程志远带着如玉进城看戏了，半点儿不敢耽搁地回了县城。甫一进楼，一眼便见了他二人，只见程志远扭头望着如玉傻笑，随后竟又凑到她脸跟前说悄悄话。

什么和气的大舅哥！什么得力的好下属！什么仗义的好兄弟！根本就是居心叵测，挖他墙脚来了！

邵寂言黑着脸挤过人群，找了个空地儿坐下，死死地盯着二人，监视着他们的一举一动。每每见着两人说笑，他便恨不得冲过去挤在两人之间，只是拼命攥了拳头克制着，待整场戏快要唱完，衣摆已经被他攥得褶皱不堪了。

眼看着戏要收场，邵寂言坐不住了，想着寻个法子把程志远支开，拉如玉单独说话。他蹙眉想了想，计上心头，起身离开。

戏散，观众们熙熙攘攘地离场，程志远和如玉坐在原处，想等着人都散了他们再走。忽地，人群中有人高喊："有贼！抓贼！抓贼啊！"

这一嗓子，人群一下炸了锅。程志远腾地站了起来，嘱咐如玉道："你在这儿乖乖等我，我马上回来。"说完便追了出去。他挤出人群，冲出酒楼，眼见着有个人在远处一边回头望他，一边狂奔着往北方跑去。他无暇多想，急忙追了上去。

如玉听程志远的话乖乖坐在椅子上等着，忽听有人在身侧

269

唤她。她转身望去,可不正是那个他吗?

如玉心口猛地一跳,满面通红,应也不是不应也不是,也不知该怎么办了。邵寂言却不给她反应的机会,上前拉了她便走。

如玉吓得缩着手,他要带她去哪儿啊?怎么办啊?要不要甩开他赶紧跑掉?还是该喊表哥过来打他一顿?如玉心里扑扑跳得厉害,双脚却是不听使唤地跟着他走。

出了酒楼,穿过大街,拐进窄巷,邵寂言把如玉按在了墙上。

如玉紧紧地贴在墙上,望着邵寂言的双眸中满是惊恐,想起前几天的事儿,不安地把嘴唇抿了起来。

邵寂言见状,又气又委屈地道:"干什么怕我?"

如玉不答,忽地下了决心似的把眼睛一闭,邵寂言还没反应过来,小腿骨上迎面便被用力踢了一下,疼得他大叫一声弯了腰。

如玉又慌又怕,用力推了邵寂言一把,匆忙跑了。

邵寂言不防,被如玉推了一个跟头栽在地上,小腿疼得厉害。他从没想过那个又乖又听话、只会对他笑对他害羞的如玉会有一天这么狠心地踢他。难受与委屈无形中把肉体上的疼痛放大了无数倍,只觉那疼痛顺着小腿一直延到心坎儿里去,疼得他想哭。

邵寂言垂头丧气地瘫坐在地上揉着小腿,狼狈至极。坐了一会儿,他无奈地一瘸一拐站了起来,待往前蹭了两步,一抬头,却见巷口露出个小脑袋正往这边张望,见他看过去,又哧溜缩了回去。

邵寂言心下一喜,想要紧追过去,怎耐腿上生疼,他想了想索性身子一歪,又跌在了地上,哎哟哟地直喊疼。

果然,巷口的小脑袋又冒了出来,大眼睛眨啊眨的不安地望着他。

邵寂言故意低下头,可怜兮兮地揉着小腿。

如玉露出了半个身子,探头探脑地张望了一会儿,忍不住小声问道:"你没事儿吧?"

邵寂言抬眼看她,撇着嘴委屈地道,"疼得很,骨头好像是折了。"

如玉被吓住了,戚戚欲哭:"我不是有意的。"她一边说一边走了出来,也很委屈地道,"谁让你不规矩来着……"

邵寂言没说话,只作势低头揉腿。如玉带着戒备地蹭到他身前蹲了下来,一脸歉意地道:"要不我给你叫大夫去吧,要真折了就麻烦了。"

邵寂言丧气地道:"折就折吧,反正你都不记得我了,我活着也没什么意思。"

如玉脸上一红,抿着嘴,犹豫了一会儿,小声道:"你是不是……认错人了?"

邵寂言气道:"你会认错自己的心上人吗?"

如玉脸上更红了几分,咬着嘴唇不说话了。

两人一个坐在地上,一个抱着腿蹲在一旁,相对无言待了好一会儿。邵寂言轻声一叹打破沉默,柔声道:"我知道我上次吓着你了,对不起。"

如玉把脸埋在膝盖里没应声,默默地摇了摇头。

邵寂言道:"我想你该从你娘那儿听了咱们的事儿了。我知道你才醒过来,一时可能想不起来……没关系,咱们慢慢来,那些辛苦咱们都过来了,如今就更不怕了……我等着你……"

如玉仍是埋着脸,又默默地点了点头。

邵寂言松了口气，淡淡地笑了，伸手去握她的手。如玉像被烫了似的一缩，邵寂言握着不放。如玉微微抬头，满脸绯红，到底还是没有把手缩回去。

邵寂言不说话，只看着她笑。如玉羞涩地避着他的目光，极小声地问道："你的腿疼不疼啊，我去给你找大夫……"

邵寂言柔声道："不疼了，只要你理我，我就不疼了。"

如玉道："那……我要走了……"

邵寂言拉着她不放，道："别走，我想你，让我再看看你。"

如玉羞道："不行……我该走了，表哥让我在酒楼里等他的，一会儿寻不见我，他该着急了。"

邵寂言道："没事儿，他没这么快回来，咱们离酒楼不远，他若寻不到你，定要在大街上喊你的名字。"

如玉仍是不依，用力往回缩手，邵寂言恨不得把她拉进怀里，可又怕像上次一样吓着她，只道："那你告诉我下次什么时候见我，你说好了，我就放你走。"

如玉道："我爹不让我见你……"

邵寂言道："那你想见我吗？"

如玉红了脸，好小声地重复道："我爹……不让我见你……"

邵寂言欢喜道："这么说就是你想见我了？"

如玉摇头羞道："不是，我才没这么说。"

邵寂言道："我知道了……不过你听你爹的话，也得听你娘的话不是？你爹说不许你见我，可你娘已经把你许给我了，你要听哪个的？"

如玉瞪了眼睛道："我娘什么时候说的啊？我怎么不知道？"

邵寂言笑道："我不骗你，你只把心放在肚子里，安心等着做新媳妇儿吧。"

如玉正羞臊，忽听街上有人高喊她的名字，她回过神，吓了一跳，可不正是表哥吗？她急忙抽手道："表哥寻我呢，我要走了。"

邵寂言听她一口一个表哥，醋劲儿上来，愈发拉着她不撒手，气道："你只怕你表哥着急，扔了我不管了？我的腿疼着呢！"

如玉急道："刚刚还说不疼好了呢，这会儿又说疼了，你是县太爷，不许耍赖啊！"

邵寂言道："耍赖就耍赖了，这会儿你走了，不定又何时才能见着。"

如玉扁嘴道："那你想怎样啊……"

邵寂言嘻嘻笑道："明儿我还去你家，你娘指定开后门请我在后院坐会儿，你也来呗。"

如玉拨浪鼓似的摇着脑袋，道："不行不行，让我爹知道，他会生气的。"

邵寂言一想岳父大人那脾气，也是犯怵，只道："那你只在后廊那儿露个面儿，让我远远地看上一眼也行了。"

如玉想了想，点头应了。邵寂言笑，拉了她的手到嘴边亲了一口才松开。如玉红着脸把手收到胸口，腮帮子一鼓，捂着手背跑了。

第十二章

只要我媳妇儿喜欢我就行。

次日邵寂言再去颜府，如玉果真守诺，在后廊那儿冒了个头。邵寂言心中欢喜，知道这说明如玉不管有没有想起往事，至少现在心里是有他的。之后的日子，邵寂言愈发来得勤了，大清早骑马来请个早，随后赶回县城办公，待下午从衙门里出来便又直奔溪水村颜家。

对于邵寂言的日日探访，颜老爷初时颇为不满，被颜夫人顶了几次之后，也睁一只眼闭一只眼了，不过却和颜夫人约法三章：不许引他进屋；不许他靠近如玉说话；最重要的是，不许随便应承他什么。颜夫人虽然不太乐意，可终归不敢违了相公的意思。

碍于颜老爷之威，如玉也一直不敢靠近他。一开始，她只是假装路过似的在后廊与他匆匆打个照面，后来胆子大了，她便搬了小凳子坐到挨着后院的一间小室内绣花，微微开着窗子，能隐隐听到他和她娘的对话，听他讲他们过去的故事，又或是近来城里发生的新鲜事儿。

邵寂言看着映在窗子上的如玉的影子，心里说不出的满足。有时他会借口腿酸站起来在院子里溜达几步，寻个合适的角度，便可透过敞开的窗缝望见如玉。每每她总是脸上一红，羞涩地低了头。这个时候，颜夫人总是假装望向别处，甚或寻个借口回屋去，搁下二人隔窗相望。有两次，邵寂言想趁机走到窗前跟她说几句情话，可如玉念着爹爹的警告，根本不敢理他，他再要多说，她便羞答答地起身走了。如此，邵寂言也再不敢造次，只得站在远处眉目传情。

邵寂言每次来,都会带些蜜饯果子,说是送给颜夫人的。颜夫人笑盈盈地收了,到了晚上,这些吃食无一例外地都进了如玉的肚子。有时如玉会故意留几个,白天若邵寂言从窗口那儿望她,她便拿了一颗放在嘴里,然后又害羞地扭过身去。邵寂言欢喜,第二日必会给颜夫人送来更多美味的糕点小吃。

起初,邵寂言对日日能见到如玉感到欢欣鼓舞,看到如玉吃他带去的点心又或是对着他羞涩地一笑,他心里就觉得再满足不过了。可日子长了,他却受不住,尤其两人从前蜜里调油似的睡在一个被窝里亲热,这会儿只能远远地看着,别说摸摸小手了,连话都不敢说,勾得他心里痒痒的,难受。

邵寂言想着这样到底不是长远之计,尤其他这边障碍重重,程志远那儿却每每光明正大地登堂入室。虽然人家每次都很仗义地给如玉传话,可情敌的嗅觉是最灵敏,他心里一直绷着一根弦。

这程志远也老大不小了,至今还没娶亲,他某次与程志远喝酒套了他的话,据说人家是立了誓的,说是一日不给妹子找到好人家,他自己就一日不娶亲。邵寂言听了,当时差点儿没掀了桌子,心道:你这不是恋着你表妹是什么!当然了,这话他没敢说,他可没有傻到给程志远提醒的地步,他只是拍着程志远的肩膀,不住地夸他是个疼妹子的好哥哥,真是比亲哥哥还要亲!

有了程志远这么一个潜在的情敌,邵寂言就更不踏实了。尤其看颜老爷格外疼这个外甥。据程志远自己说,他自小没了爹,他这姨夫一直照顾着他们母子,若非他娘还康健,真是得把他领进家里当亲儿子养了。邵寂言害怕,只怕颜老爷哪天脑子一热,儿子收不成,改收女婿了。他敢肯定,但凡颜老爷有这个意思,程志远是绝无二话的。

邵寂言日日琢磨这事儿,人家程志远虽仍若往日那样光明磊落,但他自己却越想越怕,只觉这事儿实在不宜再拖。

他原只想耐心地诱导如玉,等她把往事全都记起来,岳父大人便知他没有说谎,也能理解他当日的鲁莽造次之举。如玉再跟父亲撒个娇,岳母大人从旁美言几句,岳父大人便能松了口成全他俩的好事。可事到如今,他决定改变个策略,不管如玉想得起来想不起来,先把岳父大人那关攻克了,反正如玉现在心里有他,等将来娶进家门,有的是时间慢慢回忆。

知己知彼,百战不殆。邵寂言以诉苦之名拉了程志远喝酒,一坛子酒下去,程志远大咧咧地开了口,勾肩搭背地道:"其实我也奇了怪了,我姨夫怎的就看不上你?按说他最喜欢你这样的读书人了,他自己就是个书生不是?前两年也有不少登门提亲的,他都嫌弃人家肚子里没墨水都给拒了。听我姨妈那意思,似是非要找个跟他一样的……我看着你不就跟他一样吗……"他说着又喝了一碗酒,道,"我跟你说啊……我姨妈还跟我说,我姨夫年轻时候和你倒挺像的,都是白面书生……能说会道的……"

邵寂言心道:那却奇了,倘真如此,那岳父大人应该更喜欢他才是啊。他蹙眉想了想,怎么也想不出自己到底哪儿不如他的意,难道真是为了那日自己的一时造次?可都这么多日子了,他也解释了好几次,也不是没有诚心诚意地道歉,他怎的只抓了这把柄不放?

邵寂言想不通,郁闷得也换了大碗,一饮而尽后脑袋有些发晕,略带醉意地道:"难道是因为我中了探花,他没中?"他是见过不少这样的老先生,考了一辈子的科举也是个秀才,冥顽不灵看谁都不顺眼,可他想了想,又摇头道,"岳父大人选的那住处清幽得很,言谈举止一看便是个心境开阔的……哪儿能这般小肚鸡肠……"

程志远嗤笑一声,道:"你当只你考得中探花吗?我告诉你,我姨夫那学问一点儿不差!要不是当年跟我外公立了誓,这会儿早当上大官了!"他见邵寂言一脸好奇,便道,"这个我是听我娘说的。我姨夫原不是安平人,说是早年家里人死光了,身无分文来安平投奔亲戚的。结果亲戚也没了,盘缠全无,姨夫只好在县城支了个小摊子靠给人写书信赚几个钱,后来不知怎的认识我姨妈了……然后吧……反正你知道,你们读书人就是能说……我姨夫又俊,我姨妈就被他哄得非君不嫁了……"

邵寂言眉毛一扬,对岳父岳母的故事生了兴趣,急忙问道:"那后来呢?"

程志远道:"后来他就跟我外公提亲了呗,那会儿,我姨夫已经是秀才了,除了穷些,按说也是个好归宿。偏生我外公这人特别讨厌书生,觉得书生都是油嘴滑舌、专骗大姑娘的,还说戏文里的书生全是负心汉,我姨夫又有学问,将来考了举人必然抛弃糟糠……我姨夫为了我姨妈求也求了,跪也跪了,好话说尽,我外公就是不同意。"

邵寂言感同身受,原来岳父大人也曾被他的岳父大人为难啊……真是天下岳父一般偃!再又想,难道是因为岳父大人年轻时被自己的老丈人为难苦了,这会儿在他身上往回找补呢?

邵寂言想了想,问道:"那你姨夫最后怎么求得岳父同意的啊?"

程志远没立时回答,又喝了一大碗酒,忽然暧昧地笑了,四下看了看，神秘兮兮地凑到邵寂言跟前，醉醺醺地小声道："我跟你说你可别外传……也别说是我告诉你的啊……"

邵寂言来了精神，瞪大了眼睛，准备听他岳父大人讨老丈人欢心的秘笈，以便效仿。

程志远又往前凑了凑，几乎是趴在了邵寂言耳边上，悄声道："据说是……捉奸在床了……"

"啊？"邵寂言惊得大叫一声，往后一歪身，难以置信地瞪着程志远。

程志远伸了根手指压在唇上，晃晃悠悠地道："嘘……那么大声做什么……我这也是听说的……别跟别人说啊……"

邵寂言茫然地点头，惊得一身冷汗。想着岳父大人当日义正词严地骂他无礼放肆的光景，实在难以想象岳父大人自己被如玉外公捉奸在床时会是怎样的光景……

邵寂言愣了会神，忽又觉得不平委屈起来，心下哭道：岳父大人啊！我只是亲个嘴而已，您都被捉奸在床了，应该更能理解我才对啊……难道您也非得等到捉奸在床？他叹了口气，又歪头琢磨，也许岳父大人当日被外公他老人家拿棍棒打得疼了，这会儿憋着劲儿想打我呢？

邵寂言端起酒碗，认真地思考要不要也来这么一出，豁出去挨打了……

邵寂言一心想问清颜老爷到底不中意他哪点，他去问颜夫人。颜夫人说这世上哪儿有没毛病的人，纵是我家如玉也未必处处是好，不是他看不上你，是舍不得闺女罢了，纵是皇帝来请如玉做皇后娘娘，他也能挑出一百个不是来。

邵寂言又问那当如何，颜夫人笑说等着呗，他其实最是讲理的，不过是倔脾气上来罢了，等那倔劲儿过去就好了。

邵寂言知道颜夫人和颜老爷过了一辈子，最了解他的脾气，依着她的话做，准没错。可他等不了，多等一日，他都觉得挠心挠肺，只怕再等下去，自己真忍不住做出什么事儿来。不过颜夫人的话倒是给他提了醒。可不是嘛，颜老爷当爹的自然瞅着如玉万般的好，凭空冒出来一个不知根底的陌生人说要把他闺女娶走，他心里自是过不去。

邵寂言又想起了如玉的外公，只想如玉的娘在如玉外公眼中必也是天下最好的姑娘，外公本来就对身为书生的颜老爷百般看不上，若是知道他拐带轻薄了自家闺女，莫说认他做女婿，只怕连命都不能饶的。可见"捉奸在床"之事虽未必不实，但绝非外公他老人家认下颜老爷这个女婿的原因。

邵寂言静心想了想，又去问程志远，只说总听他念叨颜老爷当年如何弃了前程，却也没说个缘故。程志远把事情与邵寂言细讲。原是颜老爷当年与岳父立了誓，这辈子都不考恩科，不离开安平县，守着媳妇儿安安稳稳地过一辈子。

邵寂言听了有些发怔，他自己是读书人，自捧起书本那日便头悬梁、锥刺股，吃得千般苦头，可不就是奔着考取功名去的？颜老爷中过秀才，可见也并非生来便是超脱之人，心中定也存了宏图大志。放弃考取功名，对一个读书人来说意味着什么邵寂言清楚，那意味着做人的目标一下子没了，十几二十年的刻苦全化泡影，一切重新开始。

这样的事儿他曾经历过，但是他至少中了举人，中了探花，在名利场上走了一遭，有了那一番令他刻骨铭心、痛彻心扉的经历之后，他才看明看透。而颜老爷当年只是个秀才，前面还有一大段好风光等着他,他却心甘情愿为颜夫人弃了前程,安心待在这小地方一辈子,可见他比自己心境高,心胸阔,亦可见他的真心。

若说他之前对颜老爷生了一些怨言,这会儿却全是敬佩与惭愧,同时也明白自己该怎么做了。

清晨,邵寂言整了衣冠去了溪水村。这一次,他两手空空,什么礼物也没准备,也没像平日那样轻车熟路地直奔后门,而是郑重地敲了正门。

颜老爷听说邵寂言在门口求见,有些吃惊,犹豫了一会儿,便让下人给他开门。邵寂言进来先是恭恭敬敬地给颜老爷和颜夫人行了礼,说有些话想跟颜老爷讲。

颜老爷上下打量了他一番,没言语,起身把他带到书房单独说话。尽管如此,颜老爷并未给邵寂言任何的机会,甫一开口便道:"大人有话请讲,但若涉及小女,便恕颜某失陪。"

邵寂言没解释,只平静地将他与如玉的往事又讲了一遍。这一次,他没有故意掩饰自己曾做过的那些伤害如玉的错事,他讲了自己攀交沈墨轩,觊觎沈小姐,揭发科考舞弊,以及后来让如玉违背意愿侵占王小姐的肉身……

听着这桩桩件件,原本就冷着脸的颜老爷脸色愈发难看了……

一个时辰后,如玉的闺房。

颜夫人坐在窗口,一边向外望一边嘀咕:"这么半天了,怎么还不出来,提个亲嘛,哪儿有那么多话说……"

如玉背着身子坐在梳妆台前,紧张得把手中的帕子搅成了一个小团儿,却只假作随意地道:"怎的就是提亲了……也许……

只是和爹聊天呢……"

　　颜夫人望着她温柔地笑了,叹道:"大姑娘了,想嫁人也没什么可害臊的。娘像你这么大的时候,你都满地跑着要糖吃了,是我和你爹舍不得你,把你耽搁了……"

　　如玉忙转过身道:"才不是呢,我想陪着爹和娘。"

　　颜夫人笑道:"哪儿有一辈子陪着爹娘不嫁人的?娘知道你孝顺,你要真是怕娘孤单,成亲后就紧着给娘生个外孙抱抱,娘就乐了。"

　　如玉红了脸,又把身子转了回去。

　　忽地,外面传来急促的脚步声,颜夫人喜道:"出来了。"一边说一边推门出去。

　　如玉也跟着站了起来,跑到门口透过门缝儿往外张望,只见院中邵寂言满面喜色,一边行礼一边唤了一声"岳母大人"。

　　如玉闻言,一颗心扑通扑通蹦到了嗓子眼,只感觉整个人似是飞了起来,忽悠悠的碰不着地。她说不清这滋味算不算得欢喜,只觉脸上烧得厉害。外面母亲和邵寂言还在说话,可她这会儿却似只听得到自己扑扑的心跳声,根本听不清他们在说什么了。不一会儿,见母亲笑着往她这儿瞅了一眼,邵寂言便奔她这屋子走了过来。

　　如玉慌忙跑回梳妆台前坐着,等了好一会儿,也未听见敲门声,她转头往门外望,却忽听有人在她耳边叫她的名字。她一怔之下慌忙扭回头,见邵寂言正站在身侧的窗子外面唤她。

　　如玉脸上一臊,连忙侧过脸去。

　　邵寂言站在窗外望着如玉,觉得心中的欢喜都快要溢出来了,开口道:"如玉,你爹同意了,他答应把你嫁给我了。"

如玉咬着嘴唇，羞涩地点了点头。

邵寂言凝视着她痴痴笑了一会儿，上前蹭了两步，柔声道："欢喜吗？"

如玉低着头没回应，邵寂言能清楚地看到她耳尖的红晕，以及微微弯起的嘴角。

院门口，颜夫人望着二人抿着嘴笑，未察颜老爷已走到她身后。

"不像话。"颜老爷冷不防开了口，"谁让你放他进院里的，还没成亲呢，传出去让人笑话。"

颜夫人吓了一跳，转头见了相公，笑着瞪了一眼道："应都应了，还摆个冷脸作甚？"

颜老爷道："那也要讲些规矩礼数。"

颜夫人笑："你当初翻墙头来看我的时候，怎么不讲规矩礼数？"

颜老爷讪讪的没应声，远远望着站在窗口对着闺女痴笑的邵寂言，却似看到了年轻时候的自己，眯着眼哼笑了一声，拉了颜夫人的手走开了。

邵寂言终于得了颜老爷松口，兴奋得根本没法静心待着，一回去就把程志远拉出去喝酒，把心里的欢喜一股脑儿地倒给了他。

程志远跟他喝了半天，根本轮不到说话。待一坛子酒下去，他才得了说话的机会，好奇地问道："你到底跟我姨夫说了什么了？他那么看不上你，怎么今日就同意了？"

邵寂言满面红光，笑嘻嘻地道："多亏了你，多亏了你了，要不是你跟我说了岳父大人当日跟外公立誓的事儿,我现在还想不明白呢。"

程志远瞪眼道:"怎的?你也立了誓了?这辈子不离开安平了?"

邵寂言仍是开怀,却也收了玩笑之意,只道:"我是说了,说哪儿也不去,就一辈子在安平做这个知县,又或是辞了这官,搬去溪水村陪着如玉给岳父岳母养老……可岳父大人没应,说各人性子不同,他自己喜欢清幽的日子,住在这安平心里畅快,我却未必能长久过这样的生活,说我若过得不顺心了,如玉跟着我也不会开心……还说若我有心,到哪儿都能待如玉好;若没这个真心,纵是一辈子拴在她身边,她也是受苦……"

程志远琢磨了一会儿,道:"看,我说的吧,我姨夫还是讲理,咱们这安平县没一个不敬佩他的!"

邵寂言道:"是,岳父大人的心胸够我学一辈子的。"

程志远歪着头道:"说到底你究竟怎么求他应的啊?只这么一句空口白话的誓言?"

"什么空口白话?我是真心的!"邵寂言道,"不过,岳父应了我的求亲,也不是因为一句誓言,其实当年外公应了岳父也未必就是为了那么一句话,他是透过这话看见岳父的真心了。岳父大人也是,他心疼闺女,自要找个真心疼如玉的人才肯把她嫁出去。他原先拒绝,不是看不上我,是还不够信任我。"

程志远道:"那你说了什么让我姨夫信你了?"

邵寂言道:"既然要让他老人家信我,自然没保留地全说了呗,好的坏的,以及曾做过对不起如玉的错事也全说了……岳父大人听了生气,可也能让他知道我这心里是怎么一步步迈过来的，让他看得到我是真的爱如玉，真的想疼她一辈子……"

程志远没接话茬，只蹙眉瞪眼道："怎么？你还做过对不起如玉的事儿？你做什么了？"

邵寂言意识到自己酒多失言，可一想这些话对大舅哥说说倒也无妨，便又把往事与程志远说了一遍，最后道："就是这些，我今日也跟岳父大人都说了，曾经做过的那些事儿我改变不了，但就因为经历了这些，才让我看清了自己，才能有我的今日，让我今后更加珍惜和如玉的感情……"

程志远凝着邵寂言，抬手重重地拍在了他的肩上。

邵寂言望着他道："你放心，我今后会对如玉好的，一辈子对她好。"

程志远拍着邵寂言的肩膀点了点头，随即忽地一拳捶在了他的肚子上。

邵寂言忽遭冷拳，还不及反应，"咣咣"又是两拳，打得他肠胃全都搅在一起似的。他捂着肚子退了两步，"哇"的一声把胃里的酒全都吐了出来。

程志远站在原地，指着邵寂言的鼻子道："这三拳是替如玉教训你的，以前她没娘家人撑腰才受你欺负。如今不一样了，有我这个哥哥看着，你敢对她有一点儿不好，就是这下场！"

邵寂言这辈子没挨过这样的重手，疼得眼泪都流出来了，捂着肚子靠墙一阵猛咳，待缓过劲儿来大声骂道："你耳朵长哪儿了！我说这些你没听明白怎的？还是你喝酒喝多了，脑子傻了！怎的听不出我对如玉的真心！"

程志远道："你也听明白了，我这是为从前你干的那些事儿打的！怎的，你还委屈了？"

大舅哥这么一说，邵寂言无言以对了，这么算来，这三拳确是他该受的，或还打轻了些。

邵寂言靠在墙上揉了揉肚子，半晌才抬头看了程志远一眼，讪讪地道："换个别的罚不行吗……把我打死了，你妹子是要做寡妇的……"

程志远挥了挥拳头，道："你们读书人嘴上厉害，我说不过，只这个管用！"他说完又嘿嘿地笑了，"你放心，我手上有准儿，打死了你这县官老爷，我也得跟着赔命不是？"

邵寂言苦笑，坐回了桌边。

程志远倒了一杯酒，勾肩搭背地道："来，喝了这杯，往后咱们就是一家人。"

邵寂言接过酒，道："那往后不兴动手了，行吗？"

程志远笑道："往后如玉就是你媳妇儿了，我要打你，她就得找我拼命。"

邵寂言闻言嘻嘻笑了。

知县老爷成亲，在安平县算是个天大的事，再听说娶的是溪水村颜老爷家二十多岁的小姐，这喜事又透出些奇来。知县老爷众人见过，一表人才的探花郎，当真是挑不出一点儿毛病，而颜老爷家的小姐因养在深闺，却是鲜有人知了，只知道二十二岁了还没出阁，说是头两年生了病耽搁了。世人皆道，这位颜小姐真真是应了"大难不死，必有后福"这句老话。

婚宴当日，县里有头有脸的人物几乎是悉数到场，士绅商贾们自然不愿错过攀交知县大人的机会，争相敬酒。程志远这娘家表哥这会儿成了主家兄弟，但凡有人抢着向邵寂言敬酒，他便帮忙挡了下来,自己先喝上三大杯,也算给足了众人面子。

　　一场婚宴下来,邵寂言还好,程志远却喝得烂醉如泥,待把客人一一送走,他却撒起了酒疯,拉着邵寂言不放,说不把他喝趴下就不让他入洞房!亏得一众衙役好说歹说,生拉硬拽地把他抬走,邵寂言才算是脱了身。

　　邵寂言入了洞房,如玉已经坐在那儿等他许久了,烛影婆娑,愈发映得她娇憨可人。邵寂言欢喜得难以言表,只觉跟做梦似的。

　　如玉见邵寂言带着酒气满面红光地进来,连忙起身走过去扶着他,不无羞赧地关切道:"喝多了吧,我扶你过去。"

　　邵寂言没应声,只管凝着如玉痴笑,由着她把自己扶到床上坐下,见她要走才回过神,忙拉了她道:"哪儿去?"

　　如玉道:"我给你倒杯茶醒醒酒,免得难受。"

　　邵寂言把如玉拉到自己身边坐下,道:"我一点儿没醉,纵是醉了,也是看你看得心里醉了。"

　　如玉红了脸,避着邵寂言几乎能把她溺死的目光,心里扑通扑通地跳,也不知自己该干什么,两只手都不知怎么摆才好了,半晌方小声挤出一句:"那……我给你烧壶热水烫烫脚吧……"

　　邵寂言拉着她笑道:"你哪儿也不许去,你见哪家的洞房花烛是新娘子给新郎官洗脚的?"

　　如玉满面羞红地低着头,喃喃道:"那该干什么啊……"

　　邵寂言心里一热,觉得这是如玉欲擒故纵地撩拨他,便凑到她跟前,抬手捏了她的下巴,笑道:"娘子当真不知?"

　　如玉觉得自己的心都要蹦出嗓子眼儿了,脸上一阵阵发烫,想起母亲的话,往后躲了躲,羞涩地小声道:"你转过去……"

　　邵寂言笑道:"做什么?"

如玉捂着自己的领口,红着脸不言语。

邵寂言明白了她的意思,心道:她如今尚未恢复记忆,曾经的那些亲密自然不记得,不好意思当着他的面脱衣裳也是难免。他便温柔地笑了笑,转过身去。

邵寂言听着如玉在他身后宽衣解带,想象着她裸着身子羞答答的模样,下意识地攥了床褥,只怕一时耐不住转身扑过去把她吓着,反而破坏了这洞房花烛的好气氛。

好半晌,如玉从身后闷闷地开口道:"我好了,你可以转过来了。"

邵寂言咽了口唾沫,然待他笑盈盈地转回身却是嘴角一抽,呆住了。

在他的想象中,如玉应该是若他梦境中的一样,脱光了衣裳,只剩下肚兜半遮半掩地挂在脖子上,扭捏地欲迎还拒,满面娇羞地撩拨着他,而不是像现这样整个人捂在被子里,把自己裹得跟个粽子似的,只露出鼻子和一双大眼睛天真且无辜地望着他。

邵寂言试探着扯了扯被子,被子被她掖得很严实,根本扯不开。他只得在心里安慰自己:梦境和现实总是有差距的,没关系,慢慢来。

如玉不晓邵寂言的心思,见他毫无动作,只望着自己发怔,似是有所了悟,急忙闭了眼道:"你脱吧,我闭着眼不偷看。"

"……"

邵寂言扯了一抹苦笑,道:"你不用闭眼,我愿意给你看。"

如玉的双颊晕开了一片绯红,更用力地闭了眼摇头。邵寂言无奈,只得自行脱了衣裳。

"好了,我脱完了。"邵寂言等了一会儿,见如玉没有睁眼的意思，便扯了扯被她掖得严严实实的被子，委屈地道，"你倒是让我进去啊……"

如玉仍是紧闭双眼，只微微抬身，把被子露出一条缝隙。邵寂言掀了被子钻进去，人还没躺好便急不可待地伸手摸过去。

……

邵寂言的嘴角又是一抽："你怎么没脱？"

如玉睁了眼，望着邵寂言羞涩地道："我脱了啊……我把衣服放床头了……"

邵寂言顺着如玉的目光望过去，果见大红色的喜服叠得整整齐齐地摆在那儿。他转回头望着如玉，用手在被子下面扯着她的贴身衣物，受了欺负似的道："这个也得脱。"

如玉羞得红了脸，蚊子似的小声道："再脱就没了……"

邵寂言道："你不脱光了，咱们怎么洞房？"

如玉往被子里缩了缩，眨了眨眼，迷茫地道："洞房就必须脱光吗？"

邵寂言僵住了，愣了好一会儿才意识到现在是什么状况。现在这个如玉似乎真的不晓男女之事，想来男女间的那些事大抵是她做妖之后偷偷学来的……

邵寂言只好问道："成亲之前你娘没跟你说过吗？没跟你说过洞房是怎样的？"

如玉道："说过啊，我娘跟我说了，洞房就是和相公睡在一块儿……"

邵寂言心道：看来丈母娘什么都没传授啊，这个艰巨的任务只有他自己来完成了。他凝视着如玉郑重其事地解释道："洞房不单要两个人睡在一块儿，还必须把衣裳全脱光了才行……"

他想了想，又补充道，"不单是洞房，成了亲以后，咱们睡觉谁都不许穿衣裳，必须要光着身子才行……"

如玉红了脸，扭捏了半晌，只小声道："不穿衣裳睡觉会着凉的……"

邵寂言道："不会，咱们俩抱在一块儿就不会着凉了……"他边说边往她身上凑了凑，在她脸上亲了一口，轻声挑逗道，"还会很热呢……"

清晨，如玉睁开眼，侧头见邵寂言在自己身边睡得香甜，便翻了个身望着他，看得痴了就悄悄凑过去亲了一口，得逞之后偷偷地笑了笑，蹑手蹑脚地掀了被子起身。

邵寂言一个翻身，把如玉又按回被子里，闭着眼道："这么早起干吗，再多睡会儿。"

知道自己的偷吻被发现，如玉羞赧地吐了吐舌头，一边推他的手，一边道："不早了，该去给公公婆婆上香的，晚了他们会以为我是个懒媳妇儿。"

邵寂言闭着眼笑了笑："我爹娘等儿媳等了这么多年，不在乎多等一个时辰，他们在天上看着，只要咱们欢喜了，他们也就欢喜了。"

如玉又道："那我也该起了，你要困就多睡会儿，我给你做早饭去。"

邵寂言仍不放手，把头埋在她颈窝里喃喃道："我知道你是个贤惠的好媳妇儿，可我这会儿只想跟你在被窝里搂着……从前咱们在一块儿的时候，每天晚上你跟我一块儿躺下，可天亮的时候却是我自个儿一个人醒来，心里总是空落落的。我那会儿就只盼着有一日能和你一起睡到大天亮……如今可算遂了心愿，我再不许你跑了，你就只跟我在这儿眯着，哪儿也不许去……"

如玉听了心疼，拥着邵寂言道："我不起了，就跟你躺着，你说什么时候起就什么时候起，往后我全听你的……"

两个月后，邵寂言收到了京中来信，是沈墨轩寄来的，他说他终于求得了王丞相的同意，和王小姐定了亲。邵寂言为他们感到开心，立时回了一封信恭贺，同时不忘炫耀一下自己早就抱得美人归，肯定比他先当爹云云。

半个月后，从京中传来圣旨，封程川府安平县知县邵寂言之妻邵颜氏如玉为"八品诰命夫人"。邵寂言及颜家上下接了这圣旨之后完全傻掉了，只因本朝三品以上大臣的内眷才可得封诰命夫人，却从未有过什么"八品诰命"之说。

邵寂言想了想。当日，他与如玉之事宫中的太后和皇后都是知道的，或是她们从沈墨轩那儿得知他与如玉终成眷属，这才撺掇皇上封了这么个本朝独一无二的"八品诰命夫人"。

颜老爷闻言放了心，他是怕女儿女婿卷入什么朝堂是非，若只是个锦上添花的虚名倒也无所谓。颜夫人听了只是笑，说太后这身份可是天底下最尊贵的了，可说到底也是个女人，和村里的三姑六婆性子一样，都是好给人保媒拉纤儿。而莫名得了个封号的如玉却很迷茫，问邵寂言这"八品诰命夫人"是个什么官儿，邵寂言笑，说是专管"八品知县老爷"的官儿。

如玉听了瞪大了眼睛，惊奇地道："哎？天下所有的知县老爷都归我管？"

邵寂言大笑："你管我一个还不满足吗？"

如玉被笑得臊了，腮帮子一鼓，道："不许笑！皇帝老爷让我管你，往后我让你笑你才许笑！"

邵寂言又道："诰命夫人管知县老爷，我白日在衙门里是知县，晚上脱了官服回家就不是了，所以，在家你还是要听我的。"

如玉想了想觉得有理，嘴一噘，心里埋怨这皇帝老爷给她的这官儿真是太不顶用了。

没过几日，邵寂言又收到了一封来自京城的书信，这一回是凤儿和二牛，信上大部分是数落他的话，他甚至能想象到凤儿叉着腰指着他的鼻子骂他的样子。信中说他背信弃义，忘了当日立下的誓言，成亲这么久都不带如玉回去看他们。要不是听说如玉被封了八品诰命夫人，他们还蒙在鼓里呢。邵寂言很是心虚，这是他的错，他娶了媳妇儿只顾着开心，倒忘了他俩还在京中等消息。

邵寂言连忙给二位回信，如玉凑到他跟前一边给他磨墨一边叮嘱道："你别跟他们说我失忆了行吗？他们要是知道我这会儿记不得他们了，肯定要难受的。你就跟他们说我好好的，等咱们有机会去京城，我也许就能想起来了。"

与此同时，如玉的记忆慢慢有了恢复的迹象，有时他说些从前与她说过的话，她听着听着，就会突然问他是不是跟她说过；他曾用来教她识字的那本书，她也看着熟悉，他从上面随便说个故事，她便能抢着说出结局。还有一次，她居然喜滋滋地抱了个和她从前住的那个几乎是一模一样的花瓶回来，说是在街上偶然见到，觉得特别好看就买下来了。

程志远成亲了，娶的是小陈记包子铺陈老板的外甥女。

说起来也是缘分，当日邵寂言和如玉成亲，程志远挡酒喝了个酩酊大醉，被几个衙役送回家。他在床上折腾了半宿怎么也睡不着，自个儿摸着黑到街上找酒喝，街上的酒馆自是都关了门，最后他不知怎的溜达到了小陈记包子铺，咚咚砸门把人家老板吵了起来。陈老板不敢得罪捕头，无奈只得半夜给他和面剁馅儿蒸包子，程志远就坐在人家铺子里一人吃了二十多个包子。

　　他晚上吃了喜宴，又喝了那么多的酒，这包子一撑就受不住了，哇哇连饭带酒全吐了出来。陈老板吓得够呛，连忙把他抬进屋里歇着，又叫醒了内人收拾污物。可巧陈老板的外甥女孙姑娘从乡下来舅舅家小住，心疼舅妈身子不好，便让舅妈歇着她来收拾。谁知，程志远死活拉着人家姑娘的手不放，只顾着说开心话了，待他迷迷瞪瞪地睡过去，天也亮了。

　　第二日，程志远酒醒跟人家陈老板赔了半天礼，又听说这孙姑娘因身有残疾，十九岁了还没出阁，心道：这回坏了人家姑娘名节，可不更不好找婆家了吗？他心中不忍，又生了同情之心，脑袋一热便拍胸脯保证一定负责。可他请了媒婆去孙姑娘家提亲却被拒了回来，说是人家姑娘死活不乐意。

　　他原对孙姑娘没甚特别的感觉，可这一被拒绝，手底下的衙役们少不了拿他打趣。他面子上挂不住，便跑去孙姑娘家想问问自己到底哪儿不好。他前前后后跑了好几次，没想一来二去还真就对这孙姑娘动了心，把人家放心上了。只苦于人家姑娘对他一直没甚心思，为此他没少找邵寂言讨教。邵寂言听说程志远寻得了心上人，那可是一万个欢喜，好主意、馊主意出了一大堆，程志远一个个照着去办，也惹了不少的笑话，最后总算是得了人家姑娘的心了。

　　要说这孙姑娘也是个性情好、模样俊的，却因从娘胎里带

293

了个六指来,从小就被人笑话,长到十九岁还没婆家。有好事人跟程志远面前说闲话,说你一个捕头,若有心,多少好姑娘乐意嫁给你,何必非寻个六指。程志远咧着嘴笑,说你们懂什么,你们知道我媳妇儿做什么长六根手指头?那是因为她是天上的仙女儿下凡,玉皇大帝怕跟凡人混了,特意在她身上做的记号。你们肉眼凡胎看不出来,我却看得明白,我媳妇儿那是再好没有的了!

他这番话惹得众人一阵嬉笑,传到大姑娘小媳妇儿的耳中却惹得一阵艳羡,只觉这孙姑娘当真是寻到真心人了。

如玉和孙姑娘都是过了出阁的好年龄,这二人前后脚寻得了好归宿,一时间让安平县嫁闺女的风气都变了变。原先过了十七还没出阁的女子便少不得被人说闲话,自她二人之后,到十八九才嫁人亦不算什么稀罕事了。

程志远成亲之日,邵寂言念着他当日挡酒之情,少不得多喝了几杯。他们又是主家亲戚,待送走了宾客,把新郎新娘送进了洞房,他才拉着如玉离开了程家大院。

二人走在路上,邵寂言借着酒劲儿直往如玉身上靠。如玉每每推开他,一边紧张地四下张望一边提醒道:"大街上呢,让人家看见说你这知县老爷不像话。"

邵寂言道:"都这么晚了,能有什么人?纵是有人看见又怎么了,你是我明媒正娶的媳妇儿,相公喝醉了,你扶一扶也是天经地义。"说完愈发耍赖似的往她身上歪过去。

如玉捶了他两拳也便依着他,却仍是怕人撞见,寻了小道往家走。

邵寂言笑道:"你把我带这小巷子里干什么?可是意图不轨?"

如玉红着脸道:"呸呸!只有你这不正经的才有那个歪心!"

邵寂言嘻嘻地笑,想了想拉了如玉的手道:"走,我带你去个好地方。"说着也不容她多想,拉着便走。

如玉跟着他道:"这么晚了去哪儿啊?明日再去不成吗?"

邵寂言道:"那地方就得晚上去才行,白天就不灵了。"

如玉生了好奇之心,一路跟着他竟出了城,心里又开始不安起来。野外荒草丛生,到处黑漆漆的,别提多瘆人,她紧紧抓着他的胳膊,怯怯地道:"来这儿干吗?咱们回家吧,这儿这么黑,也不知会不会蹿出野狼来。"

邵寂言安慰道:"咱们这地方哪儿来的狼。你放心,有我呢,纵是真有狼,我帮你挡着,让它吃我好了。"

如玉小嘴一噘,嘟囔道:"不好,那我不就变寡妇了吗……"说着更紧地搂着他的胳膊,生怕他被狼叼走似的。

邵寂言笑了笑,挽着她继续往前走,待穿过了一小片树林便到了一处开阔的草地,有条小河弯弯曲曲地流经此处。

邵寂言很是兴奋地对如玉道:"看到了没?"

如玉迷茫地四下看了看,问道:"看什么啊?"

邵寂言有些失望,解释道:"京城郊外有个地方和这儿很像,咱们一块儿去过,说起来可算是咱们定情的地方了。"

如玉闻言,一下精神起来,四下看了看,道:"我这会儿想不起来了,你跟我说说,咱们当日都说什么了,怎么定的情啊?"

邵寂言拉着如玉在一棵大树边坐下,道:"咱们当日说了什么不重要,做了什么才是最关键的。"

如玉好奇地道:"那咱们做什么了?"

邵寂言没立时回答，只暧昧地笑了笑。如玉似嗅到了危险的小鹿，攥着胸前的衣襟往后缩了缩，眯着眼，盯着眼前就要变身的大灰狼警觉地道："你又骗我呢是不是？可是又想那个了？"

邵寂言笑道："想是想了。不过这次真的没骗你，咱们当日就是这么定情的，咱们的第一次就是在这样的地方。"

"你胡说。"如玉满脸的羞臊，"我是规矩的女孩儿，才不会在这种地方那个呢。"

邵寂言道："是真的，我骗你做什么。"

如玉鼓着腮帮子道："哼！你又不是没骗过我！我再不上你的当了！"

邵寂言讪讪笑了笑，道："上回是我错了，这回绝对没骗你。当日，咱们就是天地为证做的夫妻。你再好好想想，后来你还哭哭啼啼地跟我赔不是，说自己不知羞地抬屁股勾引我来呢……"

"胡说胡说！"如玉满面涨红地打断他的话，"我才不会在野地里勾引人，指定是你勾引我来着！"

邵寂言嘻嘻地笑："是了是了，是我勾引你来着，不论谁勾引谁，反正结果是一样的。今天我再勾引你一回，你就从了我呗。"说着便带着醉意地扑了过去。

如玉一下子闪开，羞道："油嘴滑舌，我又被你绕进去了，我这回再不上你的当了。"说完站起来攥着裤子往回跑。

邵寂言扑了个空，连忙起身追过去，急道："别跑，当心摔着了。"他这话音才落，便见如玉在前边一个趔趄扑倒在地上。

邵寂言忙过去扶她，急道："摔坏没有？"

如玉爬起来没答话，有点儿摔蒙了似的揉着脑袋。

邵寂言一边轻揉她的额头，一边道："还疼不疼了？"

如玉默默坐了一会儿，才似回了神，眼泪汪汪地开口道："都怪你……"

邵寂言自责地道："是是，全怪我，还磕着哪儿了？"

如玉揉着膝盖，道："这儿也疼。"

邵寂言一边把她的裤子卷起来查看，一边道："怪我多喝了两杯就忘形了。"

如玉撇着嘴道："你别赖在酒身上，纵没喝酒，你也是一样的。人都道我嫁了个斯文书生探花郎，只我知道自己嫁了个老色鬼、下流坯……"

邵寂言抿着嘴笑道："斯文书生也好，下流坯也好，只要我媳妇儿喜欢我就行。"说完只低着头仔细地帮她揉了一会儿膝盖，待抬头，却见如玉吧嗒吧嗒地掉眼泪。

如玉吸了吸鼻子，小声道："我喜欢，你什么样儿我都喜欢。"

邵寂言心里一热，抬手给她擦了眼泪，背过身道："上来，我背你回家。"

如玉往他身上一趴，他便起身背着她往回走。

如玉趴在邵寂言背上，开口道："寂言，等你有时间，咱们去京城看看吧。"

邵寂言道："好，咱们可以回西柳巷住些日子，那房子我让人时常打扫着呢……还有凤儿和二牛，他们定也想你……咱们还可以去喝沈墨轩和王小姐的喜酒……还可以去郊外河边看星星，到时候，你便知道我骗没骗你了……"

"嗯……"如玉歪在他肩膀上蹭了蹭，喃喃道，"还要去游湖，你答应我的，说高中之后要带我去游湖……咱们不用晚上去了，可以选一个阳光最好的白天……"

"好……"邵寂言笑着应了，走了两步忽地定住了。

"如玉……"

"嗯？"

"我没跟你说过游湖的事吧……"

……

一阵沉默过后，邵寂言感到肩膀上湿湿的。如玉吸了吸鼻子，用力拍了他的肩膀，大声道："怎么没说过！你答应我的事，不许反悔啊！"

邵寂言笑。

不反悔，绝对不反悔。

— 全文完 —